东方化文学的可能性研究

20世纪乡土文学传统中的贺享雍小说

刘旭 著

四川文艺出版社

图书在版编目（CIP）数据

东方化文学的可能性研究：20世纪乡土文学传统中的贺享雍小说研究 / 刘旭著. -- 成都：四川文艺出版社，2021.5

ISBN 978-7-5411-6001-1

Ⅰ.①东… Ⅱ.①刘… Ⅲ.①贺享雍—小说研究 Ⅳ.①I207.42

中国版本图书馆CIP数据核字（2021）第084302号

DONGFANGHUA WENXUE DE KENENGXING YANJIU

东方化文学的可能性研究
——20世纪乡土文学传统中的贺享雍小说

刘　旭　著

出 品 人	张庆宁
责任编辑	罗月婷
封面设计	赵海月
内文设计	史小燕
责任校对	段　敏
责任印制	喻　辉

出版发行	四川文艺出版社（成都市槐树街2号）
网　　址	www.scwys.com
电　　话	028-86259285（发行部）　028-86259303（编辑部）
传　　真	028-86259306

邮购地址	成都市槐树街2号四川文艺出版社邮购部　610031		
排　　版	四川胜翔数码印务设计有限公司		
印　　刷	四川华龙印务有限公司		
成品尺寸	168mm×238mm	开　本	16开
印　　张	13.25	字　数	220千
版　　次	2021年5月第一版	印　次	2021年5月第一次印刷
书　　号	ISBN 978-7-5411-6001-1		
定　　价	40.00元		

版权所有·侵权必究。如有质量问题，请与出版社联系更换。028-86259301

内容概要

贺享雍的小说在当代中国文学中有独特的价值，立足于中国传统文化的以《乡村志》系列为代表的十几部小说，系统全面地表现了中国农村在改革开放40年间的巨大变迁，作家用细腻的笔触真实地描述了当代农民的方方面面，形成赵树理之后真正的"农民写作"。本书从《乡村志》系列小说的时间观入手，论述了作家坚持的东方循环时间观在当前的消费主义大环境下对于中国乡村及中国整体发展走向的不同意义。"乡土中国"影响下的中国乡土小说在马克思主义的影响下呈现出不同的面貌，革命对赵树理及当代作家莫言、贺享雍都有深切的影响，而西方作家则可能由于缺乏革命一维而对乡村和农民极度忽视，如巴尔扎克把乡村贵族化和财富化。

贺享雍作为当代乡村作家，与赵树理的"三重身份"有惊人的相似之处，"四个面向"也同样有着乡村立场。贺享雍小说中的乡村类似赵树理小说中的乡村，始终强调生存为上。只从风景上看，贺享雍和赵树理一样都采取了"去风景化"的叙事策略，因为这样能最大限度地保证乡村的生存，而不至于变成精英的休闲之地。从思想上看，贺享雍与赵树理的重要相似之处在于对"启蒙元话语"的反思和超越，乡村在启蒙面前有一个物质前提，贺享雍和赵树理都强调了"物质启蒙"的重要，两个乡村作家都通过农民的"算账"体现了乡村的铁律之一：生存至上。贺享雍和赵树理一样试图把中国乡村建构成为一个"寓言"，他们的寓言都是内在于乡村的，"反启蒙"是"乡村寓言"的现实"所指"，而鲁迅以降的中国乡土小说实为启蒙式"问题小说"下的"民族国家寓言"，其背后是西方"主体性"下的主奴辩证思维，把乡村定位为"奴"的状态。实际中国乡村的生存问题远大于主奴的问题，赵树理试图借革命完成乡村的现代"进化"，而莫言将这一实际无法解决的问题转换成了不必解决的问题，贺享雍则重新把乡村物质化和生存化，建构了消费主义时代的"后革命乡村"。

贺享雍的《天大地大》等小说涉及的现代卫生学与"病"的问题，对于乡村是难以言说的问题。乡村因为其物资相对匮乏，与城市总是有着差距，所以看似需要"启蒙"，其实很多"卫生学"的要求对于乡村是不需要的，要实行就要付出远高于城市的代价。

从精英角度来看，赵树理和贺享雍都是身为精英却能为农民换位思考的"乡土精英"。与赵树理相比，贺享雍对乡村叙事更关注乡村存在的细节，赵树理可以直面乡村的基层权力与历史和国家的发展，贺享雍面对权力不像赵树理那么通透，基本是混沌的一块，同时也无限趋于无解。贺享雍和赵树理都有一个坚定到固执的乡村情结，当前乡村越来越边缘化，或许这正是乡村在大工业时代的必然命运，而对此"命运"的反抗，顽强地坚守乡村，或许正是人类文明的特色之一，也正是贺享雍在当代文坛的主要价值之一。

我们完全有理由期待，贺享雍将会为中国读者展现中国乡村更加深邃更加广阔的历史景观与现实景观，会以他自己最为独特的方式为中国文学史奉献出一部气势恢宏的当代中国乡村史诗，并刷新四川乡土文学的传统与版图。

Contents
目 录

序　章	贺享雍乡土小说的东方特色	001
第一章	乡土中国的"内"与"外"	012
	第一节　如何进入农民的乡村	013
	第二节　"风景"与生存	022
第二章	在赵树理的凝视下	033
	第一节　"形而下"的"算账"与"物质启蒙"	035
	第二节　大工业扩张与文学想象：土地贬值之"账"	042
	第三节　"反启蒙"之下的"寓言化"乡村	051
第三章	主奴辩证和乡村寓言	061
	第一节　"问题"的"实质"与"存在"的辩证法	062
	第二节　叙事终点与乌托邦想象	069
第四章	现代卫生学与乡村叙事	080
	第一节　"病"与存在的辩证法	080
	第二节　作为话语的"计划生育"：卫生学叙事的另一维	097
第五章	社会组织结构中的权力与精英	124
	第一节　精英的"控制"与"文学人类学"想象	125
	第二节　乡村文学精英的想象建构	134
	第三节　精英视野中的农民和乡村	153
余　论	贺享雍在当代乡土小说中的价值	162

贺享雍年谱……170
贺享雍研究目录……184
参考文献……191

序 章

贺享雍乡土小说的东方特色

罗兰·巴特进入后现代时期之后，提出了颠覆性的文学"游戏化""色情化"观念，即文学已经彻底自由，变成消费主义和理想主义的共同场所，这两者都能从文学中找到自己的快感和价值。文学已经高度相对化。这也正是今天的网络文学和印刷文学并存的写照。而萨特更早从后现代意义上思考文学问题，1947年，他在《什么是文学》中提出了一个非常具有革命性的文学本质问题："人们为谁写作？"[①]不是文学写了什么，而是文学是写给谁的。即萨特最早提出了文学的群体归属问题，这意味着文学的标准不再是唯一的，而是变动的。当前进入了后现代价值多元时代，文学的定义都变得模糊不清，从传统意义思考人类群体的命运和价值的作家更是越来越少，为弱势群体思考者更少，但仍然存在一些拒绝消费化、"游戏化"和精英化写作的作家。思考底层农民的生存及未来，一直默默地进行传统的现实主义创作的贺享雍就是一个。他的小说被称为某种程度的"不合时宜的创作"[②]——也可算是价值"多元"的表现。贺享雍一生创作的主题都是乡村和农民。他的文学应该属于消费主义时代的乡土文学或农民文学。

---

① ［法］萨特：《什么是文学》，施康强译：《萨特文论选》，人民文学出版社，1991年，第140—142页。
② 杨庆祥：《重建农村题材小说的总体性视野——从贺享雍的〈乡村志〉谈起》，《文艺报》，2018年3月23日。

马克思说过，主流思想都是统治阶级的思想。贵族精英的小说农民可能会非常喜欢，因为农民一直在权力的笼罩之下，欣赏趣味被精英同化，如中国戏曲和说书中帝王将相才子佳人故事比比皆是，故事人物的身份、地位和精神状态都与农民天壤之别，农民却都能津津有味地欣赏。但是，反过来，真实地描写农民的小说却一直难登大雅之堂。如赵树理的小说，《小二黑结婚》从诞生到现在，仍被部分启蒙知识分子排斥。那些被启蒙知识分子广泛接受的所谓"乡土文学"，实际多为启蒙式的写作，乡村不是原初的乡村，而是他者化的乡村。贺享雍的小说则属于正宗的农民文学，而且直达中国乡村的最底部，指向村落和宗族的原始式的生存。

贺享雍的《乡村志》系列由规模宏大的十部长篇组成，近四百万字，已经全部完成。这一系列的整体主题和内容的规划相当好，结构安排很不错，有宏观有微观，十部书都写同一个村落而不重复，各有侧重点和关键点，布局上相当值得称赞。最早的《土地之痒》关注农村最关键的土地问题，《村医之家》关注农村医疗及消费时代的走向问题，《民意是天》关注乡村选举权问题，《是是非非》则展示了乡村基层官员的招商问题，《青天在上》描述官民矛盾及上访问题，《人心不古》思考的是启蒙下的乡村规则与现代法律的冲突，《大城小城》则书写了乡村伦理在城市文化和大工业下所受的冲击，等等。整体看来，《乡村志》几乎就是一部当下乡村现实问题的集成，更是中国乡村文明在改革时代的全面展示。

当代作家中有不少人作为"农民作家"存在，但他们对农民的描述总有一些遗憾。如"文化大革命"后最有名的"农民作家"高晓声的农村的特征是苦难和愚昧，变成鲁迅开创的"世纪母题""国民性"的静态延续。贾平凹的乡村是与时俱进，政策为先，慢慢变成传统及民俗的猎奇化。阎连科的农村是启蒙下的他者化乡村。相对完美的就是莫言，莫言的乡村是超越了权力和人类中心的大开大合的史诗化乡村——当然，称莫言为"农民作家"是太低估了他，就像鲁迅，归到哪个"流派"都容纳不下。而贺享雍的文学化乡村则是原汁原味的底层化乡村，农民面对权力和苦难只能忍耐，他笔下的农民一生的目的只是为了土地和生存。这更接近中国道家式生存伦理的本初之态。第一部《土地之痒》集中地表现了老农民贺世龙对土地的渴望。从分地到公有然后再分地，贺世龙经历了几十年的中国土地制度的变迁。无论怎样变，贺世龙和其他农民一样，都千方百计地要增加自己的土地。

对于农民自身的弱点，贺世龙也尽可能包容了。作家没有将农民写得简单化，农民处于社会底层，是苦难承载者，同时农民也制造苦难并导致自我伤害和压迫。如大儿子贺兴成在三个儿子中最不孝、最自私，和妻子一起骗了自己父母再骗岳父岳母，目的很简单，就是为了多方搜刮贴补小家。这也是农村婚姻的常态，很大一部分农村青年一结婚就变得世俗，老婆第一，小家庭第一，只想四处占便宜挣钱。贺兴成改革开放后经商，买小农机外租赚乡亲的钱，连自己的父母都算计。三个儿媳也都不是善类，整天为了小家庭的利益钩心斗角，生出各种龌龊之事，贺世龙都忍耐了，因为中国乡村很多后代成家后都是那样"孝顺"父母的。贺世龙曾帮很多乡亲种地，因为他们随子女进城不想种地，后来看种地有补贴又反悔，这样的言而无信之事发生了数次，贺世龙也忍耐了。底层人物的复杂性表现得相当充分，既没有落入启蒙主义的陷阱，也未落入民粹主义的极端。这样的乡村才是无限接近真实的乡村。这些都是世俗化在乡村的正常表现。贺世龙的家族就是中国乡村家族结构及家庭关系的一个典型。对于乡村的日常化存在，作家把握得更出色。有过乡村生活经验的人，看了会佩服作家对乡村的熟悉程度。如细腻的土地事件描写，特别真切地写出了农民对土地的深情与执着，把底层的生存伦理诠释得相当到位。《乡村志》系列把农民对于土地的关系描述得非常深刻，可以说，小说中包含的和平年代的土地感在当代中国文坛难有出其右者。与高晓声的陈奂生系列及阎连科等作家的乡村叙事相比，此系列充满了对底层的真正理解和隐含的同情。

最值得赞扬的是，贺享雍祛除了绝大多数"写农民的"和"写过"农民的作家加在农民和乡村之上的他者化阴影。

特别是在20世纪80年代末期，伴随着如火如荼的中国城市化改革，土地成为被嫌弃的无用之物。农村的黄金时代逝去。这种变化与世界现代化进程一致，土地因为相对于大工业的低效益而被抛弃。这是中国乡村的悲哀。高晓声在《陈奂生包产》中也非常形象地描写了这一变化，但高晓声的乡村修辞充满了对农民的嘲讽，暴露了一个不彻底的"农民作家"的盲点与硬伤。贺享雍是土生土长的农民，而且他看到了之后的粮食生产不足的严重后果，所以对农民没有嘲讽,而是持有一种深深的怜悯。

贺享雍和高晓声对待同一土地变革的不同态度正暗含了一个重大问题,即中国乡村文明的价值问题。东方文化传统是乡村立场的关键。

高晓声过于寄希望于鲁迅开辟的文学式的西方化启蒙思路,从而硬生生将中国农民描述成了他者化的阿Q。贺享雍没有,他一直从乡村传统的立场出发,把土地赋予了与存在直接相关的根本意义,这点与赵树理非常相似。这需要建构农民叙事的正确姿态。

雷达认为贺享雍以"农民式"的平视眼光阅读乡村的历史与人事[1],另有学者认为他"完全是一个内置的乡村视点,传统乡村伦理依然存续、生命力顽强"[2],即《土地之痒》采取了乡村内部视点,去掉了启蒙感,即农民没有被当成启蒙的"他者"来写,不是当成西方文明的对立面,不是劣根性的代表,而是中国乡土文明下的真实存在,自在自为的存在。

《土地之痒》有一个很显著的特征,就是对时间的处理。主人公贺世龙一生为了土地奔忙,土地是中心事件,从"大跃进"的重新公有,到20世纪80年代联产承包责任制,土地政策一步步变化,特别是80年代末期城市改革开始,土地渐渐成了垃圾股,四处撂荒,后来国家又出了挽救政策,免除农业税且有补贴,土地成为大工业时代受保护和扶持的对象。每一个事件都有重大历史意义,但这些重大事件的节点全部没有标注时间。似乎是作家故意模糊了时间,这是出于什么考虑?这或者正是由于作家使用了东方的循环时间观,在这种时间观之下,具体的时间点不重要,权力和统治规则更替下的事件才更重要[3]。这种时间更近于莫言文学中的时间,都来自道家的虚无时间,即人类出于需要自行定义的衡量尺度,不具有真理意义。老庄生存于春秋战国的战乱时期,深

---

[1] 雷达:《土地上生长的作家——贺享雍小说的魅力与历史感》,《文艺报》,2018年2月28日。

[2] 刘艳:《抵达乡村现实的路径和新的可能性——以贺享雍〈人心不古〉和〈村医之家〉为例》,《当代文坛》,2018年第3期。

[3] 笔者曾与作者进行了沟通,他回应说他是事件的亲历者,而且写作时还查阅了大量的历史资料,每个历史事件的发生时间都非常清楚,完全可以把这些时间写进小说里。但当时主要考虑到是在写小说,故没这样做。作者看中的确实是事件本身,而不是时间。

谙权力之害，由于"祸患重于地，人仅存焉"，才有老子的"无为而无不为"和庄子的"无用之大用"，就是强调在权力面前无用才生存得更安全，即"坚强者死之徒，柔弱者生之徒"，有用者必死，有了意义必短命。个体的存在时间与宇宙时间合一，就变成无为式的存在，即怎么存在都没有意义，又怎么存在都有意义。当然从老庄的绝对相对主义来看，无为的存在才是更有意义的存在。所以，对农民来说，时间是虚无的，存在才最真实。而且存在也是无意义的存在，每个个体都把自己的时间与天道相合，存在才有短暂的意义——每个人存在的意义正是与天道相合走完自己的存在。

正因为对于大部分农民来说，"有为"的空间实在有限，《土地之痒》中的贺世龙就是只能"无为"存在的案例。他作为中国乡村农民的最典型代表，所做的不是变成地主，他没那能力，他只能尽可能积累土地，以保证家人都活着。可以说，东方的时间也就是贺世龙的时间，或反过来，循环时间就是农民的本质，死亡的到来不是终结，而是循环，下一代仍然延续着自己的生命，无所谓个体的忧伤。在他眼中，没有其他的，就是土地。时间是无所谓的，有也是庄稼的时间。因为这一切都与生存息息相关。他用尽中国农民最高等的智慧，使尽了三十六计，就为了让自己的土地多那么一点，所以他在80年代初重新分地之时，将全部的心血花费在伺候自己的土地和增加自己的土地上。农民的生存不是启蒙光环下那种浪漫的民主和自由点缀下的生存，他们是司马迁笔下苛捐杂税下的辛苦劳作，是斯科特笔下的死亡线上的挣扎[1]，是费孝通笔下的"乡土本色"[2]，是赵树理笔下的"待进化"乡村。农民群体面临的最大的问题是死亡，而不是民主和自由，而死亡的最主要的原因不是疾病，不是战争，不是天灾，而是饥饿，又有什么理由让他们不为了土地奋斗一生呢？所以，作为农耕文明大国的中国，从遥远的几千年前，农民就为了土地绞尽脑汁，贺世龙正是新时代中老年农民的代表，延续了农耕时代的优良品质，为了自己和家人最低水平的生存而不顾死活地劳作。

而在康梁一代将启蒙引入中国之后，时间的进程和延续的方式就发生了重

---

[1] 参见［美］詹姆斯·C.斯科特著，程立显、刘建等译：《农民的道义经济学》，译林出版社，2001年。作者认为东南亚农民的道义就是生存，不必也无法用过高的标准来要求他们。

[2] 费孝通：《乡土中国》，中华书局，2013年，第1—6页。

大变化。因为西方的现代时间是线性的。六十一甲子的干支纪年法意味着时间是循环的，而公元纪年意味着时间一去不复返。在线性时间的基础上产生了现代进化观，即事物的发展是不可逆的，只能往前，而且后必胜前，今必胜昔。严复一代就已经大力宣传这一进化观，鲁迅时代它已经被相当多知识分子接受。更重要的是，"前"与"后"，"文明"与"愚昧"，"先进"与"落后"的二元对立式的设定，也是西方权力话语的关键语言伎俩。老子的思想中早就包含了对这种功利主义"命名"方式的批判，老子认为天下事都是相对的，没有绝对的高下、长短、美丑和善恶，那么也就取消了人类世界的所有真理。而西方恰恰把自己定义为世界的先进种族、文明的推动者和社会进化的引导者，由此推导出西方的种族就是最优秀的种族（种族论的反动性由希特勒的所为而登峰造极），西方的文明也是最先进的文明，东方则是"劣等种族"和"未开化之地"。正是在西方的这种强盗式殖民理论下，中国的启蒙主义者为西方摇旗呐喊，一切都以西方为最高真理。大多数启蒙主义者犯的错误，不仅是压制本民族文化，还在于彻底否定本民族文化，中国的全盘西化和日本的脱亚入欧就是一群东方的启蒙化高等精英的自贬式意淫，实际直至今天，这种启蒙主义者仍然大有人在。而赵树理那样真正以中国传统文化为本的亚精英实在不多。贺享雍正是赵树理之后的为数不多的坚守者之一。

　　杰姆逊曾从俄国形式主义入手研究诗歌和小说时间的"共时"与"历时"的差别，短篇小说与抒情诗是共时的，超越了时间，把线性时间序列转为共时状态，即同一时间内的事件展示；而长篇小说的时间是无止境的，是历时的。小说的结尾是共时性的，时间与历时性突然中止[①]。这是西方人对小说时间的看法。对于中国古典小说，其实长篇和短篇小说都是共时的，因为东方的循环时间观，再长的时间都会纳入一个封闭的时间之内。很多现代小说都变成了历时的，与西方一致。但在贺享雍那儿，长篇小说的时间也仍然是共时化的，应该正是东方的循环时间观的影响。

　　所以《土地之痒》中一方面把土地相关的重大事件都处理得相当典型，另一方面把现代时间点都清除了。作家非常明白这些时间点的重要性，比如1978

---

① ［美］杰姆逊著，钱佼汝、李白修译：《语言的牢笼》，百花洲文艺出版社，1995年，第62页。

年、1985年、1992年等对乡村变迁都是至为重要的节点。但文本中全部模糊化，只强调事件，就是土地，连书名都直接命名为《土地之痒》。贺享雍抓住了乡村的关键，不像柳青以启蒙知识分子的身份嘲讽梁三老汉对土地的向往，而是像赵树理那样，给农民以真正的生存想象，把土地作为农民希望的核心点。小说中贺世龙不惜精力和时间，花了巨大的心血整那块坡边地就是非常传神的描述，把农民对土地的渴望描摹得入木三分。在这儿，贺世龙作为一个经历了土地革命、社会主义合作化、公社化、"文化大革命"的老农民，深知生存的艰难和土地的重要，所以，一到土地面前，他的时间感就消失了，他耗尽一生也要拥有一块自己的肥沃土地，哪怕一时便死了无遗憾，与孔子的"朝闻道夕死可矣"有异曲同工之妙。从人类的精神角度来讲，贺世龙对土地的执着与知识分子对气节理想的坚守并无区别，都是一种狂热，一种信仰。贺世龙之所以不顾生命，忘我地、拼命地劳作，就是因为他明白，即使他死在这块土地上，他的后代还可以继续受益，这也正是取消了进化时间的东方循环时间观给中国乡村的一个坚定的信念：为了家族，为了后代，为了一个苦难而庄严的轮回。

《乡村志》系列的其他几部小说也是避免直接标注时间。大量涉及城市的第九部《大城小城》（2017）也没有明显的时间点，都做了混沌化处理。这也符合循环时间观。无为的时间不需要标注，每个生存之点都是白驹过隙一般的存在，相对于整个宇宙时间因为过于短暂而毫无意义。但对于个体，存在却又是有意义的，存在本身在道家看来是一个存在体的无为事件。存在的时间就是无为事件的延续，活过事件更重要。有了事件，时间才有了意义，因为事件给个体存在以体验，事件延伸为时间——人类用感觉丈量自己的生命，就成了时间。循环则意味着时间的轮回，而不是"发展"。

循环时间观背后的道家的混沌时间既决定了大部分庸众的存在，也使精于计算和纠缠于细节的个体通常成为人类社会的精英，比如科学家和哲学家。由于世俗社会的权力需要各种精英来完成对众多个体的统治，这些精英必然陷入人类中心主义之中不能自拔。人类社会最可怕之物就是权力，权力一方面推动人类社会飞速"发展"，同时也意味着靠近权力的个体的存在随时可能被终结，达不到自然时间的延续和终结。而这些精英比一般人更看重人类社会的机械时间，机械时间当然都化成个体的感觉时间。《乡村志》系列有一个明确的立场，就是作为底层的广大农民是超级精英时间之下的卑微生命，无所谓存在，也就无所谓时间，只有为了生存的挣扎。当权力到来之际，他们或者灭亡，或者忍耐。贺世龙费尽心血把那块满是石头的坡地改造成了大块的水田，其间还用好地换了别人相邻的渣地，几乎花费了种三四季粮食的工，整出了两亩多水田，全村人均才三分多水田，他的地比村里其他人的地都多都好，一时间他踌躇满志，几个儿子也很高兴。可是，同族不同支的村支书贺世忠却非常嫉妒，借再一次分田，以集体的名义收回了他的田地。这相当于陈奂生在联产承包后好容易种好了粮食要收获了，队里又要连地带粮收回土地。贺世龙愤怒了，儿子们也不满，但又有什么办法，只能忍耐。他没有能力和权力与全村农民的嫉妒与贪婪相抗衡，只能眼睁睁看着自己变废为宝整出的全村最好的一大块地一下子被瓜分。

这又涉及中国道家思想的另一个特别价值。道家的一个根本特征，就是反人文的，更直白地说，是"反人类"的[①]。道家从老子到庄子，都对人类过于积极的生存斗争充满了担忧甚至厌恶，他们认为人类越努力越早亡。这在人类发展过程中也有所表现。人类过于努力地发展自身，改造自然，获取利益，同时也不断发展出自我毁灭能力，核武器就不用说了——早已能毁灭人类几百次，单从环境问题来说，仅仅空气污染一项，就已经造成很大问题，还有水资源全球性恶化、超级大国的不安分、人工智能的无序发展等，都有可能毁灭人类。道家思想中有一点看得很透彻，就是人类的存在与否对于地球和整个宇宙都毫无意义，无论智慧生命是毁灭还是重生，地球都还是地球，更残酷的是，地球和太阳系都毁灭了，整个宇宙仍然是庞大的、静止的存在，无所谓时间，无所谓生命。人类相对于大自然和宇宙的重要性，实际是人类自身的臆想。按照道家理想的存在方式，即无为而无不为，人类还能长期存在，但若人类过于膨胀过于贪婪，哪怕只是核战爆发，也能让人类即刻从宇宙中消失，更不用提几千年几万年了。

---

① 道家的"反"有相反与返回双重含义，可以理解为无形无名者（道）对有形有名者（物）的作用。

这种情况下，中国传统文化中的循环史观和无为存在观就有了重大意义。它可以最大可能地限制人类的贪欲。虽然在第九部《大城小城》中写到城市的大量场景，但在贺享雍的笔下，乡村价值仍然占据了主导，城市只代表着物欲和丑恶，时间仍然是轮回式的，欲望之下仍然是堕落、痛苦和死亡，最终他还是选择了逃离。贺世龙从城市回到乡村，逃回乡村的轮回时间里去，在古老的时间中安享余生。

这种轮回时间中的"安详"之态，不只对困窘中的底层人民具有宗教般的心理抚慰价值，对富人也一样。很多富贵之人老年向佛，那是从古老时间中寻找另一种安宁。这并不是所有人都能认识到的，大部分人都在现代化理论和"成功学"中不能自拔。1923年的胡适抱持着对西洋的崇拜，认为东方文明向来蔑视人类的基本欲望，把"乐天""安命""知足""安贫"种种精神安慰放在第一位，因而就使得多数人朝着"逆天而拂性""懒惰"的路上走，而西洋文明"这样的文明应该能满足人类精神上的要求；这样的文明是真正理想主义的文明，绝不是唯物的文明"[①]。这就是"少不读鲁迅，老不读胡适"中的那个胡适，唯经济的资本主义居然能满足人类的精神需求，是"真正理想主义的文明"，这是那一代知识分子非常天真地对东方和西方文明的双向双重的扭曲和随意解释。胡适说西方文明不是唯物的，是精神的，正与资本主义的经济初衷相违背。他同时又把传统文化中的乐天安命说成中国人懒惰的根源，对传统文化太不了解，更可能是故意曲解。不幸的是，近百年前的看法在今天仍然是主流，这尤其需要反思。今天的中国和西方都能证明资本主义的唯经济论对环境和人类自身的戕害，是需要一种非西方的文明来中和它的危害的时候了。贺享雍的小说就体现了这种强烈的"拨乱反正"意识。城市代表着工业和经济化，乡村代表黄老的安宁。《大城小城》就把城市定位为丑恶遍地，虽然有把城市本质化或"反他者化"倾向，毕竟是一种对城市物欲文明的反思。《村医之家》中前三代仁义敦厚，下一代则堕落为唯利是图，传统医德全失，这某方面也可以说是因为循环时观被线性时观代替，人们丧失了那种淡泊，在利益面

---

① 胡适：《读梁漱溟先生的〈东西文化及其哲学〉》，《胡适文存》二集，黄山书社，1996年，第177页。

前全然受制于欲望。

在第三部《人心不古》中，通过对启蒙的抽离，贺享雍对"人心不古"做了全新的阐释。《人心不古》中村民对"启蒙"的抗拒，正是后现代消费主义语境下对乡村价值的重新思考。此"不古"非彼"不古"，而是古意仍在，某些人已经变了，还要以变形了的规则来要求古意尚存的人们改变自己的生存规则。其实自命的"启蒙者"，那个退休校长的失败也是线性史观的失效。时间似乎返回遥远的过去，以过去的时间来否定现在的时间。实际，古时间仍在，"不古"的，是那个返乡的退休校长。启蒙的现代时间融不进东方的循环时间，更难说能改造东方时间。

总之，贺享雍的作品在农村不断式微的中国有特殊的意义。所以"对于我来说，读到贺享雍的作品振奋了我对当下写作的信心；对于贺享雍来说，他在一个不合时宜的时刻提供了一种非常合时的作品，当然他需要更多的机缘才能确证其历史意义"[①]。

赵树理已经建立了一个相当完美的东方化叙事系统。如竹内好所说，赵树理达到了现代又超越了现代[②]，他认为赵树理的文学是东方文化传统与西方现代结合的最好范本，这与日本学界当年思考的"超克"直接相关。日本思想界"第二次世界大战"前后思考的问题也正是当前中国学界面临的问题，即如何既发展经济，又发扬光大自己的传统文化，不被西方文化吞噬。赵树理的设想很好，可惜国家政策的剧变摧毁了一切。20世纪80年代改革开放之后，城市化和工业化的成功短短几年就让农民边缘化，似乎中国乡村再也没有乌托邦的可能。在这一方面，贺享雍与莫言类似，似乎都没有了建立乌托邦的冲动，因为消费主义解构了很多可能性，东方化叙事随着乡村在大工业冲击下不断瓦解，失去了现实的支持。安于土地安于生存不再是一种光荣，而是贫穷和耻辱，社会的主导价值观是与GDP相连的民族国家的前途之下的个体化的金钱化成功。

---

① 杨庆祥：《重建农村题材小说的总体性视野——从贺享雍的〈乡村志〉谈起》，《文艺报》，2018年3月23日。

② ［日］竹内好著，晓浩译：《新颖的赵树理文学》，中国赵树理研究会编：《外国学者论赵树理》，中国文联出版公司，1998年，第68页。

而纯粹的农村与现代化的"成功"无关。如何在大工业时代、后现代时期和消费主义时代面对中国传统文化和中国乡村，不仅是文学的问题，还是中国未来的走向问题。

第一章

乡土中国的"内"与"外"

人类始终离不了农业，是因为人类的生存离不开粮食。不管人类社会怎么发展，粮食生产都是必须要保证的，这意味着乡村或者农民生存的土地永远是不可替代的——至少几百年内还应该如此，人类还没有能力完全人工合成粮食，这也意味着人类离不开乡村。而且人类的文明也是从乡村开始，在今天，乡村仍然是文明的焦点之一。文学作为人类文明的产物，乡村文学也同样是文学的中心之一。乡村有着其特殊性，虽然对人类的生存及延续至关重要且不可替代，但其在经济体系中却一直处于低位，当人类文明进入大工业时代更突显了这一问题，即农业的低产出低效益越来越削弱农业在经济体系中的地位。乡村作为农业生产的场所出现在小说中也面临同一问题，生活在乡村并从事农业生产的农民在乡村文学中同样如此，很多作家难以掩饰或者毫不掩饰对乡村和农民的轻视，这是城市化进程中很值得关注的社会问题和文学问题。

中国乡村文学最鲜明的特色，是由于社会主义革命的影响，中国当代作家面对乡村时会有一种马克思主义式的关注，特别是毛泽东的"大众化"写作理论，如"到群众中去"和知识分子面对乡村的"自我改造"，给中国作家造成了不可磨灭的影响。中国革命的特殊经历也是其他国家的作家不具备的，毛泽东思想的影响在今天的环境下也不可低估。中国作家对乡村的特殊情感也源于此，总能在儒家的仁义之外加上超现代的"公共意识"，这个"公共意识"又与道家的"无我"和"无名"混合在一起。这也是其他国家的作家无论如何也不可能具备的，包括世界第一大社会主义国家苏联。

贺享雍的小说同样有着"后革命"特色，他虽然不是有意而为，但他作为新中国第二代作家，经历了"大跃进"的尾声、"文化大革命"、联产承包责任制及改革开放,受社会主义革命的影响非常深远。贺享雍的乡村文学类似赵树理的乡村,文学充满了儒家式的悲悯,同时对乡村本体细致入微的再现也与赵树理相似,特别是对乡村伦理下人们的生存细节的描述尤其接近赵树理的日常化乡村描述;同时,莫言式对权力的幻灭也时有表现,但贺享雍更多还是着眼于权力之下乡村的存在,批判性经常让位于道家式的忍耐。从某方面来说,贺享雍的小说是对当代农村文学的重要补充,特别是精细入微的细节描写,把乡村、乡村的权力及农民的生存状态做了独具特色的内部展示。

第一节 如何进入农民的乡村

西方的文化传统从文艺复兴以来一直是重个体、重现代主体性,西方现代小说产生于文艺复兴之后,更是以个体为重,所以他们对农民的思考也是以个体为中心,重人性、重人道。而中国不是,中国在个体之上还有一个儒家式的集体,一个高高在上的皇帝代表着终极价值,辅之以无所不在的道家影响。进入现代社会,道家成了隐藏的又是根本性的文化积淀,以集体无意识的方式发挥作用。了解这种中西文化的差异,就会发现中西文学面对乡村和农民时的差异。如波兰作家莱蒙特1924年获诺贝尔文学奖,其作品就是《农民们》,或译成《农夫》,这应该是西方最接近农民的作品之一,其写作是现实主义式的,视点也是单一视点,叙述人基本是隐含作者的化身,其身份基本是一个西方的启蒙知识分子。他的乡村立场和后来的中国新民主主义革命时期的小说相似,如茅盾、丁玲和周立波等人的小说,即其叙事建构更多的是外在于乡村的。托尔斯泰的《复活》同样如此,贵族地主聂赫留朵夫主动分地给农民,很自然且完整地实现了托尔斯泰这样一个贵族地主的想象及其对理想社会的追求,同时这也是他自我救赎以"复活"的重要行动之一。但这不能从根本上解决问题,分地只是他的个人行为,并没有其他地主响应或学习他的行为,主动把土地分给农民。因为当时的大环境并不具备"解放"式平等的诸多条件,特别是人们没有社会主义式的公有意识,不会想到也不会接受把财富无偿地分给穷人。而且托尔斯泰的不抵抗主义也决定了他不会去发动其他贵族响应他的号召。托尔斯泰只能也始终在乡村之"外"。

巴尔扎克也写过很多次乡村，但他的没落贵族立场决定了他的作品不会真正描写贫苦农民。果然，即使命名为《农民》的那部小说，写的也不是马克思主义意义上的农民阶级，而是乡村的权力阶层——贵族地主。毕竟那时只是19世纪前半叶，马克思主义还未在全球形成影响。具体分析一下巴尔扎克的乡村场景，就能明白巴尔扎克的意旨所在，如《农民》一开始就是典型的现代风景描写：

> 从这两幢人去楼空，布满灰尘的小楼开始，有一条漂亮的林荫大道，夹道两排百年老榆，树顶如华盖，交相掩覆，形成一只长长的、壮丽的摇篮。道上长满了草，双轮车走过的辙痕依稀可见。那榆树的高龄、大道两侧边道的宽度、两座小楼令人肃然起敬的气派，还有那墙基石块的棕色，处处都使人一望而知王侯府第离此不远了。
>
> 小楼的栅栏位于一块高地，我们爱虚荣的法国人称之为山，下面是驿车终点站库什村。我在到达那栅栏之前，望见了艾格庄狭长的山谷，大路就在峡谷尽头拐弯，直奔法耶市，我们的朋友德·吕卜克斯的侄子就在那里当土皇帝。在一条河边的丘陵上，一大片参天古木俯瞰着这富饶的山谷，远处群山环抱，那山名叫摩凡山，是属于小国瑞士的。这片茂密的森林属艾格庄、龙克罗尔侯爵和苏朗日伯爵共有。登高远眺，那别墅、园林、村落，真像柔美的布律盖尔笔下神奇的风景画。

这个风景与写实、抒情与欲望紧密结合的叙事片段不是个案，而是广泛存在于巴尔扎克的作品之中。只要涉及乡村，巴尔扎克的风景可能就是同样的状态，如《老姑娘》和《搅水女人》，同样是充满诱惑的庄园。"登高远眺，那别墅、园林、村落，真像柔美的布律盖尔笔下神奇的风景画"，如此美妙的地方，带来的不是东方的恬淡和闲适，而是勾起了所有人的占有欲。而前一句则交代了这片风景的"主人"："这片茂密的森林属艾格庄、龙克罗尔侯爵和苏朗日伯爵共有"。在巴尔扎克看来，这些诱人的风景是贵族们的神圣财产。无边的风景，实际是贵族们的庄园。而庄园是乡村财富和权力的集中地，是成功的符号，是贵族的标志。所以，虽然是风景描写，却渗透了对财富的欲望。在一般的小说中，此段的功能在于第一人称的叙述人或"类说书人"向接受者或听众介绍故事空间的一些环境要素，但对于巴尔扎克的经典批判现实主义小说，那个"我"或者"我们"却更多地投射了真理化的隐含作者的欲望。而巴尔扎克对这些欲望是没有感觉或者没有反省的。虽然在上面的片段中，巴尔扎克似乎自嘲为"我们爱虚荣的法国人"，但在实际上，他很为自己是"法国人"而骄傲，因为他家在巴黎——1814年他十五岁时随父亲迁入巴黎，而且此时他已经是巴黎有名的大作家，他觉得自己不再是出生于法国中部图都尔市的"外省人"，他很满意"巴黎人"这个称号或者命名，因为"巴黎"代表着"法国"；所以上文的"虚荣"在修辞上是反向的，并非贬义，而是得意。这与他对财富的渴望息息相关。他的所有行为，包括写作本身及爱情、社交，都是为了金钱，为了投机和还债，他的欲望无法掩饰，因为他没机会掩饰，他必须生存，他必须出人头地，他必须有体面的人生。这种俗世的欲望正是巴尔扎克一生的软肋——可以说是生于斯，死于斯。

而贺享雍不同，下面是《土地之痒》第一章中的风景描写：

清晨湿漉漉的露水打在贺世龙一双赤脚上，令他觉得十分清爽。他来到牛草湾那块过去曾经属于父亲、现在归在他和世凤、世海三弟兄名下的祖业地边，天已经开始大亮了。擂鼓山后面，太阳早早撒开了一片像是膏脂的红颜色，又像是要把天给燃起来似的。贺世龙听别人日白说，太阳和月亮是一对兄妹，太阳是哥哥，月亮是妹妹。这会儿西边跑马梁天上的月亮，似乎看不惯哥哥这副爱出风头、张狂的样子，歪着脸在一边怄气。过了一会儿晓得自己怄气也是白怄，干脆把自己所有的光，都收了起来，躲到跑马梁的后面去，眼不见心不烦，让你个毛头毛脑的人去发羊角风吧！

贺世龙跳到地里，这块地朝南，又处在一个背阴的湾里，尽管那太阳迫不及待地在东边擂鼓山头发出了光芒，但湾里还是有些麻杂杂的。不过，地里的景色已经能看得分明了。这块地上季种的是清一色的高粱。现在高粱收了，连高粱秆也早挖了。高粱收获早，距种小春作物还有差不多两个多月时间。在这个时间里，贺世龙本来还可以种一季早萝卜，等卖了咸菜萝卜种小麦正合适。

贺享雍小说中的风景描写不多——和巴尔扎克类似的"铺张"的生活细节描写倒比比皆是，他的小说中即使有风景描写，似乎也不代表隐含作者的情感注入，而是与人物结合在一起的，既是人物生活在其中的风景，也是人物视角中的风景。上段就投射了"联产承包"之后农民贺世龙终于分到自己的土地后的喜悦，天不亮就下地干活，太阳和月亮都带上了俏皮的色彩。这样的描写，用柄谷行人的风景分析，仍然能归于现代主体性得以发生的"装置"，因为贺享雍生活在当代，现代意识早已成为中国作家的共识。风景描写在此处是作家特意通过环境来衬托农民得到土地后的喜悦的，而改革开放之下的农民其目的也是要走向"现代"。从作家到角色，都有现代诉求，所以这段风景描写可能至少承载了双重的"现代"。但在这个叙事片段中，却看不到巴尔扎克那种资产阶级式的欲望，不是攫取，不是占有，风景描写之后就是贺世龙生龙活虎地"跳到地里"准备干活。一定要明白一个前提，乡村的农民这种面对土地的劳作是低效率的，达不到巴尔扎克那种"资本"的高度，更谈不上奢华的欲望，与后工业时代的量子经济更是风马牛不相及，贺世龙需要的只有一个：活着。就是说，贺世龙作为一个中国乡村农民的代表，他明知自己劳作的辛苦与低效，仍然要非常欢喜地去劳动，就是因为他背后是一个最基本的人类问题：生存。

一个重在奢华和财富，一个重在生存，虽然不能从对错和高下方面进行价值判断，但其差异性却是天壤之别。巴尔扎克热衷的是贵族式的财富及金钱堆成的优雅，贺享雍看到的是农民的艰难生存，或者可以说，巴尔扎克是无所谓悲悯的，而贺享雍则充满了对农民的同情，那是来自儒家的仁义与革命的"解放"意识相结合的悲悯。所以，就贺享雍来说，他的立场与赵树理高度一致：革命之后，农民需要的是休养生息和基本的生存，而不是"发展"。贺享雍小说中的农民的绝大多数都不需要资产阶级式的体面，金钱的欲望也没那么强，他们要的是做纯粹的生存化的农民。贺享雍作为一个乡村作家，则是一个乡村的讲故事者，一个乡村的诗人。

把贺享雍和巴尔扎克关于乡村的同等叙事场景做对比之后，就会发现社会主义革命与道家结合的巨大力量，巴尔扎克作为一个资本主义处于极速发展且尚未成熟时期的知识分子，对乡村的态度是何等单一。再看乡村的爱情，作为人类永恒的主题、生殖本能的文明化装饰，它在贺享雍、莫言、巴尔扎克、赵树理的小说中都有非常精彩的描述，他们的处理方式明显有很大差异。比如莫言《天堂蒜薹之歌》里面的高马和方金菊，赵树理《登记》里的晚晚和小艾，贺享雍《苍凉后土》里的佘文富和孙玉秀，这些人的爱情就有各自不同的走向。赵树理的《登记》是最完美的解决，青年们皆大欢喜。但在莫言和贺享雍那儿就未必了。

贺享雍《苍凉后土》里面写了一对被物质拆散的青年人佘文富和孙玉秀，孙玉秀的父亲孙学礼贪财，逼女儿与佘文富退婚并嫁给一个经商的混混，因为商大于农，经商向来是纯农业收益的数倍乃至百倍，有能力给孙家更多的彩礼。在此，隐含作者的安排意图非常明显，不提及生存，因为此时已经联产承包，大家都能吃上饭，生存不再是问题，叙述人明显把它归于道德问题，即贪婪，且没把一点同情给那个黑心的父亲孙学礼，倒是给孙玉秀的母亲刘泽荣很多善意。母亲愿意女儿幸福，但父亲不同意，而且乡村的家庭是绝对男权，母亲没有话语权，直接导致女儿的不幸。莫言《天堂蒜薹之歌》之中的高马和方金菊爱情悲剧的起因类似，他们爱情的阻碍明显也是金钱，和农村的生存化婚姻一致，即婚姻能否给女方家庭带来物质回报。在此莫言设置了一个复杂的三家换亲，方刘曹三家农户各有一个病残的儿子，又恰好都有一个女儿，三家签"协议"转着换亲，方家女儿嫁刘家儿子，曹家女儿嫁方家儿子，刘家女儿嫁曹家儿子。高马能够给金菊带来基本的幸福，因为他们都是健全的，但他不能给金菊的哥哥带来幸福，实际上方家父母考虑的是家庭和家族的未来，因为金菊的残疾哥哥没有办法（实际是没钱）正常娶亲，所以他母亲只能依赖金菊去换亲。高马带来的自由恋爱破坏了农民的这一生存链条，当然要受到重重阻碍。金菊的父亲方四叔也曾说过，高马要娶金菊就拿一万块钱来。背后的含义实际是如果有一万块钱，金菊的残疾哥哥就能娶到媳妇了，但在那个一只鸡蛋几分钱的年代，一个农民怎么可能有一万块钱？所以，高马和金菊执拗的爱情最后变成了一个大悲剧：金菊退亲后曹家儿子娶媳无望自杀，金菊与高马私奔被捉回毒打，金菊怀着孩子自杀身亡，死后还要被三家换亲之一的曹家买尸给儿子配阴亲。这种婚姻悲剧一方面是乡村生存伦理起作用的结果，另一方面也是男权本位起作用的结果。对于乡村，婚姻的第一原则是生存，第二原则是要生男传家，女性随时可以被牺牲。

在贺享雍的小说里的爱情结局一般没有那么悲惨，如上述农民佘文富和孙玉秀之间的爱情，虽然最初被建构成悲剧，孙玉秀被父亲逼迫嫁给了不喜欢的人，但最终却修成了正果，得以和不良人离婚，与佘文富破镜重圆。这种安排，也是作者或隐含作者心存善念的表现，他似乎不忍心让自己的人物过得过于悲惨，所以让他们经历了很多的苦难之后，还是给了他们一个大团圆的结局。总体上看，莫言的爱情悲剧更残酷，他对人性之阴暗似乎非常不乐观。大小人物都在金钱和权力之下死于非命，爱情也仅是死亡之途上的昙花一现。另一方面，莫言在冷静展示的背后更强调生存。金菊的父母亲虽然非常残酷，宁愿女儿死也不愿她婚姻幸福，但作者的着力点并不像张爱玲在《金锁记》中所表现的那样，男权的千年压迫导致女性的奴性与变态，更不是弗洛伊德式的性扭曲，而是农民在乡村生存伦理之下所做的必然选择。莫言作为一个乡村出身的男作家，明了生存为中国乡村的第一伦理规则，他从未低估它对农民行为的巨大影响。赵树理的小说中的婚姻也是面临着乡村的生存问题，但赵树理弱化了生存一维。作为一生为农民思考的作家，他敢于弱化生存的自信在于，新民主主义革命时代的解放区农民已经获得了土地，生存已经不再是问题，他相信政策会一直稳定地持续下去，所以那个时候的农民面临的就不再是生存问题，而是新制度和旧传统的矛盾。因此，《登记》中青年的婚姻受到老一代阻碍之后，在政策的影响下得以完美解决，表面看是革命的胜利，实际也是乡村新伦理的胜利。

论述过革命影响下的中国作家之后，再对比一下巴尔扎克这样的"前革命"时代的西方大作家，可能仍然会有较大的发现。在巴尔扎克的小说中也有一个关于乡村女性爱情和婚姻的故事，即《搅水女人》。它实际上是一个巴尔扎克版的灰姑娘的故事，"搅水女人"本是一个贫穷的农民，但她超乎寻常的美貌改变了她的命运。她十二岁时被七十多岁的乡村地主罗杰医生看中，于是她凭着自己惊人的美貌得到了一个贵族的垂青，不但获得了丰富的物质生活，掌管了大量的财产，还能够找到自己爱的人。但巴尔扎克却把她处理成了图谋主人/恩人财产且性观念混乱的穷人出身的小丑。为什么非是出身贫穷农民的搅水女人觊觎贵族的财富？关于贵族与资产阶级的财产之争，为什么必须有一个丑恶的下层人来搅起波澜？为什么一个穷人家的孩子就不能像灰姑娘一样嫁给王子过上幸福的生活？

很明显巴尔扎克犯了马克思所说的那个错误，即站错了阶级队伍，巴尔扎克自己本为上升中的资产阶级，但他的情感却在属于旧时代的封建贵族一边。为什么他身为资产阶级一员却会站在封建贵族的一边？正是因为巴尔扎克的庸俗。他同情和羡慕的是贵族的"气质"，实际他潜意识中更想要的是资产阶级的财富和自由。再者，资产阶级立场和贵族立场都是精英立场，两种立场都是贫穷的农民阶级的奴役者和压迫者。所以巴尔扎克站在精英立场角度丑化下层劳动人民是正常的，面对穷人的复杂态度更不可能出现。巴尔扎克的强烈的批判性在于他把当时的法国看成一个高度利益化的社会，在他那儿完全不存在纯洁的个体，都是利益下的虫蚁，毫无文明可言。从这点上看，巴尔扎克的批判现实主义在一个农家姑娘那儿也得到夸张的体现，于是她利用她美丽的肉体掌控一切，包括财富和男人，如巴黎的那些贵妇和女演员一样成为资本主义下最丑恶的现象之一。总而言之，不是说农民就没有"坏人"，也不是说农村女性的爱情就不能有阴暗，而是巴尔扎克的选择意味着他从来没有真正融入乡村，他关心的只是乡村中的资本和财富，而不是农民的生存和农民群体的复杂。

而贺享雍则在爱情描写中充满了对农民的同情。正常的爱情就不说了，即使写到农村妇女的"堕落"，他也极尽善意。如《村医之家》中的苏孝芳，外出打工被一个老板包养生了私生子，叙述人并未做什么价值判断，而是借村医之口骂几句不懂事了事，还帮她抚养私生子。贺冬梅同样外出打工，却做了"小姐"，并得了性病，隐含作者并未谴责她，而是借叙述人之口强调她是不得不如此，她母亲生病花了几万块钱，她做"小姐"是为了给母亲还债。作为反例，对心不在乡村的农民后代，尽管没多少错，贺享雍却毫不留情。如《盛世小民》中贺世跃的儿子贺松的女朋友吴娴，同样出身乡村，到贺松家却对农民的卫生及环境大加指责，在外面打了几天工就拿城市标准要求乡村，在小说中被塑造成年轻无知且盲目羡慕城市的典型。整个叙述过程中叙述人明显站在农民一边：乡村不需要城市的那些多余的规则。再后来两人分手了事，这也是新世纪处于城市和乡村之间的女性的正常的"双向选择"。"分手"的情节安排意义相当重大，"分手"解决了农民的儿子与倾向城市的女友之间的矛盾，也解决了农民贺世跃与儿媳之间的城乡意识差异造成的矛盾；同时，"分手"也解决了贺享雍的矛盾，在他看来，一个心中没乡村的女性是无法和农民家庭融合的，乡村的立场使得他不得不在文学世界解决各种城乡的冲突。城市代表着过多的欲望，而乡村代表着生存和闲适。欲望的膨胀总是弊大于利，上述农民贺世跃最终在城市的压迫之下自杀就是一例。如同人类社会一样，宇宙规则在任何角落都发生作用，大自然的平衡力量随时会到来，沉湎于过多的欲望，必然被欲望反噬。巴尔扎克的金钱欲望，他对贵族身份的期待，他对资产阶级的财富的向往，导致了一生的悲惨，五十岁才得以娶了一个极富有的贵族——伯爵夫人甘斯卡娅，几个月后就贫病交加与世长辞。从文学上讲，欲望的指向也决定了他小说的复杂向度，这个复杂，却独独缺少了对乡村的关怀。因为在对金钱充满野心的巴尔扎克那儿，乡村是无用的。

而这正是从赵树理到贺享雍和莫言面对乡村的长处或优势所在。马克思主义带来的阶级思路及解放全人类的理想，使革命时代和后革命时代的中国作家不管身处何种处境都有底层关怀的可能。

贺享雍对乡村的处理当然与他的立场有关。他和赵树理一样始终在乡村之"内"。赵树理如果此时还健在，应该也不太会赞同严苛的计划生育制度。除了身份与赵树理非常相似，贺享雍面对的时代远比赵树理的时代更复杂，赵树理面对的社会主义革命时期的中国乡村，对启蒙是远距离的小剂量吸收，而在贺享雍的时代，知识分子群体启蒙权威话语仍然是主流，否定传统成为一种定势，经济伦理掌控一切，后现代消费文化甚嚣尘上，人群越来越松散成原子化个体，这都使人的群体思维越来越难以融合。进一步说，贺享雍在乡村之"内"并非就是全面"正确"，此立场同样面临众多的难题。只从国家经济"发展"的角度来看，乡村怎么都是"发展"的"负效益"，只是关注农民的生存似乎很难获得大工业时代的大众的支持；如果不关注，乡村又确实是弱势，有违作家的精神高位和理想主义追求；关注的话又不知从哪个方面入手。所以对于贺享雍，个人、主体、国家意识和民族意识都很难再有一个坚定不移的、固定的理想或想象标准。未来的走向是高度不确定的。这实际是人类文明中的"现代"或者"超现代"走向何方的问题。不管如何想象，都可能被人类飞速发展的步伐否定，甚至变成笑柄，这是人类自身的难题，反映在作家那儿，就是理想的破碎，再难以有人类高度或超人类高度的永远闪亮的精神光环。

对于这个后工业时代或量子时代，莫言的处理方式则非常有道家色彩，他用后现代的方式，以中国的道家为核心整合了所有的思想，最终是跳出人类的局限，在人类之外从宇宙视点以超人类的广大存在为参照，从点、线、面、体到超三维事物等人类无法认识的层面进行量子宇宙式的观照。所以莫言会时而在乡村之"内"，时而在乡村之"外"，而且莫言之"内"非"内"，其"外"也非"外"，其时时表现出神出鬼没的超越性，几乎无人可解。

从一个优秀作家的标准来看，不但要有优良的叙事能力、深刻的思考和敏锐的洞察力，还要有对人类的无区别的悲悯，特别是对弱势的同情和理解。前一点需要更多的才华和天赋，并非想达到就能如愿的。对于后一点，即立于乡村之"内"真正地关怀农村和农民，中国的作家多数能做到，那就是马克思主义理论指导的中国革命的影响，贺享雍也很好地做到了后一点。巴尔扎克作为一个资产阶级作家却没有做到，因为他一生都在乡村之"外"，但他却相当完美地做到了前一点。不管怎么说，巴尔扎克都是世界文学史上最伟大的作家之一，他的欲望的泛滥、他的虚荣的矛盾、他对金钱和财富的羡慕与渴望，与他的高超文学才华一起，造就了他文学的复杂和难以企及的深度。贺享雍在很多方面与巴尔扎克类似，《乡村志》（十卷本）系列与《人间喜剧》一样形成了多场景的交错式宏大布局，在技巧方面，人物的前景与背景的转换、对各种场景的极其细腻的描写和主题结构方面的真理化关注等，都无意中与巴尔扎克相似[①]。贺享雍的不足在于场景的内涵，与巴尔扎克相比，贺享雍的乡村在主题结构方面过于单一，或者这也是革命留下的思维模式的影响，从单一的革命到单一的批判，容易忽视人类社会的真实存在的复杂性。复杂，或者正是贺享雍

---

① 笔者就此询问过作者本人，回复是没看过巴尔扎克，那个年代接触的多数是苏联的作品。

今后努力的方向。中国有超越人类复杂性的道家，时刻有"混沌"之"无"的存在，就能不忘宇宙的复杂，注入文学，就是超越人类自我的文学。

第二节 "风景"与生存

　　风景描写是现代文学叙事的关键装置之一。从叙事功能上看它类似人物的内心独白，叙事节奏上意味着故事时间的停顿，叙事时间无限膨胀——膨胀的其实是一种感觉，一种无限扩张的"主体感"。此时，主体神游万里，而故事时间为零，叙事时间可以延续成几页甚至几十页纸，相当于天上一天，地上一年。根据相对论，离地球表面越远，时间就会越慢；物体速度越快，时间也会越慢。这倒符合中国神话中对时间的想象，即神界一天人间一年。时间在小说中更是千变万化，不可捉摸，如时间可以随时被忽视，一下十几年甚至数百年被淹没在风景之中；也可以在风景中被无限拉长，一秒的感觉拉成几小时甚至几天几年。而风景的"停顿"感正是主体强力介入干涉时间的结果。从鲁迅开始，中国现代小说一直充满了风景描写，包括乡土小说，一般开篇都会是一大段风景描写，这似乎成了"现代"的标志，从鲁迅到茅盾，及巴金、老舍、张爱玲，再到周立波、丁玲、柳青、浩然、张炜、余华等作家都是如此。但有人例外，1943年之后的赵树理小说中几乎再也没有风景描写。这是文学的特例，风格的巨大变化往往意味着作家创作理念的重大转折。对照早期赵树理小说中强烈的现代味，这真让人奇怪，赵树理为什么突然对代表着"现代"的风景那么厌弃？

　　我们先看一下赵树理早期小说《悔》的开篇，大部分读者会很难相信这是赵树理的作品：

　　狂风呼呼地怒号，路旁的树，挺着强劲的秃枝拼命地挣扎。大蓬团不时地勇往直前的在路上转过，路旁的小溪，两旁结成了青色的坚冰，大半为飞沙所埋没，较近水心些儿，冰片碎玻璃般的插迭起来；一线未死的流水，从中把这堆凌乱的东西划分两面。太阳早已失却了踪迹，但也断不定它是隐在云里，还是隐在尘里。

这是标准的"启蒙式"叙事，与茅盾、巴金、沈从文及张爱玲等作家的同类叙事并无本质区别。而且赵树理的不简单之处在于，通篇小说都使用了"意识流"手法，属于"现代主义"范畴，与施蛰存的《鸠摩罗什》《将军底头》等现代主义小说相比只早不晚[1]，片段中描述的是主人公被学校开除后的状态，实际是赵树理自己在长治第四师范学校参加革命活动被开除后"灰溜溜地"回家路上的心理活动，中心意义是感觉给家人丢脸了。投射到环境，就变成万物皆哀。到了《小二黑结婚》，赵树理的创作似乎天翻地覆，成了另一个世界，开篇就是：

刘家峧有两个神仙，邻近各村无人不晓：一个是前庄上的二诸葛，一个是后庄上的三仙姑。二诸葛原来叫刘修德，当年做过生意，抬脚动手都要论一论阴阳八卦，看一看黄道黑道。三仙姑是后庄于福的老婆，每月初一十五都要顶着红布摇摇摆摆装扮天神。

和前段相比，风景完全消失，心理描写也几乎不存在了。《小二黑结婚》的开头是最典型的赵树理式叙事起点，他不像启蒙与革命结合的知识分子如丁玲和周立波那样，直接来一段风景描写，而是通篇取消了风景描写，即赵树理的创作进入"超现代"的转型之后，小说的开始则"革"了启蒙文学的"命"，现代人的情感似乎一下被取消掉了。总体看，1943年之后的赵树理小说中不再有单纯的现代风景描写，属于"风景"的部分都被人物化或者事件化。要么没有风景，要么景物与人物混合，变成行动与景物混杂，那些景物也被尽可能"去风景化"了。如在《三里湾》中，虽然很多事件发生在有月亮的夜晚，但赵树理直到结尾时才很难得地提到一次月亮：

---

[1] 赵树理的《悔》发于1929年，原载《自新月刊》第5期（1929年11月），署名"赵树礼"；而施蛰存最早的现代主义小说《鸠摩罗什》《将军底头》发于1930年与戴望舒合编的《新文艺》月刊。

他们的话就谈到这里。这时候，将要圆的月亮已经过了西屋脊，大门外传来了脚步声，是值日带岗的民兵班长查岗回来了。他两个就在这时候离了旗杆院，趁着偏西的月光各自走回家去。

"月亮"是一个大意象，承载了几千年来中国文人的诗情，"风""花""雪""月"，为中国四大文人意象，月亮应该第一。但此处的"月亮"是风景吗？明显的，赵树理在此设置的月亮不承载任何诗意，"月亮"在此的功能简单而精确，即交代时间。为什么这样处理？正是因为风景的精英特色被赵树理视为乡村之异质。所以在赵树理的小说中所有场景中的物质和存在体，都被化成乡村生存的某种条件，它们都在为人类的存在和延续发挥某种现实的"功能"，可称为"环境"，而不是相对"务虚"的风景。

在对"风景"的态度上，贺享雍似乎也很不"待见"风景，但又不像赵树理那么"决绝"：

世普房屋的地势高，现在又在屋顶上，抬头一看，贺家湾村一景一物尽收眼底。此时又正是午炊时候，几家屋顶炊烟袅袅，因为没有风，炊烟慢慢形成一根柱子，直指天空。天空和炊烟的颜色一样，看不见其他云彩。有微弱的阳光从铅灰的云层中透下来，这已经是贺家湾所处的川东冬日最好的天气了。贺世普再将目光投向远处，只见天地特别远大，连左边的擂鼓山和右边的跑马梁，也似乎远了许多。多么安静，多么恬适，那条像羊肠一样通向和尚坝的弯弯曲曲的小河，好似一根脉管，一些地方汪着水，像镜片似的闪着光。河道里边的坡上，落了叶的树木和没落叶的树木交织在一起，在静谧中都像是睡着了。

这是贺享雍《人心不古》中的一个片段。在贺享雍的小说中，这样的风景很少，而且这一段风景中灌注的情感也是启蒙意味的，与巴尔扎克的乡村风景描写有相似之处，与茅盾在《春蚕》中的乡间风景描述也有相似之处，即一个不事农业生产的人从外部把乡村诗化，诗化的背后是发现者的利益观照——巴尔扎克关心的是财富，茅盾关心的是革命。仔细分析上下文，我们能看出这个

"风景"的"发现者"实际是退休的中学校长贺世普,而他正是要来"启蒙"乡村的,他的"风景"背后的利益是"欣赏",兼带心理优越感之下的从上而下的、施恩式的启蒙。所以,上段风景的"主人"实际是来休闲的,"启蒙"的目的是试图让休闲地更符合他的想象。可以看出,贺享雍对风景的处理很小心,其"发现者"必然是合其身份的,而且必然不会是农民。对于在多部小说中出现的村支书贺端阳,尽管以他为引线的事件很多,他也出场很多,却几乎没有以他为"发现者"的风景描写。贺享雍小说的大多数描写近于赵树理式的白描,特别是《人心不古》的开头,与赵树理《小二黑结婚》《李有才板话》等小说一样直入主题:

"哥,姐,真的不晓得你们要回来,要晓得你们回来,这院子我也打扫一下。看这凯(这样)乱糟糟的,真不好意思!"贾佳桂一边带着贺世普和贾佳兰往院子里走,一边这样很内疚地对他们说。

院子里确实够乱。左边堆了几垛柴火,从各种作物的稿秆到乱七糟八的树枝。有的稿秆和树枝已经发黑,上面落了一层厚厚的鸟粪。鸟粪已经干涸,犹如伤口结的痂。柴火堆下面,则有鸡和狗钻进钻出的窟窿,散发出一种霉味。院子右边的竹林里,则码放着几堆砖垛和几十张水泥预制板。

与上一个片段相比,这个片段风格大异:作为整部小说的开篇,贺享雍比赵树理更直接,一开始什么也不交代,上来就是对话,然后是一段环境描写。这一段讲的是退休校长贺世普突然回家,出现在农民贺世国家,贺世国的妻子与贺世普的妻子是亲姐妹。小说开篇就把乡村之"乱"与不"卫生"暴露在贺世普眼前,这种明显不是风景描写,而是对贺世普的"启蒙"行为暗中做的环境铺垫,院子中的物件只是客观存在的"东西",没承载现代人的那种"主体"感。总而言之,这个叙事片段仅仅是场景内部的事物的客观描述而已,即只是强调物体"在那儿",而不是强调"我感觉"。

整体来看,贺享雍小说中属于现代风景描写的片段比较少。由隐含作者的叙述人直接发出的对风景的描绘更少。隐含作者也有意地压抑此种抒情式的风景,虽然没有明说,但他隐隐感到这种抒情与乡村的断裂感和格格不入。而且，当此种精英化风景压抑不住时，情感也尽可能指向乡村自身。他始终对启蒙式思维有种警惕，尽量避免呈现给接受者一个异质化的乡村。

在贺享雍和赵树理那儿，都没有道家那种无为式的超脱，而是指向俗世的生存感，其基本规则就是道家最基本的知足常乐——这个"知足"，常常只是指"活着"。应该说，他们以儒家的情怀对乡村进行道家式的关注。如贺享雍小说中的风景，看得出风景中的农民行动者没有现代主体感，对风景几乎没有欣赏的意思，特别是对于老一代农民，风景是不存在的，因为他们超脱不了，生存压力之下难以有风景的存在。对于生存化乡村，风景只意味着压抑，因为他们无法在严酷的生存之下发现环境的美感，美相对于活着是无意义的，或者说"讲美"是可耻的，"白毛女"喜儿的红头绳即是春节才可能有的奢侈，而且还可能经常落空，只是一种随时可能"不及物"的期待。从社会结构而言，风景是人类文明发展到一定阶段的特有产物，是摆脱了体力劳动之人的"休闲"，或者被权力改造为意识形态的装饰。同样作为四川作家的周克芹，他的《山月不知心里事》《许茂和他的女儿们》都创作于"文化大革命"结束后几年，他的乡村叙事的建构中有作家的乡村关怀，但表层也掺杂着更多的"政治统摄文学"观念的影响，下面看《许茂和他的女儿们》的开篇：

晨曦姗姗来迟，星星不肯离去。然而，乳白色的蒸气已从河面上冉冉升起来。这环绕着葫芦坝的柳溪河啊，不知哪儿来的这么多缥缈透明的白纱！霎时里就组成了一笼巨大的白帐子，把个方圆十里的葫芦坝给严严实实地罩了起来。这，就是沱江流域的河谷地带有名的大雾了。

在这漫天的雾霭中，几个提着箢篼拣野粪的老汉出现在铺了霜花的田埂上和草垛旁，他们的眉毛胡子上挂满了晶莹的水珠。不一会儿，男女社员们，各自关好院子门，走向田野。生产队平凡的日常的劳动就这样开始了。各种各样的农事活动井井有条，像一曲协调的交响乐一样演奏起来。这种音乐是优美的，和谐的，一点也不单调乏味。

这是典型的启蒙式风景描写。作家把诗意融入舒缓优美的叙事，情感却隐蔽地指向意识形态。"像一曲协调的交响乐"是明显的时代遗留，公社的高度公有化的管理结构与分配制度，在作家写来是一片歌舞升平的祥和。这与当时农民实际大多数吃不饱的状态大相径庭，虽然不能说挨饿就完全不可能"祥和"，但明明有真正祥和的方式，大家也都明白，又何必再装作"和谐"呢？或者说，周克芹对乡村的叙述更接近柳青的"政治浪漫主义"。明显一切为国为民行动理由背后，并非生存式的思考，而是政治的"询唤"——但实际上"主体"根本不存在。风景的诞生不只是现代主体意识的需要，更是一种权力的调节，一种控制策略。从马克思主义看来，意识形态不可避免地渗透人类社会各个角落，几乎所有的领域都不可能摆脱意识形态的控制，后来的弗雷德里克·杰姆逊作为美国"西马"代表之一，他把弗洛伊德、拉康与马克思主义结合在一起，认为政治意识形态已经成为人类潜意识的一部分，每个人的存在都不可能摆脱政治的隐形控制，那已经成为一种"政治无意识"。因此"主体性"一直是小民的想象，或者是精英有意识的幻象制造，让治下的生物有一种为自己而存在的错觉，甚至以为"我命由我不由天"能够切切实实地实现。那种"自由"不是控制，而是被控制。而且控制人者亦被控制。无边的"风景"是"自由"在环境中的投射，背后是无边的欲望，无边的欲望背后是无边的权力，和摆脱权力的无边的企图。很多时候，"理想"正是权力加给人类的，一种策略之下的自我否定之肯定。如同人类社会无论哪一个方面的设想都不会是完美的，都会存在种种意想不到的缺陷，甚至产生引发体制崩溃的大灾难，所以，人类社会的权力群体就会建立各种应急机制，镇压手段是常规的，还有很多权力自导自演的行动，如不同群体和个体对权力的反抗，在很多时候正是权力自保的重大策略。

周克芹和当时的大部分作家一样，如贾平凹、陈忠实、张炜、路遥等名作家都如此描摹乡村，主要是因为时代的限制，在此拿他以前的作品来做例子，是要说明一个问题：精英面对乡村由于境界的不同，很容易用自己的感觉取代农民的感觉。

汪曾祺以语言之美闻名于中国当代文坛，他的风景描写极有特色，一直广受赞扬，我们看《受戒》中的一段：

[1]英子跳到中舱，两只桨飞快地划起来，划进了芦花荡。[2]芦花才吐新穗。[3]紫灰色的芦穗，发着银光，软软的，滑溜溜的，像一串丝线。

［4］有的地方结了蒲棒，通红的，像一枝一枝小蜡烛。［5］青浮萍，紫浮萍。［6］长脚蚊子，水蜘蛛。［7］野菱角开着四瓣的小白花。［8］惊起一只青桩（一种水鸟），擦着芦穗，扑鲁鲁鲁飞远了。①

此叙事单元为《受戒》的最后一部分，描述小和尚在受戒之后突然到来的美好的自由性爱。汪曾祺开启了小说写作的新模式，让诸多文人们忙不迭地跟在后面评论和学习。当然他最大的成功，还是在语言上。从形式层面来看，这个叙事高潮的话语特征非常鲜明，极具中国古典诗词的意韵。五字或三四字一顿，特别是［5］［6］句的三三四三的文字节奏明显化自宋词，几个名词随意排列，从意象上看仿佛无韵之歌，极具画面感，"用水洗过了一般清新质朴的语言叙写单纯无邪的青春和古趣盎然的民俗"②，同时也代表着此叙事单元中明显的文人化痕迹，达到了非常惊人的效果。何立伟对汪曾祺小说的语言做出了很高的评价："语言文字到了这种化境，看不出斧斤的凿痕，看不出匠意。"③王干更是直接说"汪曾祺深得归有光的余韵，文体清新温润典丽"④。钱理群和吴晓东则从更高层次上指出"汪曾祺是较早意识到把现代创作和传统文化结合起来的小说家"⑤。从诸位文学批评名家的评价来看，无人提及作为这段乡村风景的产生背后是什么。不是说文人不关注乡村就是恶人，而是对于另一个群体，这群知识精英们即使在中国化的马克思主义环境下熏染了那么久也没一点真正的超阶层的思维。这就是人类的力比多控制下的正常行为输出，不必苛求。所以，对于一些能够超阶层思考的作家，我们似乎应该不要吝惜自己的善意。回到汪曾祺的风景，客观地说，汪曾祺绝无乡村意识，乡村是什么思想，生存是什么状态，他从没关注过，他关注的是吃和玩，是文人化的语言和趣味，所以他的语言吸收了明清小品文和古典诗词，综合以启蒙话语的人道主义，并受赵树理的民间话语的深刻影响，造就了《受戒》《大淖记事》等一

---

① 汪曾祺：《受戒》，《汪曾祺全集》（一），人民文学出版社，2019年，第343页。
② 黄子平：《汪曾祺的意义》，《北京文学》，1989年第1期。
③ 储福金、何立伟：《关于文学语言的对话》，《钟山》，1987年第5期。
④ 王干：《寻求超越：小说文体实验》，《小说评论》，1987年第5期。
⑤ 钱理群、吴晓东：《文学的归来》，《海南师范学院学报》，1997年第1期。

系列被启蒙知识分子叹为观止的现代散文体小说。但风景却仍然是现代的城市化的风景。

汪曾祺和赵树理曾经是上下级的关系,中华人民共和国成立后,汪曾祺曾在赵树理手下做过多年的民间文艺《说说唱唱》的编辑,也多次对赵树理的才华和语言表示了赞赏和佩服[1],受赵树理的影响非常正常,"赵树理对汪曾祺的写作的深刻影响,甚至可能比老师沈从文的影响还深"[2]。但这影响只指向语言,对于乡村立场和农民关怀来说,汪曾祺一点都没受赵树理影响,一直是那种启蒙元话语之下的现代人文风景;由于汪曾祺一生并无大的关怀,比如民族国家之类,一直低调行事,类似周作人,所以更接近一种"小文人"写作,《受戒》就是典型,精致的语言和文人自身趣味结合,形成一种两耳不闻窗外事的内向型小知识分子写作。其风景也一致,更多地着力于个体的情感。所以本为农民的小和尚和小姑娘一到情感方面则被剥离了和农民生存的关系,变成小文人式的对力比多式爱情的玩味和对乡村"风情"的欣赏。当然小文人也是一种存在,如周作人式小文人情怀极盛,对文学史的贡献也不小,汪曾祺的语言也是文学史上的一大收获,缺少乡村立场只是一种存在状态的评判,他们的存在或许价值更大。只是要说明一个道理:不是说某个作家的某个文本写到了或者涉及了乡村就代表有了乡村立场,更不代表就有着对农民的生存的关怀。

严格来说农民没有时间和精力来营造超于生活需要的美,美只属于精英和有闲者,如果以乡村的面目出现,那一般是外部硬性加给农民的。所以赵树理干脆不给风景任何位置。这并不是说赵树理就拒绝了现代,而是在他的文学世界,乡村的中心位置决定了在文学的世界里,不需要现代风景的打扰。"打扰"应该就是赵树理对风景的感觉,相对于生存化的乡村,致力于风景的发现或风景的营造,都会是对生存链条的威胁和破坏。同样,贺享雍描述环境的方式大多数是赵树理式的,如《苍凉后土》的开篇:

---

[1] 参见汪曾祺:《中国文学的语言问题——在耶鲁和哈佛的演讲》,《文艺报》,1988年1月16日,《汪曾祺全集》(四),第219页;汪曾祺:《才子赵树理》,《南方周末》,1997年5月9日。
[2] 李陀:《汪曾祺与现代汉语写作——兼谈毛文体》,《花城》,1998年第5期。

处暑过后，庄稼人把一担担金黄的新谷挑进了粮仓。虽然这年的收成不及过去——至今庄稼人还记得几年前那排起长龙卖余粮的情景。今年，老天爷不肯帮忙，刚过小满就是一连三十多天的红火大太阳，把田地晒开了裂。加上政府的化肥供应跟不上趟，正施底肥时没化肥卖。等庄稼人买着化肥了，又误了施肥季节——尽管这样，庄稼人看着比大集体干活时多得多的稻谷，还是打心眼里欢喜。

一开始就直接把农民粮食丰收的喜与忧摆在眼前。贺享雍相当精准地继承了赵树理的风景观。对赵树理来说，风景没有意义，因为对于乡村，没有意义的风景才是真正的风景。风景本身也只是"存在"，所以对于乡村，赵树理才是真正的人本主义或人道主义，因为乡村需要的是生存，而不是风景；风景化会破坏乡村的生存，所有的诗感都在乡村之外。农民的存在意味着劳作，而不是从生产资料发现奢侈的风景。生存的焦虑会时刻减少诗感的发现，即使有，较少的文化积累也会使他们缺少系统地把生存环境转换为风景的资源，所以，贺享雍小说的描写多数属于客观环境的交代：

中明老汉家去年新修的楼房，和我们近年来常见的农家新房一样，正面是砖混结构的四间一楼一底楼房，小青瓦人字形结构的房顶，两边还各有一间水泥板铺的平房，平时可作晒台，一遇住房紧张，又可以再往上加盖一层。小院的右侧，是一溜用小青瓦盖的猪圈。三眼大猪圈里，一眼卧着一头母猪和八只活蹦乱跳的小猪儿，一眼卧着四只正在抽条的架子猪，还有一眼卧着两条膘肥体壮、正待出槽的大肥猪。

很显然，这样的描写其实也只是向读者介绍农家庭院的具体布局，不在于抒发情感，并非主体式风景，但紧接着的一段或许能算是"风景"：

左侧靠放杂物的屋子和正屋平房交界的屋后，有两棵略显苍老的核桃树。核桃叶经过初秋的霜染，已经变得有点浅黄。而两蓬鹅米刀豆的枝蔓，正龙缠柱一般沿着核桃树干攀援上去，在满树枝杈间蓬勃开一片墨绿的叶片和挂满一嘟噜一嘟噜的豆荚。离核桃树不远，几畦菜地中间生长着碧绿碧绿的胡萝卜。胡萝卜地的路里边，一口水井汪着一轮圆月，闪着盈盈的波光。

"苍老""龙缠柱一般""蓬勃""汪着一轮圆月""盈盈的波光"等词语明显是正面的修辞，加入了诗化情感，这种情感很可能不是农民能感觉或表述的。或者说，这段风景的发出者是贺享雍化身的叙述人，他看到此种充满生机的乡村景象，忍不住抒情一番。而且，在贺享雍的时代，面包、爱情及风景三者已经可以兼得，因为农民解决了温饱问题，再经过义务教育，真正的文盲在新一代农民中基本消失了，更深层的启蒙教育也取得了一定的效果，个体式的风景意识已经没有阻碍。所以，虽然贺享雍的小说中有少许启蒙式风景或者主体式风景，但也并未脱离乡村的现实，抒情的内容也是以乡村为主体的。总而言之，贺享雍的隐含作者偶尔抒情，也不是乡村异己式的抒情，而是乡村内部的抒情，风景也是内部的风景。其关键的情感注入和诗化都与生存有关，并非休闲。他似乎一直不"忍心"偏离乡村，或者坚守之心一直存在，生存就始终是乡村的忧虑。

从现代主体性来看，风景的产生是人类的大脑运作的结果，而人脑本质上是虚拟化的，人的精神世界本质是虚幻世界，人类的想象左右了太多的真实世界。因为人类总是按自己的想象重新建构外部世界，人脑中再现的所谓现实其实只是个体意识的产物，现象学式的"还原"正是人类大脑工作的真实方式。换言之，人类几乎没有真正"客观"的可能。风景正是外部世界经由意识在人脑中投射的结果，而这种投射机制，主要是诗化。诗化最显著的特色是情感化、情绪化，更有感染力，也掩盖了更多的意识形态投射。所以，世界上也没有客观的风景。知识分子的风景尤其如此，各种情怀与想象都会赋予风景主观化的意义。但农民眼中会经常没有风景，因为他们没有诗化的动力，也没有诗化的资源。他们必须面对生存，作为结果，宇宙对于生存化乡村的意义无外乎此：庄稼可以吃，树可以打造工具家具，柴可以烧火做饭，草可以喂牛羊猪，太阳可以照明取暖，云可以下雨浇地，水可以喝和灌溉，风有利于庄稼和万物生长，就是如此，多余的诗与爱没有渗透的空间。而贺享雍和赵树理一样，对风景保持着警惕，唯恐不恰当的抒情淹没了生存。所以，赵树理取消了风景，贺享雍的风景看人而定，发出者和发现者一定不会是农民。他们或者是偶尔表达下对乡村的热爱的隐含作者化身的叙述人，或者是作品中的知识分子。就是说，贺享雍在后现代消费主义时期对风景也采取了复杂的态度，上述风景片段实际暗含了农民在温饱解决之后产生主体式风景感的可能，再就是在价值多元的时代，也让有能力奢侈的群体去奢侈，而农民和乡村仍然保持对生存的执着。

  现代社会的发展在消费主义之下有一个大趋势，即不断把农村变成一个个风景的批量生产车间，满足人类在欲望控制之下的另一种欲望：以装饰性的诗意来化解或缓解欲望之困，以保持欲望之可持续性。与人类饲养动物种植植物的目的基本一致。更进一步说，诗意是另外一种毒。可称为"解毒剂"之毒。从正面来看，人们希望从诗意中找到自我，看到未来，获得多巴胺，但实际那不过是欲望的另一变种。做不成风景的创造者，权力之"水"就没了意义。因为各种欲望是权力之水得以存在的根基，权力与欲望互相支撑，控制人类的想象并制造欲望，使大众越陷越深。当然此"毒"也能被称为人类社会之内的正常的存在之"快乐"。试图避免权力的干扰，或者伪主体性现代幻象的干扰，就要抛弃风景，让自然恢复成本来，成其为真正的自然。没有了幻象，乡村才是真正的乡村，生存才是真正的生存。而不是被珠宝玉石声色犬马装扮的精英化享乐式"主体"世界。如果人类的理智选择是"两害相权取其轻"，那么在乡村和城市之间，赵树理和贺享雍选择了乡村，实际是把城市当成了更大的人类之"害"。这种想法是很有合理性的，也是符合"天道"的。城市相对于乡村，是欲望的集中地，是人类的欲望多重性的全天候表演场所，几乎没有停歇之机；而乡村，还能有无数的恬淡之时，让人忘却欲望，回归宇宙之自然。因为对于乡村，本真的生存总有与"天"相通的瞬间，坚守并非后退，而是一念之"道"总能缓解"现代"的焦虑，其"无"在熙熙攘攘之中给人刹那间的澄明。

第二章

在赵树理的凝视下

说到中国乡村文学，怎么都绕不开赵树理。赵树理有着农民、革命者和启蒙知识分子三重身份。第一，他是土生土长的山西省沁水县尉迟村农民；第二，1926年他受地下党员影响接受革命宣传，并于1926年加入中国共产党[①]，成为一个革命者；第三重身份是指赵树理很早就受新文化运动的影响，接受了启蒙思想，并早在1929年就开始了现代主义小说的创作[②]。尽管很多研究者和普通接受者对赵树理的文学成就存在各种质疑，但赵树理文学怎么都可以说是意义非凡。他最大的成就是以中国乡村为中心，以中国乡村伦理中的儒家和道家指向为基础，完成了中国文学向现代文学"进化"中的"四个面向"的奇迹般的平衡，即把古典文学、民间文艺、西欧现代文学、左翼文学（或社会主义文学）以传统文化为中心做了成功的融合，以致竹内好称其为"达到了现代又超越了现代"的"完美"文学[③]。

贺享雍的身份和赵树理一样复杂，甚至在很多方面都惊人地一致，他也至少有三重身份——农民、农村基层干部和知识分子，正与赵树理——对应。贺享雍本是农民出身，高小毕业后回乡务农，并开始小说和散文创作，陆续发表了一些

[①] 赵树理先是被开除，紧接着在1927年大革命失败中脱党，流浪中差点被黑帮毒死，后来在1937年又重新入党。参见董大中《赵树理年谱》，山西人民出版社，1982年，第16—19页、43页。
[②] 赵树理在1929年就创作了通篇使用意识流手法的现代主义小说《悔》。
[③] ［日］竹内好著，晓浩译：《新颖的赵树理文学》，中国赵树理研究会编：《外国学者论赵树理》，中国文联出版公司，1998年，第68页。

作品，后来因此做了乡村文化工作者，1982年加入共产党，但主职一直是农民，1992年四十岁的贺享雍才得以"农转非"，变成了"城里人"，之后成为文化干部，做到文教局副局长，一直未离开文化，也一直没停止创作，且一直与乡村和基层干部保持紧密联系。他与基层干部保持紧密联系的方式之一，应该与《遭遇尴尬》的多视点叙事结构异曲同工，这种叙述形态的选择正是贺享雍与乡村保持联系的方式的"泄密"。两人的经历几乎如出一辙：赵树理也是从农村走出去的，加入革命，一直从事文化工作，编辑战时宣传报刊是他的主要工作，曾经作为党代表领导农村土改，做过区长，并成为解放区无人不知的作家；且作家个人的经历是小说的主要资源，如《小二黑结婚》中，小说内部的叙述人是赵树理，实际驻村的调查员也是赵树理，类似《老杨同志》中的那个老杨。

　　贺享雍和赵树理最重要的相似之处在于，他们的立场也惊人一致：都有一个坚定到固执的乡村情结。外界再"好"，诱惑再强大，作家都能坚持乡村的绝对优先权。相对于复杂的"后现代"价值体系，或许这是一种"退步"，或者叫故步自封，又或许这是一种理想主义，再或许这是一种抱残守缺，而最后者正是老庄式的宇宙之"道"。但从前些年的情况来看，乡村越来越边缘化。要不是粮食生产必须在乡村进行，恐怕全世界的乡村早就荒芜或沼泽化了，因为它们除了生产粮食，对人类的工业和技术毫无意义，或者在微乎其微中存在，或者变成休闲式的"景点"。或许这正是乡村在大工业时代的必然命运。而对此"命运"的反抗，顽强地坚守乡村，或许正是人类文明的特色之一。

　　贺享雍与赵树理在农民、革命者和知识分子"三重身份"上相似，决定了他们的乡村立场，同时也在很大程度上决定了他们面对乡村的具体形态。在大工业或后现代消费主义语境之下，他们都面临着双重选择：城市和乡村之间的选择是大方面的选择，他们选择了乡村；面对乡村内部的具体存在，是小方面的选择，他们的选择与"启蒙元话语"[①]的精神指向有根本的不同。"启蒙元

---

① "元话语"的定义来自语言学，可直接理解为关于话语的话语。像"元语言"是关于语言的语言，可以理解成语法规则。在后现代时期的思想领域，这种"元"前缀多指权威性，元话语则是某个领域用来解释一般话语的权威话语，如在非西方国家，启蒙被广泛用来解释"文明"与"发展"，并被大部分人奉为真理，就成为一种"元话语"。

话语"一方面把人的精神上升到"主体"高度，发掘人性的复杂性并努力提高个体的存在价值，另一方面又不断从"史诗"角度把人与国家民族、文明及发展等宏大叙事相联系，把个体置于与整个社会结构的大关系之中。这套话语还在西方中心主义笼罩之下把世界各地不同种类的"文明"进行等级划分，"低等"文明要存在就必须接受西方的"高等"文明，以进入西方主导的"文明"社会，获得各种存在权和发展权，此为"启蒙元话语"的关键内容之一：非西方国家面对西方的强大不得不"被启蒙"，首先要承认自己的国家和民族处于"非文明"的蒙昧状态。非西方国家的知识分子因此竞相发现本国民众之"蒙"，并积极探索启蒙本国民众的方式和理论。中国的"国民性"理论基本可算是中国"启蒙元话语"的核心，始作俑者梁启超们和发扬光大者鲁迅则是"启蒙元话语"的权威。启蒙的最终目的是发展，包括个体的发展、民族的发展、国家的发展，而这个发展的核心是经济。它也造成了在一个国家的内部，乡村在启蒙体系中会处于不利的位置，因为乡村向来经济落后文化孱弱，正是"蒙"之源头，所以也是启蒙的重心。因此在"启蒙元话语"中，"蒙昧"主要指向乡村。

第一节 "形而下"的"算账"与"物质启蒙"

当我们面对乡村的真实现实，实际上代表"高等"精神活动的"主体"式活动很少，如个体价值和民族国家之类的"大叙事"几乎不可能进入农民的视野。从细节上看，乡村中风景都很少，因为风景意味着城市化的休闲，是外在于乡村的，乡村内部几乎都是琐碎至无下限的"形而下"，但这就是乡村的存在。这也是精英和亚精英对乡村和农民不屑一顾的根本原因：如此"低级"的存在，对人类的发展有什么贡献？这也是包括农民在内的广大底层很容易被大多数人否定的原因。而且人类社会经历了现代社会已经步入"后现代"社会，当前农民也是一个个现代甚至是后现代"主体"，他们也有主体的权利。文明之"伪"也正在此。一个艰难存在的庞大群体居然时时被从根本上忽视，然而正是他们供养着人类的精英。当然，从文明的规则来看，底层必须低级，才能维持小部分人的高等生活。他们的低级，正与广大的自然界同理。他们是世界的有机组成。低级正是人类文明的结果。而赵树理和贺享雍，就真实地面对那种低级的存在。

先看乡村的大部分农民的"低级化"存在是何状态。贺享雍的《土地之痒》写出了农民对土地的执着，他们的日常劳作总决定于生存的条件和可能性：

> 红苕也是当地的传统作物，年成好的时候，一亩要产八九千斤到一万多斤。价格好的时候，要卖四五毛钱一斤，价格不好的时候，也要卖个一两毛钱一斤。比种小麦，一亩地要多收入两百来块钱。可是，如今贺家湾的庄稼人却基本上放弃了种红苕。这又是为何？原来，种红苕虽然节约成本，产量又高，却是最耗时间、耗劳力的活儿！

这个是明确的收成决定农民的选择的例证。尽管红苕（即红薯）是低端粮食作物，但产量高，同样单位面积的种植能养活更多人。所以农民在温饱解决之前首选种红薯。红薯的功能对于城里人可能已经远超了"启蒙"，不但是城市的浪漫的休闲零食，还成了延年益寿的养生之物；但对于依赖红薯生存的农民，可不那么浪漫。红薯是粮食的低等品，因为它类似水果不好存储，容易坏，如果晒干成红薯干，那就真正成了难吃的粮食，黑窝窝头之"黑"就拜它所赐。农民在20世纪80年代前期还是大量种植它，是因为要解决温饱问题，不是为了零食或养生。这就是休闲的诗意与生存的差别。再看牲畜的饲养：

> 第二天一起床，世龙就去世凤家里牵牛，准备去犁地。牛是三家人合养的，按人算，一个月里，每人摊两天半。世凤家里四口人，每个月正好养十天。世龙家里五口人，每月养十二天半。世海家里三口人，每月养七天半。遇到大月，牛在哪家，哪家就把多出的那天养满。世龙和世海家里的半天，规定中午十二时交牛。但周萍和李春英合得来，两妯娌不计较，有时在早上就把牛交了，有时也延到晚上才交。这段时间，正轮着世凤家里喂养。

牛作为生产工具的一种,有利于农民提高土地的耕种效率,但农家养牛不是知识分子眼中的"炊烟鸡狗声,斜阳牛羊归"之类的诗意,养活一头体形庞大的牛一般农家负担不起,所以会有合养牛的行为。合养牛是很经济的行为。如果一个家庭养一头就会是农闲时的沉重负担,按乡村最节省的养法,一头牛一天至少也得十公斤草料,一年要三四吨,虽说草不花钱,割草可要费很多工,特别是少草的冬天更是要消耗很多宝贵的资源,如果合养就大大减轻了负担。从利益上看,合养就要算清楚各家的责任,家庭之间的所有合作都是"亲兄弟明算账",避免扯皮。因为大家都有家有口,都要养活一大家人,亲兄弟之间也必须分清。这样的合理的算账也维持了乡村的和谐。这个场景已经很清楚地昭显了乡村的存在逻辑,即决定农民行为的,只是最表面最基本的生存,毫无启蒙的影子。从贺世龙这样的农民来看,在启蒙面前,生存化的乡村就是一颗"无缝的蛋"。

赵树理的"算账"背景不同。由于在解放区和中华人民共和国成立之初,赵树理的"算账"重在新旧社会发展模式的选择,表面看并非直接指向生存——当然,革命之后是为了更好地生存。比较典型的场景是《传家宝》中旧式的婆婆李成娘与革命时代的媳妇金桂之间的"斗争",二人争夺的是家庭的管理权:

李成娘说:"哪有这女人家连自己的衣裳鞋子都不做,到集上买着穿?"她满以为这一下可要说倒她,声音放得更大了些。

金桂不慌不忙又向她说:"这个我也是算过账的:自己缝一身衣服得两天;裁缝铺用机器缝,只要五升米的工钱,比咱缝的还好。自己做一对鞋得七天,还得用自己的材料,到鞋铺买对现成的才用斗半米,比咱做的还好。我九天卖九趟煤,五九赚四斗五;缝一身衣服买一对鞋,一共才花二斗米,我为什么自己要做?"

革命来临之时,李成娘作为"前现代"的旧式家庭妇女,她那一套以俭省为中心的管家经验过时了,在精确的现代数据面前,她明白妇女进入"外面的世界"确实比守家能挣更多钱,她只能非常不情愿地承认了自己的失败。"多年的媳妇熬成婆"这一男权式女性命题在革命到来之时失去了意义。同时，金桂的核算方式正是现代经济核算的雏形，意味着在革命之下，乡村已经初步具有了现代经济意识——同时对那些认为赵树理不现代的接受者也是一个小小的启发。赵树理此时的算账明显有启蒙的影响，不过与鲁迅式启蒙元话语的精神性不同，赵树理的启蒙是物质性的，即直接指向生存，而非精神上的国民性改造。农民必须首先从物质上觉醒，才会接受外来的精神启蒙。解放区的土地改革就是启蒙最好的催化。相对于解放区，和平年代的《三里湾》更能代表赵树理的乡村之"账"。落后农民"铁算盘"马多寿家以前是因为一大家人劳力多、收入高，加入互助组会亏损，所以不愿加入互助组，后来在基层干部的运作下，他的两个儿子分走了不少高产的土地。这个时候，铁算盘再次"算账"：

要是入社的话，自己的养老地连有余的一份地，一共二十九亩，平均按两石产量计算，土地分红可得二十二石四斗；他和有余算一个半劳力，做三百个工，可得四十五石，共可得六十七石四斗。要是不入社的话，一共也不过收上五十八石粮，比入社要少得九石四斗；要是因为入社的关系能叫有翼不坚持分家，收入的粮食就更要多了。马多寿说："要光荣就更光荣些！入社！"

算账的结果是，他发现单干要亏损了：单干实际比入社要损失九石多收成，相当于1200斤粮食，这对农民可不是小数目，它相当于一个农民三四年的基本口粮。这个最会"算账"的中农就此加入了合作社。马家的觉悟不是启蒙发挥了作用，此处启蒙的精神功能是完全失效的，真正起作用的是物质，即权衡利弊的生存本能。这儿要注意一个问题，赵树理在整部《三里湾》中看似都安排了落后者在算账，难道拥护国家政策的好农民就不算账吗？实际上，赵树理为落后者算账的背后更是在为普通农民算账。因为在中华人民共和国成立之后，革命的敌人已经不存在，所以普通农民的账是不必算的，他们在革命之下已经获得了前所未有的生存资料，生存似乎就此再也不是问题。加入合作社对大家都有利，所以赵树理只需要为个别落后分子算账就解决了社会主义公有意识的问题。赵树理对革命的信心也由此而来。

与赵树理不同的是，贺享雍是"双向"算账。赵树理只管农民的"账"，乡村干部的"账"他似乎从没考虑过，他总是从农民的生存角度出发，考虑国家民族大历史背景之下的乡村未来问题。而贺享雍却一面为农民算账，另一面为干部们算账。这样，农民和精英都有一笔"苦账"，似乎大家都是不得已。先看《青天在上》中乡级基层干部的账：

李书记听了，看着世忠，目光矍铄地说："所以，你们就得下大力气，把村民那些钱收上来！你们好几年都没有全额完成国家的税费和集体的提留了！"说完又说，"我们乡上也是靠铁打钉呀，兄弟！你是晓得的，自从实行分税制后，县上只给我们乡干部60%的人头工资，其他啥都没有了！我们不但要挣办公费、接待费，还要自己想办法，解决那剩下的40%的人员工资。我们指望啥？就指望你们从农民那儿把钱收上来！你们收不上来，乡上每年的收支就不能保持平衡。不能保持平衡，乡政府就只能增加第二年的预算，来填补头年的财政亏空。年年这样下去，乡政府的收支也就更加不平衡。这样一年一年恶性循环，财政预算收入越来越大，同样，不平衡也越来越大！兄弟，不是我这个当书记的不关心你们，我们实在陷入了一个无止境的、恶性循环的怪圈之中。我唯一的救星就是你们，拜托了，兄弟！"李书记说着，像是动了感情，声音有些颤抖。说完，又对贺世忠拱了拱手。

此处的"算账"就远超启蒙了，直接进入后现代消费主义的范畴，即高度个体化，甚至提前"原子化"。从上述短短的三百多字就可以看出，乡政府干部的困难在于完成各种任务，精确的数字之下是一个艰难的现实：这些任务很多是不可能的任务。这背后的原因很值得深思。与农民的账相比，似乎大家都困难，那么，困难的制造者是谁？一团混乱的根源在哪儿？精英们出了什么问题？"算账"之下是一个巨大的谜团。精英之"账"在此也形成了重大的问题，与赵树理的"问题小说"暗通款曲。再看村级干部的"账"，村支书贺世忠为完成各种税和提留，自己垫付几万块交给乡里，2003年前后的几万块可不是小钱，不止能买一套房子了，结果乡政府就是不还钱，当起了"老赖"：

李书记突然笑出了声，说："那好哇，兄弟，你如果不想让自己过去垫的钱，或借的钱成为死钱，还是我刚才那句话，你得赶紧向村民收钱！明白吗？"说完，把身子往椅子上一仰，继续不慌不忙地对世忠说，"你是明白的，那村民欠的钱，名义上他们是欠国家和乡政府的，但实际上却与国家和乡上一点没有关系了！因为你们该国家和乡上的，通过你们自己的工资垫付，或借款来填平亏空，已经把任务完成了！剩在村民手里的，是你们自己的！这叫上清下不清！你们收上来了，得该自己得，收不上来，赔也该自己赔！是不是这个道理？"

贺世忠一听这话，就不吭声了。他不能不在心里承认，他的这位上级说的全是大实话。其实，不用李书记这么说，贺世忠心里也非常明白：那书记、乡长，为了完成这日益上涨的税费任务，早就在村干部那点工资上做足了文章，把他们村干部也兜进了一个怪圈。首先是，如果你要想得到那点工资，就必须先得垫钱、或者借钱来完成乡上的任务。而为了不让自己垫上或借上的钱变成死钱，你就不得不努力去村民手里收钱。如果不努力向村民收钱，你垫上或借的钱必变成死钱无疑。这样，聪明的书记、乡长们就很巧妙地将国家的任务转化成了村干部个人的利益。

乡政府的干部宁愿做"老赖"也不给钱，居然振振有词让村干部自己找农民要。按理说，贺世忠这样的村干部拿自己的工资并向很多亲朋借钱以完成乡里的任务，不是比"雷锋"还伟大吗？但实际并非如此。贺享雍在叙事过程中会有一些理论化的叙事干涉，直接说出了精英"算账"的部分效果："聪明的书记、乡长们就很巧妙地将国家的任务转化成了村干部个人的利益"。实际也说出了精英层或权力层的阴暗之处，一旦涉及权力和利益，精英们都变成了"纵横家"和"名家"高手。此时精英与亚精英已经高度利益化，自己垫钱是形势所迫，完不成任务就下台。而农民的自主程度越来越高，国家对农民保护措施越来越多，村干部越来越无计可施，税收不够只得先保官位。从表面看，基层干部的"账"确实是实情，他们真的不容易，要应付很多事情，上面应对领导，下面应对农民，经常上下不讨好两头受气，看上去很值得同情。但与农民的生存账相比，精英账背后却是更多的伪善。农民的艰难与精英的困境，实际都是各级精英追权逐利造成的恶果；各级精英都在想方设法钻政策的空子，把各级官员的正常职责转换成精英之间的利益较量和互相压榨，甚至是家常便饭一样的互相欺骗。这种官僚式的机构阴暗在资本式经济模式之下表现得更伪善，个体利益高于一切，使精英们有更多制造利益话语的可能。

精英与底层都不容易的背后，实际意味着民主的虚幻与不可靠性：精英比非精英更容易陷入利益的计算。这其实部分暴露了启蒙的后果，意味着"启蒙元话语"承载的理想的失败：随着"文明"的积累，人类实际积累了越来越多的"智慧"，人类个体总趋向于把所有的社会行为模式都变成谋私利的手段，没有绝对的"公"，只有各自的利益；人性中善或人道的一面又从个体出发，把这种利益表述成各有各的苦。因此，各自的付出似乎都值得同情，因为这种诉求从人类社会的发展来看总有合理性。精英的利益更大，离生存这一基本目标更远，算账实际是在算政治资本账，而农民的算账是生存账。两者相比较，虽不能说谁更"人类"，谁更"文明"，但是却暴露了人类文明的代价问题。看似都有理，但相对于生存，那种多余之物的追求更"像"是违反天道的。层次更"高"的人却明显忽略了生存，他们的生存变成一种更多欲望和更多阴暗的集合，看似要求"进步"，要求"上升"，实际更可能是人类欲望的恶性膨胀。如基层干部的"去乡村化"与农民必须以乡村为根，也正是乡村面对城市的困境之一，基层精英或亚精英毫不掩饰对乡村的厌弃，巴不得进入更大的城市，摆脱阴暗贫穷、落后野蛮、虫虱横行的乡村。这背后仍然是权力的城市特征问题，物质与享乐决定了乡村只是"风景"，只是城市暂时的化外之地。

实际上，这是人类进行某种制度改变的过程中必然出现的问题，当时中国正在改革，实际是为了更好地发展而做的内部政策调整。但新的变化会带来新的问题，如在农民解决了温饱问题的前提下，政府的新政的出发点和意图很简单，比如工资自己解决，就是想发挥基层干部的主动性，更积极地推进改革，但不幸的是，负面影响紧跟而来，大部分基层官员也只是普通人，既无为人类的伟大理想，也无治世之才，他们只想活着，活得更好而已。所以，不发工资变成了一切向农民要，才产生了农业税之上的各种各样莫名其妙的附加和摊派。这是人类社会内部利益的阴暗式转移，精英的"损失"要向更弱者取得补偿。后来，政府逐渐纠错，慢慢解决了农业税收方面基层官员与农民夺利之门,但乡村中精英的行为实际仍然暴露了"启蒙元话语"的盲点,即过于理想化,在现实的利益之下,启蒙的后果实际是人类变得更"聪明"之后的更"阴暗"。

第二节 大工业扩张与文学想象:土地贬值之"账"

随着人类文明从大工业时代向量子时代进化,城市的土地价值越来越高,而乡村却相反,土地的价值越来越低。这背后还是唯经济论下利益最大化原则造成的结果,土地只有城市化才有更高的价值,只是种植粮食作物,则投入产出比极低,所以与城市的寸土寸金相比,乡村的土地价值几乎为零。当乡村土地价值下降之时,农民自身对待土地的态度也发生了微妙的变化。在《土地之痒》中,一生视土地为生命的贺世龙发现土地居然成了被嫌弃之物:

世海说:"那我就说个刻刻,沙坝上写字,要得就要,要不得就哈了!大哥真的要种,首先是那块地该缴的'皇粮'国税,当然是大哥缴了。至于大小春的小麦、苞谷,你各给个两百斤就行。红苕我就不要了!"

世龙听了,迅速在心里算了一下。那地差几厘一亩,小春一季可打五百到六百斤小麦,大春一季可收五百多斤苞谷,一千到两千斤红苕,还有一季蔬菜,大春的苞谷地里,还可以间种一点绿豆。"皇粮"国税并不重,劳力不算,除了种子、农药、化肥,赚头还是很大的,于是便对世海说:"你如果真要给我种,我也不会亏你!我小春一季,给你三百斤小麦,大春一季,给你二百斤苞谷,晒干扬净,像交粮站的一样交你!"

这个叙事片段的背景是1985年之后,随着城市改革的启动和农村改革的不断深入,农民也越来越认识到土地的"无用"——实际是在大工业背景下的低效益,有"本事"的农民不断脱离土地,加入非农行业以取得更大的利益,土地就渐渐被闲置被抛弃,只有一些比较"笨"的农民还坚守土地,比如贺世龙。贺世龙仍然通过精细的"算账"选择了接收那些被"遗弃"的土地。贺世龙的选择明显仍然基于生存，而不是"效益"。贺世海之所以放弃土地，真正原因是他在城市做了老板，土地这一点收益根本不值一提，耕种的话反而要耽误很多人力，城市里一个人打工的工资就远超一家人的土地一年的产出，实际在他眼中，土地成了负产出。对于贺世龙这种真正属于乡村的生存型农民，无论外界如何变，老子式的"小国寡民"都是他们最向往的存在方式。贺享雍在此对贺世龙没有嘲讽，只暗暗表示了理解，他明白一个老农民对土地的感情意味着什么。但对于其他"农民作家"则未必了，如80年代最有名的"农民作家"高晓声的小说中也有同样的场景。我们看高晓声写于1990年前后的《种田大户》：

  王生发在包产当中看到奂生贪田多，就说过："我的田也送给你种。"这当然是一句笑话，那时候王生发还吃不准社会怎样发展，自己将何以为计。但不到一年，王生发就明白土地已经是他的拖累，他在工厂里打开了局面，不但能赚很多钱，而且连老婆也安排到别的厂里去了。他家没有工夫种田。特别是明白了没有必要种田。种田始终是末等生活，就是种好了那几亩田，一年能有几个钱收入？这点钱有没有对他来说都不在乎了。所以即使有工夫也算不来吃那种苦头。到了这种时候，王生发自然又想起陈奂生，想起当时说过的那句戏言来，觉得真能这样的话，对自己全家就解脱了。可是王生发也讲良心，他晓得种几亩死田没有出息，总要搞点别的名堂才会发家，如果把自己的田让给奂生种，就等于把奂生全家的手脚一齐捆在田上，再没有工夫做别的了。这不是害了奂生吗？这样想着，就只得放在肚里，不便做出来。

  王生发作为曾经的队长，虽然叙述人处处暗示他有贪污之类的官僚劣迹，但他没迫害过陈奂生。上述关于土地已经"多余"的思考，是高晓声擅用的自由转述体，直接从王生发的心理角度切入，"深切"地道出了土地越来越不值钱的"现实"，且"不好意思"把土地给陈奂生，因为土地会"害人"。这种"土地害人"论从上下文来看，实际并不仅是王生发的观点，也是高晓声那个隐含作者的看法，因为隐含作者安排了很多人来表达同样的观点。尽管"土地害人"，队长还是把土地送给了陈奂生，当然经历了一番激烈的很有现代主体意味的心理冲突：

  现在听别人说了奂生这么些事，心里一亮，暗笑自己聪明一世，糊涂一时；社会上的人，本来是不一样的。想法不一样，爱好不一样，生产和消费能力也都不一样；所以到了共产主义，也只能各尽所能，按需分配，决不能一律对待的。不能够拿一己的喜爱，代替众人的喜爱。他王生发认为种田没有出息；陈奂生未必也认为没有出息。王生发把田地当作累赘；陈奂生怎么也会当累赘？只种田配他的胃口。既然如此，他怎么会不喜欢！对他来说还有什么比田更好的东西呢？把田送他，他自然要。不要他还能要什么！所以，送田给他，绝不是害他，而是照顾他，他横竖专门种田，多也是一种，少也是一种，多种自然收入也多，他又何不多种些呢！对对对，这田是完全送得的。而且也不是自家嫌它累赘，田总是田嘛，累赘什么！送给陈奂生是因为同陈奂生有交情，是替他的生产和生活着想，让他也能够安居乐业，丰衣足食。否则的话，王生发宁可送别的，也用不到送田呀！田可不是随随便便的东西，是处世立命的根本，没有田，莫说活着没有饭吃，就是死了都没有葬身之处啊！试看列朝列代，哪有人把田地送人的？地主、资本家哪个肯？从开天辟地以来，到他王生发手里只怕还是创举哩！怪不得想做又有点缩手缩脚，原来是前无古人的啊！这就对了，他终于发现它的伟大意义，终于发现自己想这样做的崇高感情。于是他首先感动了自己，确认他这样去做完全是大公无私的。他像个演员一样首先进入角色，然后去找陈奂生做他的配角。陈奂生一看他的表情一听他的语声就被他同化了，尽管他习惯地不相信王生发的公心和私交，但又挑不出有什么毛病。这不附任何条件的馈赠的确无损于陈奂生一根汗毛却有益于他全家的事业，所以除了惊喜地愿意接受之外，就是让村长来证明这件事确实发生过并且允许存在，然后就只有肝脑涂地感激王生发的份儿了。于是，王生发夫妻两人的四亩半按劳承包田，就经村长同意过户到陈奂生名下，从此，陈奂生一共种了十亩八分，成了陈家村上冒尖的种田大户。

  从字里行间看，叙述人的修辞是否定性的，叙述人没有把王生发当好人来塑造，因为叙述人在隐含作者的操纵下默认"土地害人"这一"事实"，王生发本来在小说中人品有问题，现在把土地慷慨地给陈奂生实际是"甩锅"行为。另一方面，隐含作者也没把陈奂生当"好人"来叙述，因为陈奂生从1980年《陈奂生上城》开始就已经成了一个阿Q式的小丑，叙述人对他极力讽刺，让他承担了国民"劣根性"的所有罪责，在此处当然还是如此，叙述人借王生发之口把陈奂生贬到了极致。实际上，此时的高晓声已经远离了乡村，完全在臆想中编排陈奂生，在城市的高楼书斋中品虾赏画之间想象出改革之下乡村的国民性。所以，结果必然是阴暗的：

王生发几年中用权力兑换成的钞票，也造得起房子了。可是，这几年来尽管年年造屋成风，王生发都高卧隆中，稳住不动。他有经验，他还要看看形势如何发展。现在他动手了，也就是看准了，一造就是三大间二丈一尺六寸高的二层楼，占地135个平方，高度、牢度、漂亮程度，都在陈家村上开创了历史的新纪元。老年人因此想到从前造庙宇、祠堂的气派。从开工到结束，钞票像水一样流出去，王生发笃悠悠，好像牛身上拔根毛，全不在乎。老百姓这才明白小看了王生发，看来王生发靠当几年队长拿到的外快，不过是针屁股里穿线，不是大交易。他能发达到这步田地，自然是近两年跑供销捞着的，像陈奂生那种老实人，跑一次光奖金就得了六百元，那么王生发这两年究竟赚了多少个六百呢？除了厂里的奖金还有哪些花枪可以耍的呢？他可不是陈奂生啊！当然这都是背后的议论，甚至只是肚子里的叨咕。老百姓乖，晓得议论没有用。能干的人脸皮一般都老，你当面朝他吐口水，他一闪身像躲箭一样快，然后马上跟着你朝同一方向把口水吐过去，帮你骂别人。只当你原来骂的就不是他。但是有关陈奂生的事情，男女老少都会大声说出来。陈奂生总算没有再拖下去，今年也造了房子，他的三间老屋没有动，只是修修漏洞、补补墙角，然后粉刷粉刷，重点工程是在老屋西山墙外造了一间新的。

村上人评比起来，就说："今年造屋人家，陈奂生的房子造得最小最蹩脚。"

农民的房子是显示家境的关键标志之一。王生发人品有问题，应为中国传统礼仪中最不可原谅之"无德",本该"恶有恶报",但他在"新时代"像流水一样花钱,建庙堂一样的私家楼房,却赢得了"大众"和隐含作者的一致艳羡和尊重。而陈奂生执着于土地,辛苦劳作只为一家平安地活着,却在"大家"眼中最无能,只能造最小最丑的房子让所有人笑话。这就是高晓声式乡村叙事的必然结局。隐含作者取代了文本中所有的人物,使之全部变成高晓声的代言人,这一切都指向百年启蒙母题"国民性"。而陈奂生这个一生最爱土地的农民,却成为"世纪小丑"。

总而言之,种田大户陈奂生和供销员王生发的收入是悬殊得不能比较的。实在也无法比,因为王生发的收入谁也不摸底。除了王生发,还有劝陈奂生合伙养珠蚌的陈荣大,养鱼的王洪甫,一年的收入,也都比奂生大几倍。陈奂生不眼红王生发,因为他干不了,总嫌它是邪气的活路。但是看了陈荣大和王洪甫的收入,他实在懊悔,因为这是他认为的正经事情而且自己能够做好的。他只是由于怕蚀本不敢下本钱罢了。结果大吃亏。那么下一年怎么办呢?这个问题在陈奂生新屋落成以后,陈荣大和王洪甫去向他提出过。出乎意外的是陈奂生依旧摇摇头,没有参加。原因比去年要复杂些,田种多了,他忙不过来是一个。手头紧了,拿不出那么多钱来投资又是一个。但最根本的原因仍旧是"万一蚀光了怎么办"。

陈奂生做人的失败被归于胆小,不敢大跨步地改革,就是这种小农习气不但让陈奂生抬不起头来,而且扯了经济腾飞的后腿。自由转述体让高晓声隐蔽地掌控一切,叙述人的修辞植入和评价与人物的行为和心理共同组成一个真理化的现实主义叙事,其主题最终必然落到对陈奂生的阿Q精神的嘲讽。在后期高晓声那里,那个国民"劣根性""真理"简单化为小农的保守——似乎走出农村,抛弃土地,全部从事大工业就没了国民性问题。再者,从情感注入来看,文本的修辞指向从头到尾都毫无善意,谈不上对任何人物的理解,都是隐含作者的传声筒。单向度的思考形成了单向度的文本,高晓声在20世纪80年代以后,一直坚持"启蒙元话语"下的二元对立思维,即中国代表"落后",西方代表"先进",中国在时间点上属于封建时代,西方属于资本主义的现代，和七十多年前鲁迅一代知识分子保持惊人的雷同，固执地认为中国不能"现代"就是因为中国人的精神和性格有问题，中国人要改造国民劣根性以追上西方，而陈奂生就是中国十亿"落后"者的经典"样本"。或许作家如此偏执并不是多大的错误，从当时的环境看，这样的坚持符合大部分中国人的想法，作家将国民性改造看成一生的理想，并至死不悔，似乎还很值得赞扬。但对于底层这个庞大的阶层，如此简单地划归"落后"之列，是不是太残酷了？这其实是精英思维的盲点，他们相信弱肉强食优胜劣汰，而底层就是"弱"和"劣"。陈奂生作为乡村的守旧代表，在高晓声那个隐含作者安排之下只能就此成为现代之耻；不仅如此，在高晓声这样的启蒙精英那儿，20世纪末的中国乡村比鲁迅那时更进一步，已经成了启蒙不得的化外之地，怎么都是城市的对立面，而且怎么都得不到现代的垂青。走出乡村的人才有未来，反之就没有，比如陈奂生，就命该老死于"前现代"——所以高晓声的"启蒙"逻辑就是：只要现代，乡村和土地一起必须被抛弃。所以到了1992年的《陈奂生出国》，高晓声干脆要彻底"封印"陈奂生，让他再也没有机会给中国"丢脸"，甚至把中国不能实现"现代"的滔天大罪归到陈奂生身上。这个"启蒙元话语"的根本问题还在于，它制造的高晓声是复数，是"高晓声们"。

因此，在不断崛起的新世纪中国的文坛，贺享雍的存在就非常可贵，他对农民热爱土地这一行为的默认甚至赞美，背后正是生生不灭的中国乡村生存传统。而高晓声则对执着于土地的农民充满刻薄和嘲讽，似乎现代化改革之下，钱才是王道，赚不到钱就是无能。高晓声从来就不是一个农民，他从头到脚的个体和从头到尾的叙事都是个"落难"的或者"曾经落难"的启蒙知识分子。1979年之后高晓声笔下的农民似乎再也没有了苦难，种种对农民利益的侵害从没在高晓声笔下出现过，只留下了国民性。这和柳青式的"浪漫主义"是同样的悲剧，都把乡村当成了身外之物或者实现理想的"实验田"。柳青的"浪漫"是"革命元话语"下的"革命启蒙"之果，高晓声的"怒其不争"是西式"启蒙元话语"在"后革命"时代的"回归"。从本质上讲，"浪漫"和"回归"都是精英化的，因为从精神和肉体都在乡村之外的精英们来看，土地是毫无用处的，那不过是养活一大批国民性载体的劣质"营养基"。农民的生存在他们那儿从来都不是问题，农民不过是实现理想的材料之一，或者如帝王或儒家口中的"载舟之水",水的基数足够大,不管怎么样,总不会缺的,不必过于关注水的存在状态,只要给"舟"以理想,世界就走向美好的未来。作为结果之一,"舟"的幸福很多时候都与"水"无关,"水"的苦难也不会进入"舟"的思考范围。所以,一个结果就是,高晓声直到去世都再没"看到"的东西,在贺享雍那儿比比皆是,如《苍凉后土》中"丰收成灾"真实地上演了好多年:

中明老汉的心还沉浸在党委书记的夸奖和照相带来的喜悦中,何况他现在手里攥着17000斤的售粮单据,周围不管哪个,都没法和他相比。他攥着的单据就是钱!不一会儿,就将从里面领出一千多元崭新的票子。

文富接过发票,一张张展开。只见第一张税务发票上写着:农业税750元,特产税180元,合计930元。第二张是乡政府的统筹款发票,没写项目,文富知道就是负担村、社干部工资,五保户、军烈属的优抚款,安广播、看电影等公益事业款项,一共是714元。第三张发票上,第一栏写的是代扣绿化费(树苗款)150元,第二栏是代扣公路民勤义务工投劳费180元,第三栏写的是代扣兴修水利投劳费180元,合计510元。另外还有几张专用单据,一张是教育附加费120元,一张是县里修火电厂捐资150元,还有一张是安程控电话捐资180元。

17000斤粮食按当时的市场价格本该卖到两千多块钱,结果只拿到了几百块钱。这是弱者被精英们多方压榨后的结果。此时还是乡村最好的80年代,之后几年对农民的压榨更加严重,甚至到了令人发指的地步。当然,这个问题已经得到彻底解决,2005年12月29日,第十届全国人民代表大会常务委员会第十九次会议决定:第一届全国人民代表大会常务委员会第九十六次会议于1958年6月3日通过的《中华人民共和国农业税条例》自2006年1月1日起废止。中国的农业税就此退出历史舞台。上述存在了十几年的"丰收成灾"问题失去了存在的土壤。但在实际社会中,个体精英总有办法以农民为工具获得各种上升的政绩。如《苍凉后土》中另一类对农民利益的侵害后果就更严重:

中明老汉虽然抬起了头,可脸上仍然老泪纵横,绝望地说:"几亩麻地,少收几千斤粮食不说，还把文义准备办厂的几千元钱也赔进去了！我们这是，赔了夫人又折兵呀！"

文富听了，说："爸，你常叫我们想开点，你咋想不开了？"

文义也说："爸，你放心，我们手里有他们的合同！"

中明老汉擦了擦脸上的泪水，说："有合同又能抵啥？那只是一张纸呀！这个家，就要毁了哟！毁了呀……"

这是80年代中期到90年代中期的乡村典型案例，莫言的《天堂蒜薹之歌》就专门写了这个问题，即政绩大于民生。基层官员号召农民放弃粮食改种经济作物以"创收"，并承诺保证商品的出路，结果却是大量种植破坏了市场规则，物富则廉，经济作物价格特别低，而且无人来买，官员们却撒手不管，商品无法卖出，只能全部毁掉，农民独自承担巨大的损失。这种基层政府对农业的直接干涉，对农民来说不但没有按照市场经济的规则赚到钱，甚至连生存必须的粮食都没法保证了。而官员们只要有前期的种植面积作为政绩的"绩点"，就已经完成了"任务"，结果如何他们不必负责，就是说无论农民成与败他们都已经拿到了奖赏，这也是政策被曲解成"只管耕耘不管收获"的恶果。这种问题的出现，实际是地方官员契约精神的缺乏。此时改革还未完全形成西方化的契约体系，只是各层行政机构在盲目运作，时时受到个体利益的干扰。从努力解决温饱到契约问题的出现，实际是乡村面临的一个重大转折造成的结果。因为乡村此时已经解决了大部分农民的温饱问题，在这件"大事"的基础上，与"饱暖思淫欲"同理，在农民还没有余力去"思"更多物质的情况下，官员们却抢先一步，走到了下一步。即官员首先被"启蒙元话语"启"蒙"，个体"觉醒"之后马上开始追求个体欲望的实现，且像"口腔期"的孩子一样不考虑别人且不择手段。因而，在基层官员那里，既然生存已经不是问题，那么一切就走向指标至上，虚假的账面GDP成了其目的，农民就被当成羔羊，一遍又一遍被薅羊毛，甚至一次次杀鸡取卵。它应该是权力功能的一次大转换，乡村成了精英们上升的工具；同时，如果缺乏对权力的制约，一切欲望都会直接导致牺牲弱者，这是权力之下的"人道"问题，实际也是人类社会难以克服的痼疾。因为破坏者并不是权力，正如杀人事件中起决定作用的不是凶器，而是手持凶器的人。权力产生的初衷并不是作威作福为害人类的，而是权衡利弊，使人类社会往更好的方向发展。但权力一旦与个体的"快乐原则"相结合，就可能产生癌变，把权力变成达到个人目的的工具，在这个过程中，弱者总是被先牺牲的，对于其他物种同样如此，只是人类将其制度化了。高晓声则是一个精英式"制度至上"的典型个案，1980年之后的高晓声似乎从未关注过农民被基层官员侵害的问题，因为他那时早已远离了乡村，那曾经的"落难"之地成了为精英历史增光添彩的无限增殖之物——也可以说是成了永恒的"不及物"之物。高晓声只是精英式思维的代表，精英与乡村的分离倾向似乎是无法解决的问题，即使"启蒙元话语"消失，也会有另一种"元话语"控制精英们，这种元话语也必然是精英化的，弱者仍然被剥夺话语权。简言之，只要乡村存在，就必然是城市的"他者"，必然被压迫被边缘化，除非乡村彻底城市化，或者人类彻底城市化，"乡村"不复存在。

贺享雍相较赵树理的优势在于，贺享雍经历了从20世纪到21世纪的重大转折，乡村在城市化之上日渐凋敝，农民被以"漂泊"的方式吸引到城市打工，人口的单向流动意味着乡村不断被抽空——这也是当年赵树理最担心的事情，以致直接把女儿送回乡村务农[①]。但是，人类社会的事件总是有着两面性，城市的进化使乡村的处境也有了重大变化，随着经济的发展，城市对乡村的补偿或反哺也越来越多，如农业税全部取消，对农村进行各种各样的补贴，使农民只要做事就有钱拿，以致农业户口越来越有吸引力。因此，多数以前存在的问题都在城市化带来的经济成果面前消失了，很多批判失去了时代意义，变成了"解放前"式那种"过去"。但另一方面，有些问题又是一直存在的，赵树理的很多担忧是前瞻性的，涉及中国的民族传统问题，甚至是人类文明本身的问题，基本不可能彻底解决，特别是底层利益的维护问题。贺享雍同样如此，他大部分问题意识是指向现实的，细节化的描述限于展示，并不指向问题的解决。人类社会在21世纪面临更多的困境，其困难程

---

① 1957年11月24日，赵树理认为女儿赵广建长期在城市生活，脱离了农民，把赵广建送回家乡沁水县，直接落户农村。见李秀杰、苏玉民：《赵树理的女儿走向农村》，《人民日报》，1957年12月5日。

度甚至到了无法思考的地步,所以小说中的很多场景显示,贺享雍面对现实只是在某种立场下的本能化反应——人类社会的利益化状态剥夺了人类个体的思考能力。当前"启蒙元话语"的影响力似乎越来越弱,但被另一种"元话语"取代,或者可称为无规则的价值多元的"后现代元话语"。在"后现代元话语"下,尽管表面看来人类的思考越来越复杂,后现代价值"多元"似乎欣欣向荣,但很多思考只是一种姿态,几乎全部"不及物"——诸多话语越来越变成一种以个体为中心的利益化行为,或者是庸人自扰式的自说自话,更多的群体化的"大话语"本质上成为个人谋利的工具,一种话语策略。它意味着话语的"向内转",与后现代消费社会的"原子化"相应,人类越来越只关心自己,人类整体和宇宙越来越无关,"天赋人权"实际无论在消费化大众那里还是在精英那里都变成了神圣不可侵犯的"自私"。再者,人类社会只要存在,就必然有精英群体,就必然有对平民的侵害,这是无解的。精英的理想必须通过政治来实现,这意味着要"浪漫"就必须与利益妥协而把自己"政客化",贺享雍为基层官员"算账"就从底部揭示了精英理想的破灭。这种必然的"堕落"也寓示了为什么变革总是伴随着更触目惊心的阴暗。人类的文明就是光明的阴暗中或阴暗的光明中的前行或进化。人类必须不断地反官僚反权力,特别是要反思精英的利益化,才能保证文明的走向。这对于作家尤其重要。作家由于在权力网络中处于相对的弱势地位,更容易被权力俘获;同时作家又是精英群体中的观察者和反思者,他们的存在,当如赵树理、莫言和贺享雍,直面人类的弱势和文明的阴暗。

第三节 "反启蒙"之下的"寓言化"乡村

贯穿整个20世纪的"启蒙式"叙事把中国乡村默认为"他者",是与现代西方的"文明"相对的"愚昧落后"的东方。启蒙化叙述人或隐含作者是一个先知式的存在,带来"现代"和"先进"的思想,给乡村带来划时代的革命,但其提供"帮助"的前提是乡村要放弃以前所有的道德规范和文明的规则，完全接受另一套文明系统，即西欧式的文明，形成典型的杰姆逊所言第三世界国家的"民族寓言"[1]。这种"寓言"明显是否定性的，因为它本质上是"自我他者化"的，杰姆逊即直接认为中国的阿Q是鲁迅建构的一个自我否定性的典型"寓言"形象。而贺享雍和赵树理一样，放弃了启蒙式"民族寓言"建构，避开了对乡村的歧视和压制，也就从根本上避免了叙事话语对乡村的扭曲。

从中性或客观的意义上看，"寓言"意味着一种个体的"升华"，它是人类"大叙事"冲动的表现之一。从杰姆逊的意义上看，"寓言"在功能上相当于一种"集体无意识"的载体，里面包含着更多的"意识形态素"[2]。简言之，"寓言"产生于"大叙事"欲望的投射，它放大个体的存在价值，从个人的欲望上升到群体价值，即扩大自己的存在感，把个体的存在变成群体的存在，把个体的意识融入集体意识，与人类存在的独特的精神性相结合，个体能就此从群体获得巨大的能量，同时在现实物质世界获得更多的实在化利益——当然也正是后者让大多数"寓言化"的人物变成人类文明之"伪"。

"第三世界"的现代小说是杰姆逊所说"民族寓言"建构的集中之地。如风景的产生即是寓言化的重要手段之一。风景问题的产生，"去风景化"策略的出现，表现出贺享雍和赵树理的创作理念与现代小说原则的龃龉，其根本原因在于叙述人/隐含作者的立场。为农民的细细"算账"更彻底地暴露了两人的立场。他们都把乡村写成了与现代"寓言"不同的"寓言"，寄托了另一种大叙事的努力，形成了赵树理式"反寓言"。

鲁迅以降的启蒙式"民族寓言"的叙述人一般是启蒙知识分子，对中国人的"品格"做自我批判式的"观看"和展示——如阿Q、祥林嫂、孔乙己、闰土。即那个启蒙的对象一定"被观看"，观看和批判的发出者一定是启蒙知识分子，而"第三世界"的乡村恰恰是"民族"特性的集中地，所以乡村

---

[1] ［美］弗雷德里克·杰姆逊著，张京媛译：《处于跨国资本主义时代中的第三世界文学》，《当代电影》，1989年第6期。

[2] ［美］弗雷德里克·杰姆逊著，王逢振等译：《政治无意识》，中国人民大学出版社，1999年，第65页。

一定是"寓言"所否定的重镇。赵树理算是"民族寓言"的异类，在"去风景化"策略之外，贺享雍和赵树理一样，采取了与"民族寓言"不同的叙事视点。从这一点看，可以说赵树理树立了中国式"乡村寓言"的典范，其重要特征之一就是乡村内部视点的确立，它是以乡村为主建构的叙事表层，其视点极少转换，一直以乡村为中心；所有的外来力量都被视为"外来者"，且处于乡村的观察之下，即是"被看"的状态。如《李家庄的变迁》中视点始终定位在乡村和农民那儿，从整个文本来看，是焦点大部分时候聚集在农民铁锁身上，但却不是铁锁在叙述，而是叙述人跟着铁锁走，像聚光灯一样，铁锁到哪儿故事就到哪儿；铁锁被李如珍逼迫远走他乡后，叙述人在讲述铁锁与地下党相识的间隙，不时加入李家庄的二妞和冷元等人描述李如珍破坏乡村的恶事。丁玲、周立波、马烽和孙犁等解放区作家笔下的"党代表"式外部视点始终没有出现。但小说中又有一个光辉的地下党形象小常，他一直"被看""被说"，功能却非常重要：他给了铁锁关键的"革命启蒙"，指导铁锁加入革命并回乡领导革命，发动群众召开控诉大会，恶霸汉奸李如珍被群众杀死，革命获得胜利。但小常却一直没有作为主要人物"上场"的机会，甚至他的牺牲都是被农民转述的。从外部启蒙视点来看，来自乡村的眼光正是来自深渊的"凝视"——一个理应驯服且蒙昧的"他者"居然也有此睿智且深邃的目光——此眼光的产生给"启蒙"眼光的"反震撼"也正在此，赵树理成为"启蒙"队伍的异质化的存在也是必然的。赵树理的乡村叙事更神奇的地方在于，《李家庄的变迁》的叙事进行到大结局的关键时刻，"主人公"铁锁居然消失了，变成一个"无名"的村长来总结革命的胜利成果，这使农村青年在党启蒙下的成长功效被大大削弱。这种安排，或者正是隐含作者把乡村与道家之小国寡民式存在或者群体化存在相结合的产物。从道家来看，万物贵在无名，"无名"才与"无为"最近，才能达到"不可说"与"不可名"之"道"的境界——对于底层农民则是活得更"安全"。

由此可见，赵树理很可能以儒家的方式建构了一个道家式的乡村寓言。对于乡村叙事，在立足于农民和传统伦理方面赵树理是极致，至今几乎无人能及。他的小说既有宏大思考也有入微细节，成为真正的有"家"有"国"的乡村寓言，此种寓言与"启蒙元话语"下的民族寓言有着本质的不同，有着真正的"民族性"和"乡村特质"。赵树理的乡村寓言是杰姆逊批判的第三世界民族寓言的反面，是完全正面的建构，是真正地思考中国乡村未来走向。赵树理之后，贺享雍则用非常细腻的笔触，详细地记录当代中国乡村的方方面面，而且也是从乡村本身出发，从这一点看，贺享雍是对赵树理的继承和有益补充，也可以算是一种中国本土化的民族国家寓言。

贺享雍在叙事视点的选择上与赵树理高度一致。他的小说采用乡村内部视点，意味着拒绝启蒙式的外部视点。"启蒙者"在贺享雍的小说中会时时感到来自乡村的"凝视"，这样的有了某种"自主性"的乡村，似乎有些让外来者恐惧，因为他们看到的不是柳青式被外来者表述的"驯服化"乡村。贺享雍小说中最厚重的是《苍凉后土》和《土地之痒》，展示了农民对土地最深沉的眷恋，两部小说的叙事视点都一直在农民那儿，和赵树理的叙事建构一样；而且贺享雍的农民都不是个体，而是一个群体，他们很少有"成长"的痕迹，而是以个体代群体式的生存。小说集中描述农民在各种环境下的生存与挣扎，他们以土地为根，应对所有的苦难。如《苍凉后土》中老农民佘中明一家是叙述的焦点，几个儿子作为家族的分支把乡村的挣扎伸展到中国社会的各个领域。《苍凉后土》中一家两代人的苦难经历见下表：

人物	称谓	大致经历	结果
佘中明	父亲	多种杂税、政绩工程、稻瘟、假药、养五保户	历经苦难，一直在乡村种地
佘文忠	大儿子	已成家，因反政绩工程下狱，其他与父亲经历相似	同父亲
佘文富	二儿子	未婚妻被抢、变卖家具、打工、因偷东西下狱	与未婚妻复合，回农村
佘文英	女儿	做城里记者的情人、打工	返乡嫁村小学教师朱健
佘文义	三儿子	不满欺压离乡"流浪"、多处打工、给省委写信	回到乡村，政绩工程大问题解决

由上表可看出，小说绝大部分是从乡村的角度，讲述改革启动几年后乡村面临的各种问题。小说展示的都是非常现实的场景，没有理想也没有幻想，就是以血肉之躯对抗各种力量对乡村的压榨。在这儿似乎也看不到任何乡村寓言的色彩，因为一切都太形而下了。实际上，这仍然有很高的寓言性。因为贺享雍在此表达的不是佘老汉一个人或一家人的命运，而是整个乡村，佘中明一个人实际就代表着一个家族，家族再投射到整个农民群体，其意识形态意味并不因为过于现实而减少，农民的基本诉求一直是群体意识中的主导。在这里，贺享雍把自己的"意识形态素"投入文学的阐述，形成了新的文学"无意识"；"无意识"之中是他自己的立场，即他的"群体无意识"，它与荣格的民族化的"集体无意识"有所差别，一个民族内部可能由于多种多样的利益观照而必然分成无数群体，每个群体都有自己的利益诉求和基本规则，这些东西形成某种理性化的表述，就成为群体意志，即"意识形态"的雏形。由于意识形态首先是集体化或群体化的，融入了意识形态的普遍化的叙事话语就成了寓言。贺享雍正是把留守乡村的农民的意识形态融入文学叙事，从而形成了与赵树理有承继关系的乡村寓言。

　　有一点要注意的是，贺享雍的叙事中有寓言，但却几乎没有"主体"。因为所有农民的努力都是想保证正常的劳动和正常的收获，而不是要获得什么"现代素"。乡村就像一个原始功能的"工会"或"农会"，发挥着最原始的意识形态的功能。之所以称为"原始"，是因为他们不反抗，他们只是"自发"地忍耐所有来自外部的压力和破坏——这或者来自中国道家式的无为式存在观，正是"启蒙"竭力批判的"看客"心理的源头。这也正是中国式乡村寓言的特色，和中国的儒家传统一样，没有现代式的个体，只有集体，或者个体融于集体之中。另一方面，由乡村中自然个体的本能所驱使，逐利仍然是农民的本质特征之一，因此乡村的困难之处在于，农民在外界的引力作用下，总有一种"离心力"，而非向心力。就是说，即使在"前现代"的文明规则之下，农民离开乡村，也是一个不得不发生的结果，他们也会被城市利益诱惑，试图进入城市，拥有相对丰裕的物质生活。如佘老汉的女儿佘文英，作为青年一代她更倾向于消费主义式的存在，她觉得乡村没有出路，想逃离乡村。作为一个女性，她采取了最直接的方法，即嫁城里人，之后干脆做了一个记者的情人，试图借此永远离开乡村。实际上结果却很悲惨，她不过是做了城里人的"小三"，不但一无所获，在道德上还丧失了立身之本。她的追求看似有些现代"主体性"，但她要的不是现代的"自由"和"爱情"，不是作为一个"人"真正的"个体价值"，而是本能化的物质，"主体"仍然缥缈无踪。

对于脱离乡村，按现代经济规则致富的农民，隐含作者也会加上足够多的否定修辞。存在于《土地之痒》《大城小城》《民意是天》《盛世小民》《是是非非》等多部小说中的农民企业家贺世海，由贺家湾进入城市经商之后，可以说富甲一方，与各方关系也左右逢源，可谓后现代消费时代的"成功人士"。但隐含作者对他却心存"恶念"，总以上帝之手指挥叙述人让贺世海承受男人的各种"屈辱"。首先是写他性开放，女秘书必是"年轻高挑"，既是诱惑又是罪恶。对于乡村，他又是"性符号"化的另一种表述，实际是指向消费主义下女性非常自觉地把年轻的身体作为交换工具，以谋求更大的"消费"商机。其次他还必然有情人，男人有钱就变坏是道德"铁律"，果然，他有了个年轻漂亮的小情人。隐含作者必然不让他有好结果，果然他被年轻情人设计骗了一套房子和很多钱，而且这个情人又用贺世海的钱包养"男小蜜"，产生多重包养关系，形成完整的"情人消费链"，让贺世海这个大企业家绿帽连连。乡村的"性禁忌"要比城市更严格，"成功者"对这一禁忌的破坏是对乡村伦理和宗法制度的严重挑衅，虽然当今社会无论从法理还是道德上都对其无计可施，但隐含作者根据现实将之虚构成因果链完整的故事，加上有明显倾向性的否定性修辞，就在文学世界中把其寓言化，使其成为某个意识形态的载体："寓言"意味着从个体到群体的转换，批判个体实际指向对群体的否定。虽然隐含作者手下留情，没让他"坏"到底，他致富后对乡亲们还是相当照顾的，宗族血缘带来的"集体向前"趋势还是存在的，但隐含作者借他的道德堕落来昭示经济世界与乡村伦理的相悖，表达了对西方利益化"发展"道路致使乡村走向败落的强烈批判。

贺享雍的小说也有一些采取了外部视点，如《遭遇尴尬》采取了乡村基层干部的视点，由几个干部轮流讲乡村基层管理中的种种艰辛，并以蒙太奇的方式进行组合，给人多声部叙事的感觉。这种讲法既古典又超前，古典方面类似

14世纪启蒙之初的《十日谈》，《十日谈》本身就有"解构"之意，不过指向的是教会。《遭遇尴尬》也预设了某种"解构"，最终却指向现实主义式的关怀，即作者一直关注的乡村往何处去的问题。再者，从整体上看小说也没脱出乡村，仍然借基层干部讲述困顿中的乡村。就是说，虽然偶尔有外部视点，其叙事仍是内部化的，那些基层干部身份的叙述人也是乡民出身的基层干部，实际与贺享雍自己的身份类似，而且基层干部集体叙事的重点还是在表现乡村。这些类似"党代表"的故事内叙述人虽然是"外来者"身份，但叙事中却没有以外来的启蒙视点或精英视点轻视或压倒乡村的意图，而是采用了另一种视点来表现"本真"化的乡村。赵树理也写过外部视点的小说，如1943年之前的《催粮差》，以乡村收税官为视点展开叙事，但这个来自官府的"外来者"并未成为一个有效的视点，充满嘲讽的修辞实际否定了他存在的所有价值，即这个"外部"实际是被否定的。究其实，赵树理采取外部视点的目的正是批判外部对"内部"的无知和忽视。贺享雍的《青天在上》中也有很多外部视点的片段，直接描写县乡基层官员的所为，但这些所为都不是"好事"，多数是官员之间的钩心斗角，为了保住官位而丑态百出，且无视百姓的利益。即使是在对基层官员最有"善意"的《遭遇尴尬》中，实际也处处暗含着对"外部"官员世界的批判，比如以钱书记的视点讲述的农民自己毁林事件，尽管农民没有受到惩罚，基层官员都受了处分，但并不是因为公安部门对农民的保护，而是因为村民过于"团结"，知道借"法不责众"之"人情法"逃避法律制裁，因此拒不交代带头人是谁，公安部门无计可施。其实问题的关键仍然在基层干部。农民自己毁林，是因为自己村的树林一直被邻村的村民偷伐，这属于利益分配问题，应该是"人民内部矛盾"，如果有个有声望的人进行调停，均衡一下村际利益，应该能解决偷树问题。但地方官员不作为，不但不去解决矛盾，反而踢皮球、看笑话，结果导致了村民自己毁林的后果。事件的表述目的实际仍然是对"外部"的否定，隐含作者暗暗地把同情式的修辞加给了农民。因此从叙事视点的选择上看，贺享雍和赵树理一致，都巧妙地把外部视点"异质化"，变成乡村的"反动"。这种效果通过对外部视点加以明显的贬义修辞来实现，甚至不惜让叙述人直接否定"外来者"，达到了无限否定的反讽效果。就此贺享雍与赵树理的立场也不谋而合：通过"外部"的偶尔"聚焦"，恰恰是否定了外部，也正是对内部的加倍肯定。

总之，贺享雍的叙事是通过内部视点的正面修辞与外部视点的负面修辞，表达了他的乡村立场，也确立了他的乡村寓言的赵树理指向。贺享雍作为赵树理的乡村立场的继承者，相当能够代表"后革命"时代乡土叙事的某些重要特征。

贺享雍面对现实的文学想象是复杂的，但总体指向乡村内部。在"内"与"外"之间，贺享雍更愿以农民中的一员来发声。贺享雍小说的价值更多地在小说主题方面，或者说是隐含作者所建构的深层结构。贺享雍叙事世界中的人物被取消了现代感，他们没有"成长"，只是以受多方压迫的人生经验为基础，执着于近乎静态的生存，从来也没有谁有过"今必胜昔""前途光明""希望在前""未来可期"的想法，整个主题背后是不确定性，这个"不确定性"不是量子理论意义上的，而是面对权力社会和必然动荡的无奈。如在《土地之痒》中，老农民贺世龙跟其他农民一样一生都在生存中挣扎，他没有资格谈现代，只能是生存伦理的一面镜子、一个样本，亿万个这样的农民组成了历史大背景。他的存在本身就是一个乡村寓言。同时，贺世龙的存在相对于乡村既是"前景"也是"背景"，他在《土地之痒》中为了土地和劳作挣扎之时，他是实在的"前景"，在《村医之家》和《青天在上》等小说中，贺世龙就成了乡村背景。这种把人物融入背景的方式与《水浒传》相似，正是中国古典小说的经典叙事方式之一，赵树理也大量使用这种"群体化个体"的人物塑造方法。要说差异性，贺享雍与赵树理相比，似乎缺少了对现代之维的那种超越感，但贺享雍的小说中有着对现代及"后现代"的强烈反思，这应该是消费主义时代给贺享雍的独特经验所致。

另一方面，从叙述动因上看，贺享雍的知识分子身份是后来获得的——不是出身知识分子家庭而是地道的农民家庭，也正因为他非"根红苗正"的"启蒙"出身，才保持了乡村最后的尊严，没有以各种启蒙式的浪漫或革命式的空想，把乡村改造成各种"元话语"的膨胀之地。从人性的复杂来看，乡村被"启蒙"式"浪漫"蚕食，大多数情况下是启蒙知识分子的无心之错，少数时候则是精英的伎俩，但两者对乡村的危害是同样的。贺享雍和赵树理一样，最反对的是把乡村当成实验田，再心安理得地把对乡村的破坏表述为人类理想的代价。尤其是在当前"启蒙元话语"和"消费主义元话语"的双重控制之下，贺享雍很明白"发展主义"式的寓言拯救不了东方，更拯救不了人类，只会让人类更加暴露堕落的一面。

贺享雍批判时代的方式，应该是对杰姆逊民族寓言的补充，贺享雍提供的正是第三世界民族寓言提供的"发展"道路的恶果展示。进一步说，生活在"后现代"时期的贺享雍不像莫言那么看透了权力的"本质"而坚决否定权力，他似乎批判乡村外的一切，但又一片迷茫。作为一个知识分子，他时常置身千年的"风景"之中，但周围却又是一片混乱的"凄凉"：

这又是一个多么美丽的夏夜呀！半轮上弦月高高地悬挂在深蓝色的夜空上，繁星闪闪烁烁，大地上无处不流泻着如水的月光星辉。南风款款地吹，送来浓郁的秧苗、玉米苗的清新气息。蛙鸣阵阵，蝈蝈声声，溪水悠悠，这一切多怡人呀！

但是，如果哪位诗人要歌咏这美妙的夏夜，可千万别忘了在这生动的背景上，还有三个垂着头，拉着板车闷闷行走的庄稼人，以及那车轮碾压在泥土上发出的单调、沉闷的声音。

这可以说是寓言式风景或者风景式寓言，代表着贺享雍的乡村寓言的无奈和无解。"单调""沉闷"的修辞以"代言式"的投射完成了贺享雍的乡村寓言。"苍凉"的"后土"似乎很难再找到希望，作为一个知识分子的启蒙式的抒情已经破碎，情怀不再，只余千山无路的迷茫。

贺享雍在民族寓言之外，继承了赵树理的乡村想象，试图建构另一个中国化的乡村寓言，但在时代的挤压之下，却带来了一个无法凝聚精神力量的碎片化的寓言。

当前的时代，作家们面对的是无解之城与无解之乡，原子化的时代摧毁着整体化的思考。这并非某个国家或者某个群体的问题，而是人类权力与欲望造成的痼疾。赵树理的美好想象已经没有实现的可能。对于贺享雍这样的真正乡村作家来说，赵树理只是一道星光，他带来的不是本雅明的"弥赛亚之门"，而是微弱、渺茫且"不及物"的期待。其实在赵树理的时代他的乡村寓言就没有实现的可能，城市和乡村的对立必然造成乡村被剥夺，赵树理当时看到的只是革命的权宜之计，而他以为那就是永恒。他没看透强者对弱者的剥夺其实是人类社会的必然。没有哪个人、团体、政党、国家能彻底解决这个问题，因为我们面对的必须是人类自身。个体只要有"理想"，就必然陷入欲望、利益和权力的大网，在其中挣扎和毁灭。消费主义时代人类的欲望被各种力量推动得不断膨胀，低效率注定被抛弃，乡村正首当其冲。当前城市的痼疾，正是欲望的集中与泛滥，且不断为其制造各种合法性的理由，甚至把这一切个体式的欲望"真理"化，即个体的就是真理的，形成"原子化""真理"观，形成后现代消费主义一统天下之后的"意义化"，即从一切的"无"中寻找"有"，甚至制造"有"，把很多其实无意义的东西变成有意义的东西，并标上天文数字的价码，如字画、钻石、古玩、珠宝，还有比特币、电子游戏、P2P、各种虚拟社区等，甚至包括时间、空气、情绪和星际旅行，制造了一个消费至上的永远为"有"的世界。城市与乡村的对立类似"有"的世界与"无"的世界的对立。当前社会执着于"有"，而鄙视"无"，以"无"为耻，真的"无"要合法存在就要想出"有"的托词，把实际对人类无意义的东西变得"有意义"的目的只是获得利益。而乡村是以"无"为本而求"有"，而其"有"也只是存在而已。

如果从天人合一之"道"来看，这些都可以无解，同时趋于无意义。实际上，中国道家早在两千多年前的另一个欲望化时期——春秋战国时代就已经反其道而行之，即从"有"中发现"无"，从而一切"有意义"的东西都要走向"无意义"，达到最后的终极："无意义"才是宇宙的绝对意义。但是，人类社会永远不会赞同存在之"无"，而是在欲望的膨胀中制造更多的"有"，让人类生活得更有"意义"，让人类的"时间"消耗得更有"价值"。如中国的循环史观所昭示的，时间在循环之下是无意义的，而权力却逆天而行。人类社会被精英化为强者的世界，乡村则在权力中陷入死循环，永远没有尽头。因为乡村永远是弱者，人类文明越"进步"，乡村越是"化外"之地。"乡村"和"野地"是老庄"寓言"的产生和寄托之地，也是永恒的东方"存在寓言"，也许让人类归于乡村，乡村归于宇宙，一切的一，都会在乡村中得以实现。

第三章

主奴辩证和乡村寓言

鲁迅以他的文学天赋给我们20世纪启蒙时代留下了太多财富，他的文学创作几乎每一篇都引领了之后的一个流派。对于中国乡村，鲁迅的《阿Q正传》《祝福》《故乡》等小说开创了中国乡土小说传统，同时也开创了"问题"小说传统。乡土小说同时也是问题小说，因为它是要解决乡村问题的，鲁迅的宏大思考使其要解决的不仅是"小问题"，而且是"大问题"，小到个体的精神状态及生活方式，大到民族的存亡与国家的发展。

冰心、老舍、沈从文、茅盾、巴金等作家的叙事表层虽然不提"问题"，但其深层实际也是要解决中国社会某方面的"问题"，如冰心的个人与集体的问题，老舍的国民性问题，沈从文的城乡对立问题，茅盾的社会革命问题，巴金的青年成长问题等，沈从文、茅盾、路翎、废名等作家则又同时继承了鲁迅的乡土文学传统。赵树理属于后者，把问题小说与乡土文学相结合，并真正做到了为乡土的问题而思考，而不是从外部把乡村当成"客体"或"他者"剥夺其"自在性"。从当代文坛来看，真正的赵树理继承者几乎没有，绝大多数以"乡土"为对象的作家实际是在启蒙之下把乡村变成了城市的"他者"，缺乏真正的乡村立场。非要找一个长期坚持乡村立场的当代作家，那就是四川作家贺享雍。其他的当代乡土作家如阎连科等多数还笼罩于现代"启蒙"之下。而莫言是一个跳出"三界"之外的神奇的存在。

第一节　"问题"的"实质"与"存在"的辩证法

　　人类无论是从整体上看还是从个体来看，自出生和形成社会起就面临各种各样的"问题"。一般来说哲学代表着人类最深刻的"人文"思考，哲学同样是在面对人类的"问题"，世界哲学体系中最基本的问题是"思维"与"存在"的关系。从某种意义上看，人类有了思维才有了存在。动物界的虎狼猫狗鱼鸟蛇龟则不然，它们没有人类意义上的思维，其存在就无所谓意义。但从道家来看，无思维的存在才更像真正的存在，即思考同样无意义，而且它过于"有为"反而违反了"无为"的原则。道家认为思考会让人类越来越聪明，越聪明就越会生出事端，膨胀欲望，让人类像春秋时代那样堕落，因此要"绝圣弃智"。但西方人可不那么想，从亚里士多德以来，西方人一直执着于人类智慧的成长，一大标志是不断地追求真理，阐释真理，探讨达到真理的途径。如在黑格尔看来，面向"绝对精神"的思维是达到"真理式存在"的唯一途径——连数学和物理定律都是"有缺陷的"知识，他认为通过辩证的哲学化思考达到主体与客体的统一，就达到了真理或者某一方面的真理[1]。他定义的"真理"类似一种状态，一般是主客体在绝对精神层面上获得统一。"主体"与"客体"，或者正是黑格尔意义上的人类存在的两种状态，可以通向黑格尔的"主奴辩证法"，一种是主人状态，一种是奴隶状态。黑格尔的思考可以说是哲学史上最经典的体系之一，它是集中对人类存在价值的思考。所有被西方理性体系俘获的非西方文化圈也都会首先面对这个问题，如日本、中国和印度等。新文化运动以来的中国，启蒙为中国思想文化界及体制的主流，启蒙所要解决的问题也是主体和客体的问题，鲁迅的阿Q在启蒙话语之下正是一个无"主体"的"客体"，其处于黑格尔意义上的"奴隶"状态，第三世界的民族寓言就此产生，也决定了中国启蒙主义一开始的定位就是自我他者化，自动

---

[1]　[德]黑格尔著，贺麟等译：《精神现象学》（上），商务印书馆，2017年，第29页。

把整个民族和国家置于西方意义的"奴隶"一方。文学尤其明显,在整个启蒙运动中,文学的启蒙作用可以说最大。究其原因,从西方文学批评史来看,无论对于亚里士多德、柏拉图还是列维-施特劳斯、弗莱、巴特,还是马克思、海德格尔、杰姆逊,文学都是群体的象征。启蒙兴起之后的中国文化界非常完整地移植了这一思想,在"国民性"未成为潮流之前,从梁启超开始就已经发起"小说界革命""文界革命"和"诗界革命",其目的正是改造"国民精神"。

鲁迅和周作人兄弟二人继承的正是严复、梁启超开启的改造国民精神一脉,并成为百年中国主潮,"启蒙"甚嚣尘上。鲁迅在小说中多次直接表达对"国民精神"的担忧,如《故乡》中的直接启蒙话语:

我躺着,听船底潺潺的水声,知道我在走我的路。我想:我竟与闰土隔绝到这地步了,但我们的后辈还是一气,宏儿不是正在想念水生么。我希望他们不再像我,又大家隔膜起来……然而我又不愿意他们因为要一气,都如我的辛苦辗转而生活,也不愿意他们都如闰土的辛苦麻木而生活,也不愿意都如别人的辛苦恣睢而生活。他们应该有新的生活,为我们所未经生活过的。

此片段为小说临近结尾,倒数第三自然段,鲁迅的那个"我"发现下一代的"阶级差"友谊在重演,于是借叙述人之口直接发出一通感慨。这是隐含作者特意安排的一个关键环节,没有它,鲁迅本人的情怀就无法直接展现。鲁迅强大的"问题意识"和民族国家关怀使得他总是迫不及待地把"问题"本身甩给接受者,力图使他个体的思考变成国民大众的普遍思考。这个片段也不例外,"新的生活"明显是加了"启蒙"标记的"生活",它需要一个强大的"启蒙"力量才能实现,而鲁迅找不到,也只得在绝望中表达"希望"。看文中的修辞,对底层人物明显是不满的,似乎两相"隔绝"的原因主要在闰土那儿。这明显是一个精英在思考、在独白。"我在走我的路",明显是在责怪闰土没跟上他的步伐。"精英"们预设的"发展"之路,就是要改造"国民性"的"伟大"之路。但是,闰土是真的因为生活才"麻木"吗?最根本的是,闰土是"麻木"吗?一只猫没有表情就是麻木?鲁迅凭什么把闰土定义为一个被生活压垮的失败者？鲁迅就胜利了，因为他有很多知识？实际上，这正是庄子式"子非鱼安知鱼之乐"，鲁迅成了惠子式的"自语者"。鲁迅在两千万字的文字遗留中从来没有显示过，他是否了解一个事实：贫苦农民的快乐是不是存在？鲁迅默认了所有"未开化"的农民都像闰土那样"麻木"，才会有他坚持一生的"铁屋子"理论。问题是只有启蒙才能带来快乐吗？他难道从来没有看到过贫穷的农民一样也有神采飞扬谈笑风生的时候？鲁迅的理论预设是把广大的人民都当成了化外之民或猫兔之类。而他自己才是尼采或黑格尔式的"主体"式人类。先定义别人为"非人"，已经非常可怕了。谁给你的这种权力？正是西方所谓的人道主义，所谓的存在，所谓的伦理。奴隶社会、封建社会制造事实上的奴隶，现代社会却以自由和民主为由制造精神上的奴隶，奴隶同样也是被培养的。此可谓语言的更大的暴力。尼采在语言暴力中"发现""自我"并不断膨胀"自我"，以致这个非同一般的思想者和话语制造者陷入狂想之中无法自拔，鲁迅称之为"发了疯"，实际成为语言的牺牲品，或者可以表述为一个自以为是的"主体"实际成了语言的奴隶，其言与行都与鲁迅的"狂人"无异。"狂人"即鲁迅期待中的进入"启蒙"状态的非西方个体，是最早的"觉悟"者，是东方"民族寓言"的"先知"。"狂人"一直被人类的思想者加以各种期待中的"革命性"，实际只是在编织人类的"存在寓言"。后现代大师福柯笔下的"疯子"实际也是此种寓言的奴隶，所有"寓言"的"本质"仍然是语言，思想者们在语言的隐形暴力之下膨胀自我，然后被迷失于语言之阵，成了另一种"高等"奴隶。海德格尔的诗意存在变成狂欢化的后现代解构游戏，他却仍然自以为掌握了真理，如同他那秘不可宣又高调如斯的同性恋，是同性恋这个事实耗尽了他的生命，还是"同性恋"这三个字让他的生命走到了尽头？或许，他一生在反抗疯子的头衔，一生在努力向世人宣称他的自由、他的权利和他精神的高贵，所以他编织了一个又一个语言游戏，让自己沉迷，在沉迷中获得无上的快感，力比多得到了无约束的释放，但最终，仍然在"主人"感觉中奴隶般逝去。语言游戏的规则核心是幻境，如同庄周之梦和蝶之梦，梦梦相叠，梦中无主人，梦中人却把自己"当作"主人，而"主人"恰恰是那个梦境的生产者。人类的科学领域同样是梦境重重，如多重宇宙的产生即是人类科学的先导理论物理的"梦境"，是人类之梦的科学化，实际是一种"硬科幻"。与其相比，一般人类或者人文科学意义上的梦应该是"软科幻"，即和远古人类的神话想象或巫师的天马行空的"启示"一样，都是语言的游戏。它不需要依据，不需要证明，它需要的只是语言本身。

鲁迅的《故乡》由于其"自语"的特色，更加是一个现代语言迷宫。《故乡》中上述片段之后就是举世闻名的"路"的"希望辩证法"——希望如无路之路，走的人多了就成了路。鲁迅正因为非常自信地"知道"希望是什么才会那样"辩证"。但他凭什么认为他就是对的？他凭什么确信他发现的那个"希望"真的就是人类的"希望"？实践已经证明，现代理性思维的发展事实上让人类更快地堕入毁灭的深渊，无论对人类社会还是人类个体，现代带来的灾难都是毁灭性的，且是不可逆的。人类已经如此，上帝又能怎么样？上帝如果存在，也是宇宙的幻影；上帝实际不存在，和"道"一样是人类的想象之物，更何况人类的"上帝"并不包容一切，"上帝"多数情况下被宗教把持，反而让人类更狭隘，因为它一直宣称不信我者则为上帝的叛民，实际在宗教圈即为"不信其教则不为人"。不要小看某些宗教的狭隘，人类世界的冲突颇有一部分是宗教冲突，战争也有一部分是宗教名义下的战争，直到今天的后现代"多元"时代，一部分的战争仍然源于宗教。中国的道家则不同，"道"让人类融于宇宙之中，正如一滴水融入大海，正因为如此道家才永远不会成为人类社会权力政治的主流。人类的欲望决定了只要有机会，就一定会极力地"有为"，要"发展"要"进步"，从这一点看，人类可能一直摆脱不了欲望的控制。西方一直致力于现代主体的"复杂"，这个"复杂"可表述为容忍越来越多样的欲望及人性的非正常状态——但这并不能改良人类的存在状态，反而使人类陷于更复杂的欲望之中。西方国家屡屡发动侵略战争，近东、中东、远东都屡受西方骚扰。其根本原因正是西方放纵欲望，以致西方的"民主"与"自由"模式背后正是向内的阴暗，对人的价值的强调在最初看似人类的"进步"，但也恰好陷于"多智则奸、多奸则贼"，英国和美国称霸世界之时都会在民主自由的幌子下，肆无忌惮地掠夺，实际比小团体式的强盗危害程度更大，此为欲望下的"举国为盗"。这是人类内部的问题，仍然与宇宙无干。黑格尔们的思考实际未淡化任何人性的缺点，反而以"主人"之名不断强化内部阴暗。如果"自我"意味着"主人"，那么听命别人则意味着"奴隶"，所以每个人都努力为了自己，无论多阴暗多变态都要求追求自我价值的实现，并要求其他人理解，西方文学和影视中恶人逐渐成为主角即是一大结果。这与教会一贯的团体式狭隘异曲同工：顺我者为我奴，逆我者则团灭。某些精英团体（包括宗教人物）直接以某种教条取代了人类社会的"民主"规则，或者以武力为后盾自定规则，正是以己之矛攻己之盾，西方民主制度和对个体存在想象的最大漏洞和阴暗就在此。但在鲁迅的时代，中国知识分子与日本当时对西方的单向度膜拜一样，只看到西方的优点，并拿其攻击自己民族的一切，以致鲁迅不顾一切地支持汉字拉丁化和全盘西化的主张，甚至极端地建议青年一本中国的书也不要读[①]（当然鲁迅在几千万字的论述中有更复杂的东西，不代表鲁迅真的无条件地赞同西方）。实际上西方化的思维不可能解决中国的问题，特别是乡村问题，农民问题更是不可能。鲁迅虽然开创了中国"乡土"小说传统，他写的却不是真正的乡村，而是把农民作为中国人的象征写出中国人的"国民性"。所以一定要明白，鲁迅笔下的"乡村"并非乡村，"农民"也并非农民。但他却不可替代地创造了百年中国的乡村叙事模式。

另一方面，文学的存在也证明了所有的个人意识实际上也是集体意识。每一种思考都首先是个体的，个体各种各样的思考却都摆脱不了人类社会各色人等的"存在"问题：自己的存在、别人的存在、群体的存在，直到人类的存在和宇宙的存在等。这些存在问题实际都指向两个基本问题：第一是如何更好地存在，第二个是存在的意义是什么。这两个基本问题都既可以是个人问题，也可以是人类的问题。

所以，简单地说，"问题"产生于人类的智者对人类文明前途的思考。文学作为对现实的直接描摹，更是要直接面对"问题"——所以中国现代文学一开始就是"问题小说"。当然与哲学不同，哲学是理性化的、抽象的思考，鲁迅到赵树理式的思考是文学化的思考，是形象化的，充满情感和虚构，相对于哲学虽然深刻性和逻辑性逊色得多，但也因为情节和故事的存在而有着更大的影响力和更广泛的接受度——这也是为什么鲁迅、巴金、沈从文、萧红和赵树理这样的作家名气远大于同时代的哲学家和批评家的主要原因。

[①] 见鲁迅：《青年必读书》，最初发表于1925年2月21日《京报副刊》，后收入《华盖集》。

贺享雍和莫言作为后来者自然摆脱不了"问题小说"的思路，他们的作品中都写到乡村面临外来巨变的问题。赵树理面对的是社会主义革命，莫言面对的是大而化之的乡村与人类问题，贺享雍面对的是席卷全国的经济改革大潮，彼时乡村都面临重大的抉择，说到底是乡村的"存在"问题。"问题"的"本质"之一是对人类"发展"中的阻碍和阴暗面的总结。从鲁迅到赵树理到莫言式的问题意识都指向民族的生存问题。对于鲁迅来说，阿Q不仅是中国农民，同时又代表着中国乡村，进而代表着中国人，是第三世界民族寓言的最有代表性的典型。阿Q的存在是当时和之后上百年全体中国知识分子心中的痛。鲁迅面对的是"愚昧落后"的中国乡村，而赵树理面对的是同一个"愚昧落后"的乡村，在文学上鲁迅塑造了阿Q这一经典形象，赵树理也塑造过一个解放区的阿Q形象福贵（《福贵》）。他们的最终目的也相同，都是要解决他们面对的乡村问题，但他们对待乡村和农民的态度却截然相反：鲁迅代表绝大多数启蒙知识分子，很少从乡村内部思考问题，都是外部的强力"启蒙"；而赵树理是少有的"内部"式叙事，有着鲜明的"反启蒙""反现代"特色。人类的"想象"是个大问题，立场不同，想象就天差地别，从这一点上可以说，"问题"是每个人的安身立命之所。两人迥异的乡村想象的关键在于乡村定位的不同，对乡村价值评判和接近乡村的切入点都明显不同。

贺享雍更是以"问题"为"母题"。他虽然后半生都处于"后现代"时期，此间人类文明由大工业时代向量子时代迈进，乡村越来越无足轻重，但是他面对的一直是乡村，他关注的也一直是乡村。他的小说几乎在面对农村内部的各种问题。贺享雍被作家杨牧称为"新时代的赵树理加中国式的契诃夫"[①]，至2019年，《乡村志》系列十卷全部推出，为读者呈现一幅完整的农村"清明上河图"。土地问题、乡村内部矛盾、"坏干部"问题、"发展"问题、利益分配问题、政绩与民生问题、选举问题、启蒙问题、法律问题、上访问题、计划生育问题、环保问题等，几乎各方面的问题都多次详细描述，可以说是长达几百万字的21世纪中国农村百科全书式著作。

[①] 张春晓：《抒写中国农村的"清明上河图"——贺享雍〈乡村志卷一·土地之痒〉编辑手记》，《作家文汇》，2014年第8期。

这些问题对于人类社会都有重要之处。土地是人类的生存之本，其重要性不言而喻，物质决定精神的判断即由此而来。人类存在最基本的物质是土地，人类能延续几百万年，土地是基础之基础，乡村的土地意味着人类的食物，广义上则意味着一切都在土地上产生和成长。发展问题是人类社会走向的整体规划，权力的需要。启蒙问题是发展问题的一个部分，是从精神上解决发展的思想基础。启蒙问题是人类的精神问题之一，从权力欲望和控制欲望角度看，就是一部分人认为自己掌握了人类进化的"真理"，自命为"精英"，是人类中的天才和"先知"，进而要求其他人都和他一样，跟着他的想法走，他又有定义权和命名权，因此把自己命名为"高"，将其他人命名为"低"，他要以自己的"高"来带动"他者"的"低"，使所有的"他者"最终都通过精神的"修炼"达到"主体"之境，从而加快人类的"发展"，这就是启蒙的正面本质之一。权力问题是人类社会自我管理系统的关键，权力的最大作用是能够通过权威集中人类的力量向更有利的方向发展。如何使用权力是人类社会走向的关键所在。从原始的民主到分封到中央集权，再到现代民主制，再到后现代时期权力的分散与高度经济化，实际是权力的使用方式问题。法律问题可以说是启蒙问题与权力问题的结合，精神上的规则与国家强制执行。选举是权力的分散与集中、个体与集体归属问题。人类社会必须有集中管理，但又不可能人人都参加，不然会效率畸低，所以社会的管理需要有能力的个体来操作，现代社会中那个集体权力的"代理人"由公众选举产生，由代理人来代表某个群体的利益来执行权力，在此执行者是个体却代表集体意志，落实的也是个体，但却是针对所有个体，从而又成为集体。干部问题或官僚问题是人类管理系统的BUG之一，只为人类的光明着想的管理者基本是不存在的，在没有限制的情况下，个体的欲望永远是第一位的，权力的个体特色与个人欲望相结合必然产生腐败，管理者必然官僚化，无可避免，自律是不可能实现的，法家式的严苛刑罚才是避免权力黑化的王道。政绩问题是官僚问题的主要症结之一，同样是"发展"问题的"副产品"，与权力问题直接相关，是个体权力欲望的畸形表现。而且在物质超过精神的社会形态中，权力如毒瘾，会越来越大，资本主义社会进入后资本时代就是典型。所有涉及权力的问题都会与个体欲望的畸形膨胀相关。环保与计划生育实质上是同一个问题，皆为"发展"之下的负面问题，即发展问题带来的恶果，其根源仍然是人类欲望过度膨胀，最终是破坏人类自己生存的环境，造成资源大量丧失，人类也被反噬，面临种族生存的巨大困境。人类要遏制这种堕落或灭绝的危险，就需要由人类自身去寻找平衡。或者就叫杰姆逊所言的"遏制策略"，避免人类宗教"原罪"式的堕落。杰姆逊本来是指"历史化"及"总体性"意义上的"遏制"，是一种人文意义上的努力地维持人类文明的文明性的努力。从理论上讲，理论家的意识和话语中扼制人类的阴暗和阴影有无数的可能，但对于面对现实的作家，这种想象则时时可能被反"扼制"，贺享雍就是被现实所"扼制"的作家，无法走向西方意义上的"总体性"或"整体性"，而是乡村的"散沙化"或中国式的"原子化"使中国乡村更接近老子意义上的小国寡民。贺享雍和康拉德一样，对于现实实际无能为力，都处于想象性的"扼制"之中，但最终还是归于传统，给出一个量子时代无奈的古典轮回式结局。被扼制之后的想象并没有多少快感，而是一种悲凉。

第二节 叙事终点与乌托邦想象

人类面临的问题不下千万种，其实万变不离其宗，最后一切问题都要回到人类自身。普通人的思维中的否定意识是人类最强大的意识之一，但一般大众常犯的盲点式错误是，在批判的时候常常忘记了自己同时也是阴暗的根源。鲁迅算是人类自我认知中最深刻者之一，批判会随时指向自身，又随时超越自身，忘我而非我。但启蒙或人文主义笼罩下的知识分子思考得再深刻仍然是"自我"，最多把"自我"扩大到"人类"，实际仍是与广大宇宙相对的"小群体"的利益，相对于宇宙仍然属于"自我"范畴，与黑格尔的辩证法类似，思辨性再强也仅是人类"小家庭"内部之事，仍然是围绕人类单一物种的利益，带来的是人类内部的语言的快感，它直接导致人类对外部世界的肆无忌惮的掠夺和破坏，似乎人类就是"真理"，"人类的"就是完全"正确"的。某种程度上可以说人类对语言的迷恋类似毒品，是典型的符号的"自足"，即通过符号的堆积组合及语言的自我增殖获得无上的快感，从欲望上看它是一种更强大的"高等"力比多释放。那么，这种"高等"感和人类面对大自然的优越感一样，"主体性"或"主人意识"的"持有者"也会理所当然地把"低等"的人归于"奴隶"，那么大部分"奴隶"也不配享有"主人"的权利。换言之，人类的绝大部分"思想者"或"巫师"不但做不到宇宙级别的平等，甚至直接促成了人类内部的分等，人为地被分为"主人"和"奴隶"，或"治人者"和"治于人者"。

对于较有包容性的作家，一般不会如此武断地将人分等。贺享雍和赵树理一样，心中有对底层大众的悲悯，所以都不会直接把某类人或某个群体归为"奴隶"或下等人，或者不会像启蒙权威话语那样蛮横地把某种"先进"意识强加于乡村之上：

> 这里面的每一个作家都具有某种共同的症候性，他们用一种"改造"过的先进的世界观和价值观去书写农村和农民，但又总是感觉这种"先进性"被农村内部暗藏的秩序和规则所改造。宏观的视野要求他们写出历史的"趋势"，而微观的生活又将他们阻断、分隔并进行一种艺术上的停滞。这里面的代表，比如赵树理，他最终选择了尊重微观的生活，他将自己定位为"地摊作家"和"问题小说"，正是这种两难抉择后的自觉定位。①

"先进"与"微观"的矛盾实际投射了作家面对乡村的立场，甚至直接关系到面对乡村伦理的"良知"，即是正视乡村的复杂还是认为乡村"应该""是什么"。贺享雍的经历和立场都与赵树理相似，皆以乡村为中心对乡村表达了充分的尊重之后才做出了叙事模式的选择，所以他的小说和赵树理一样，有一个乡村内部视点且以传统为主导，他们的预设是文明的进步可以依靠发扬传统中的某一部分来实现，对传统的静止态度和"话语式"的描述都是不够的，必须同时具有超越性，这就需要某种先进的东西来作为催化剂。他们的"先进的世界观"不是"宏观"地从上而下地单向度"启蒙"，而是以"微

---

① 杨庆祥：《重建农村题材小说的总体性视野——从贺享雍的〈乡村志〉谈起》，《文艺报》，2018年3月23日。

观"达到对乡村"进化"的理想化书写。"微观"乡村应该是把历史暂时搁置的乡村内部叙事,并把叙事建构成有"宏观"感的某种"进化"。赵树理的"宏观"与"微观"经常同时在场,而且都非常明晰,不但建构了一个合理的乡村进化想象,且在文学性上也部分实现了古典文学的进化。

一部文学作品的结尾的建构最能看出作家的微观与宏观相结合的方式、程度及内容。因为乡村叙事的结局往往包含着作家心中乡村问题的理想化的终极解决方案。先看一个宏观式的乡村叙事。当代小说史上柳青是较成功的一个,而且他与高晓声、阎连科等执着于鲁迅式"国民性"的"乡土作家"不同。高晓声等是把乡村当成纯粹的"待启蒙"之地,实际没有对乡村本身的思考,而是对"现代主体"的思考;柳青则致力于乡村的改造,他确实努力进入乡村内部,试图寻找乡村在社会主义时代的未来。我们看《创业史》的结尾:

梁三老汉在庄稼人们谈论灯塔农业社和社主任梁生宝的时候,他想起了他爹和他两辈子创业的历史。实在说:那不算创业史!那是劳苦史、饥饿史和耻辱史!他爹和他合起来,在世上活了一百来年,什么时候在一个冬天同时穿上新棉袄新棉裤来?总是:棉袄是新的,棉裤是旧的;几年以后,棉裤是新的,新袄又是旧的。常常面子是新的,里子是旧的,或者絮的棉花是旧的。土改后,梁三老汉曾经梦想过,未来的富裕中农梁生宝他要要穿一套崭新棉衣上黄堡街上,暖和暖和,体面体面的!梦想的世界破碎了,现实的世界像终南山一般摆在眼前——灯塔农业社主任梁生宝他爹,穿上一套崭新的棉衣,在黄堡街上暖和而又体面!秋收后,宝娃子对他妈说,旁的什么都不忙,先给他爹缝全套新棉衣,给老人"圆梦"要紧!老汉说:

"宝娃子!有心人!好样的!你娃有这话,爹穿不穿一样!你好好平世事去!你爷说:世事拿铁铲子也铲不平。我信你爷的话,听命运一辈子。我把这话传给你,你不信我的话,你干吧!爹给你看家、扫院、喂猪。再说你那对象还是要紧哩。你拖到三十以后,时兴人就不爱你哩!寻个寡妇,心难一!"

但生宝娘俩,还是坚持给老汉"圆梦"。老汉想起这些,感动得落泪了。人活在世上最贵重的是什么呢?还不是人的尊严吗?

当排队的庄稼人顾客知道这是灯塔农业社梁主任他爹的时候,一致提议让老汉先打油回去，老汉上了年纪，站得久了腿酸。梁三老汉不干，大伙硬把他推拥到柜台前面去了。

梁三老汉提了一斤豆油，庄严地走过庄稼人群。一辈子生活的奴隶，现在终于带着生活主人的神气了。他知道蛤蟆滩以后的事儿不会少的，但最替儿子担心骇怕的时期已经过去了。

此片段是比较典型的宏观式的启蒙化乡村叙事。在叙事话语上属于"自由间接引语"或"自由转述体"，看似第三人称全知叙事，实际是叙述人转入了梁三老汉的内心，属于这个老农民的心理活动，但这一"转述"却不符合一个根深蒂固的"小农"的身份。"梁三老汉在庄稼人们谈论灯塔农业社和社主任梁生宝的时候，他想起了他爹和他两辈子创业的历史。实在说：那不算创业史！那是劳苦史、饥饿史和耻辱史！"一个个的惊叹号代表着隐含作者的而非梁三老汉的"革命化"激昂总结，用"创业"这个词，本身就不适合一个农村贫困家庭，梁三这样的农民只想有家有口能吃上饭，一辈子没穿过整套新衣服，良田百亩永远是幻想，创什么"业"？实际上此时的柳青和鲁迅一样，只执着于启蒙，从来未想过农民最基本的生存是什么，明显是作家自己的现代民族国家意识笼罩于乡村，才一心要农村也实现现代大工业式的"创业"。总之，隐含作者的叙述人看似处处为乡村代言，却处处言不由衷，主观化的情绪充满叙事的间隙。特别是最后几句，"梁三老汉提了一斤豆油，庄严地走过庄稼人群。一辈子生活的奴隶，现在终于带着生活主人的神气了"，农民真的做了"主人"？还"庄严"地走过人群？土地重新失去，还有主人感？而且"庄严"之类离农民实在太远，想象不出提着一桶豆油走过乡邻的老农民有什么"庄严"可言。如果说是"满足"或者"幸福"倒还符合场景，或者更恰当的是入社的"自豪"或者儿子做了"成功"的"大官"的"骄傲"，但怎么都轮不到"庄严"。实际是隐含作者把乡村生硬地拉入了启蒙大叙事之中，所以这种修辞的"错位"不但是隐含作者的一厢情愿的感觉，而且是对乡村生存伦理的违背，类似皇帝的"农民没饭吃为什么不吃肉"的疑问。特别是"奴隶"这一词语的使用及其"主人"式的隐含修辞指向，与失去土地的农民都是格格不入的，感觉是一个空想主义者站在高山上对着遥远的乡村做空洞的演讲。赵树理和莫言都写过合作社时的农民,他们作品中的农民和历史中的农民相符,都是极力反对此种超前"公有"的,如赵树理"锻炼锻炼"中在超前公有之下完全失去劳动积极性的农村妇女和莫言《生死疲劳》中死不入社的坚决的"单干户"蓝脸。

正是柳青这种相对于乡村的"外来者"式的写作,过于强调"外",而始终进入不了"内"。看似有"微观"的细节,那也只是一个启蒙知识分子"有色"眼镜下的"现代风景"。就是说,柳青虽然主动放弃城市生活,到乡村落户,表现了一个知识分子对乡村的十足的诚意,但"诚意"与写作意识及主题建构是两回事,他的写作与"政绩"化的做法没多大区别,他是在为启蒙完成"任务",这种任务感使得他到死都没真正融入乡村。如果从启蒙角度来看,柳青的任务完成得不错,得到了大部分启蒙知识分子的赞扬,直到21世纪仍然有大量知识分子对其塑造的"社会主义新农民"赞扬有加。如果从另一个角度来看,和男权与女权的对立一样,启蒙对于乡村实质是城市与乡村的对立,而在现代之下,乡村在城市面前就像父系社会的女人面对男人一样毫无平等可言,只能被"改造"甚至被"奴役",奴隶和主人的"辩证"关系牢不可破。而柳青和其他大多数启蒙知识分子一样,并没有意识到这是一种不平等,而是执着地以宏观的"大叙事"去统摄乡村。那个大历史的企图之下是乡村卑微地臣服在现代的脚下。从赵树理的角度来看,真正的农民形象正是梁三老汉,可谓变老的李有才和福贵,在赵树理那儿把个体的生产放在首位的农民才是真正的农民,才是维护乡村秩序的中坚力量。而在柳青那儿,此种真正的农民却被塑造成不爱"大家"只爱"小家"的"自私"农民;传统的乡村被写成另类,而革命才是主流。所以柳青看到的实际不是历史的潮流,而是"即时"政策下的顺应权力的某种想象某种任务。赵树理的《"锻炼锻炼"》中全民丧失劳动积极性就是这种政绩化操作的严重结果,柳青和李准这样的作家正是一本正经且"庄严"地推波助澜的一员。当然柳青值得肯定的一点是,他继承了五四一代知识分子的坚定理想,他不是官员式的"政绩"化,而是把乡村的"现代化"当成了真正的理想,应该说他真的没有太多私心。但是,人类的很多灾难正是源于这种不切实际的"理想"。与时代和现实错位的"宏大式理想"非常可怕,它在很多时候比穷凶极恶的官僚破坏性更大，甚至大到几何量级的差别。

赵树理则不同，他的理想一直在乡村内部，对乡村的未来充满了相对合理的希望，在他的作品中，乡村前方的道路非常清楚明了，而且近切可行，我们看他的代表作品之一《李家庄的变迁》的结尾：

> 第二天，公祭死难人员的大会，还照原来的计划举行，可是又增加了个欢送参战人员大会。就庙里的拜亭算灵棚，灵棚下设起三个灵牌：村里人时时忘不了小常同志，因此虽是公祭本村死难的人，却把小常同志供在中间。左边一个是反"扫荡"时候牺牲了的三个民兵；右边一个是被反动家伙们杀了的逼死的那几十个人。前面排了一排桌子，摆着各色祭礼，两旁挂起好多挽联。
>
> 开祭的时候，奏过了哀乐，巧巧领着两个妇女献上花圈，然后是死者家属致祭，区干部致祭，村干部领导全村民众致祭，最后是参战人员致祭。
>
> 欢送参战人员的大会会场就布置在戏台下，那边祭毕，马上一个向后转，就开起这个会来。在这个会上，自然大家都又讲了许多话，差不多都是说"现在的李家庄是拿血肉换来的，不能再被别人糟蹋了"，"我们纵不为死人报仇，也要替活人保命"。讲完了话，参战人员把胜利品里边的枪械子弹手榴弹都背挂起来，向拜亭上的灵牌敬礼作别，然后就走出龙王庙来。
>
> 村里一大群人，锣鼓喧天把他们这一小群人送到三里以外。临别的时候，各人对自己的亲属朋友都有送的话。王安福向他的子侄们说："务必把那些坏蛋们打回去，不要叫人家来剐了我这个干老汉！"二妞向小胖孩说："胖孩！老子英雄儿好汉，不要丢了你爹的人！见了这些坏东西们多扔几颗手榴弹！"巧巧向白狗说："要是见了小喜，一定替我多多戳他几刺刀！"白狗说："那忘不了，看见我腿上的伤疤，就想起他来了！"

这个结局很光明，罪恶累累的地主李如珍被处死后乡村一片祥和，叙述人从乡村角度描写革命胜利之后准备继续与"反人民"的国民党作战。同样是胜利，赵树理的写法与丁玲《太阳照在桑干河上》和周立波《暴风骤雨》有根本的不同。丁玲和周立波的小说中党代表始终在主角位置，农民的"成长"一直在党的"观察"之下，但赵树理的小说中党代表作为"外来者"被略写，一直是"被看",小常与铁锁在山西省城相见,把革命道理很浅显明白地讲给铁锁,铁锁就慢慢"成长"为一个革命的领导者,但从来都不是小常在观看和叙述,而是铁锁在看在听在感觉,小常成为被叙述的对象。但小常的意义却非常重大,作为地下党员小常虽然一直是"配角",但他的灵位却被农民摆在中间最重要的位置。或者这正是赵树理要达到的效果,党发挥作用的方式是隐蔽的,而且农民本身也非常明白党的作用,即党代表不用变成"主角"或主要人物也能发挥关键作用。赵树理又避免让农民直接说出"革命话语",正是要极力做到"微观",他不愿违背乡村的现实让农民都突然有了社会主义觉悟,而是表达了农民对分到土地的感激,"现在的李家庄是拿血肉换来的,不能再被别人糟蹋了",村民的无名式言说正是代表着乡村对胜利成果的维护愿望,而且他们说的是维护他们的"李家庄",而不是"党"和"国家"。这样的表现应该比周立波和丁玲直接让农民喊出"共产党万岁"更符合乡村的现实。要说结尾,《小二黑结婚》更典型:

小芹和小二黑各回各家,见老人们的脾气都有些改变,托邻居们趁势和说和说,两位神仙也就顺水推舟同意他们结婚。后来两家都准备了一下,就过门。过门之后,小两口都十分得意,邻居们都说是村里第一对好夫妻。

夫妻们在自己卧房里有时候免不了说玩话:小二黑好学三仙姑下神时候唱"前世姻缘由天定",小芹好学二诸葛说"区长恩典,命相不对"。淘气的孩子们去听窗,学会了这两句话,就给两位神仙加了新外号:三仙姑叫"前世姻缘",二诸葛叫"命相不对"。

这个结局的设定,可以明显地看出赵树理的重点并不是一个男欢女爱式的光明的大团圆结局,而是这个结尾的前一节交代了两个"封建"老人的结局,一个不再算命,一个不再跳大神。这样,在某些方面"落后"农民确实被现代的"先进世界观""改造"了;但这个改造却是微观的,赵树理强调的不是革命和启蒙,而是乡村的生产更加有保障。这个结局相对于《李家庄的变迁》的结局,是更为微观的,革命似乎从未被提及,以致解决问题的区长连名字都没有。实际上,如果不是那个区长,一切乡村进化都无从谈起。赵树理的乡村中心在此非常艺术化地建构起来。

作为继承了赵树理的乡村理念的当代作家贺享雍，他在21世纪陷入资本世界的困境，既找不出解决办法也想象不出一个乌托邦。《土地之痒》和《苍凉后土》结局类似，主题也是土地问题，最终都是农民仍然被捆绑在土地上，看不见光明和未来，似乎仍是道家式生存为基础的无奈无为式的结局，几乎看不到想象的痕迹，就是说，在贺享雍那儿乌托邦烟消云散。那么，事实上是乡村不需要乌托邦，还是后资本时代的消费主义摧毁了想象的可能？我们看《苍凉后土》的结尾：

> 文义听了，才明白父亲的心思。他忽然像小时候一样，在父亲面前蹲下了，说："爸，我不想只当一条虫，成天像蚯蚓一样只在土里拱来拱去。也当不了龙，干不了翻天覆地的大事。我只想做一个新时代的农民！"
>
> 中明老汉听了，半天才说："好，娃，爹年纪大了，也说不上大道理，你折腾去吧，爹不拦你！"
>
> 文义听了这话，知道这是父亲给予自己的最大的信任和鼓励，一下激动了，他猛地抱着父亲，激动地说："爸，我说过你是世界上最好的父亲！我一定要办好工厂，为你争气的！"
>
> 中明老汉慢慢伸出手，摩挲着文义的头。父子俩再也没有说话，只让明月温柔地沐浴着他们。
>
> 很久，父子俩都没松开……

《苍凉后土》写得比较早，出版于1996年，此时作家似乎还留下了一些希望，寄望于现代大工业经济对农村的提携。但2012年《土地之痒》的结局则不同了：

> 兴成以为父亲没听清楚，便提高了声音，说："范春兰生了！兴仁先个给我打的电话，说是生个大胖小子，八斤重！让我给你和妈说一声！"
>
> 世龙听了这话，张着嘴，眼里放出光来，看了兴成好一阵，才说："晓得了，你回去嘛！"说完又嘟哝地说，"狗日的，要生不早点生，早点生，也多

分一个人的钱嘛！"说完，又将身子靠在树干上，想再迷糊一会，可是却没有睡意了。他看着眼前从树叶间透下一块块光斑，看着看着，那光斑游动、聚合着，慢慢变成了一个通体透亮的婴儿，挥动着藕节似的小手，在朝他扑过来。世龙老汉便湿润着眼睛，甜甜地笑了！

  这个结局的设定预示了一个"去现代"的乡村未来，处于现代的乡村却已经和现代基本没有关联，是"男丁"的诞生给贺世龙这样一个老农民带来了希望，乡村仿佛一夜间回到母系社会之后的新石器时代，现代大工业对乡村的意义几乎成了负面，因为城市的工业化更加衬托乡村的贫穷和落后。这是个有着象征意义的结尾，"通体透亮的婴儿"神似莫言"透明的红萝卜"，是某种欲望被高度压抑下的幻觉式的释放。这个"透明的婴儿"指向农民的生命延续，实际上应该是把希望指向下一代，但这个下一代也不过是个"萝卜"，一种和红薯类似的"低能量级"食物，能维持农民及后人不死而已。但对于农民来说，"活着"就已经是愿望的"实现"。农民对未来的想象实际一直非常"低等"，几乎与动物界的兔鼠牛羊同一层级。整部小说一直纠结的土地在此也被归于原始状态，"男丁—耕种"这一父系社会的原始劳动关系成了农民最大的期待。这一个比较用心的结尾，也暗含着贺享雍的"去乌托邦"的乡村寓言。

  面对中国乡村，还有一个更重要的作家，他就是莫言。莫言是个奇迹般的存在，他不能归入任何流派，他对乡村的思考是最有中国文化传统意味也最复杂的。莫言的思考的最大特色在于他的超越性。《丰乳肥臀》和《生死疲劳》代表着他对中国乡村的最典型的思考。我们看他的《生死疲劳》的结尾：

  我的朋友和他的女人精心抚养着这个大头儿。这大头儿生来就有怪病，动辄出血不止。医生说是血友病，百药无效，只能任其死去。我朋友的女人便拔下自己的头发，炙成灰烬，用牛奶调匀喂他，同时也洒在他的出血之处。但不能根治，只能救一时之急。于是这孩子的生命便与我朋友的女人的头发紧密地联系在一起。发在儿活，发亡儿死。天可怜见，我朋友女人的头发愈拔愈多，于是，我们就不必担心此儿夭亡了。

  这孩子生来就不同寻常。他身体瘦小，脑袋奇大，有极强的记忆力和天才的语言能力。我的朋友和他的女人虽然隐约感到这孩子来历不凡,斟酌再三,还是决定让他姓蓝,因为是伴随着新千年的钟声而来,就以"千岁"名之。到了蓝千岁五周岁生日那天,他把我的朋友叫到面前,摆开一副朗读长篇小说的架势,对我的朋友说:

"我的故事,从1950年1月1日那天讲起……"

莫言以一个神奇的"千禧"婴儿蓝千岁的诞生为结局,充满着传奇色彩,这是莫言一贯的"搞怪"风格,或者是至死不改的"后现代狂欢"。这个蓝千岁正是农村公社化时代"顽固"地坚持"单干"而吃尽苦头的单干户蓝脸的孙子,而且是表亲相爱近亲繁殖的结果,但他却充满了顽强的生命力和魔幻式的对前世的记忆力。从文化传统上看,它是《聊斋志异》中席方平数进地狱为父申冤故事的变体,这个蓝千岁正是冤死的地主西门闹的第六次转世轮回的化身。"我的故事,从1950年1月1日那天讲起……"是蓝千岁故事的起点,也是全书的最后一句,而全书开始第一句与其完全相同。这样看似封闭或循环的叙事形成一个佛教式的"轮回"结局。实际它是莫言的乡村寓言的象征。这个乡村寓言比贺享雍的乡村寓言要超脱,但对乡村的态度相似,都是同情且无奈。贺享雍只留下了无奈,而莫言有道家的支撑,无为式的存在是莫言对乡村的最后态度,和对待全人类一样。莫言的重点不仅仅是乡村,更在于人类的命运,而乡村占了人类的大部分,所以乡村在某种程度上就代表了人类。虽然乡村土地观念与赵树理类似,但莫言实际把这一切都融入道家式的宏大历史,在如宇宙一样宏大的历史中,人类的轮回不过是宇宙的一瞬,而人类还是努力地行善作恶生老病死,尽管无意义,但也是一种悲壮的存在,一种无意识的微小生物在宇宙的挣扎。换言之,莫言由于有着强大的道家思想的支撑,因此比任何作家都有"宇宙意识":人类的存在不过是宇宙的一极细小的分子,大家都作为一个微不足道的宇宙之点存在。所以,莫言文学想象中的乡村作为一个宇宙化的存在,其"文学乡村"中总能发现一致的东西,即一切都付笑谈中,很有"青山依旧在,几度夕阳红"之感。

世界上的"问题"全是人类的问题——其他的存在体不需要"问题"——

且总是与人类的欲望直接相关。弗洛伊德的欲望分析与马克思的经济分析结合，基本指明了人类大部分问题的根源。但找到根源不代表能在发现的意义上解决问题，直到现在人类的问题几乎都没有解决。从某种程度上看，"主奴辩证"之类看似深奥的思考不但未能解决人类的基本问题，反而使人类社会的主奴结构更加牢不可破。或者作家能提供不同的"解决"思路，作家直接面对宇宙"大世界"形成的形象化的"模糊伦理"，反而经常比哲学更有影响力，即文学相对于哲学有着更强大的包容性。哲学离日常太远，抽象的思辨经常无法解决人类生存最表面的问题。而且其他"理论"同样为精英所创造，其背后绝大多数有一个精英化的隐含的"智商论"前提，即智商高者治人，智商低者治于人，并从丛林法则出发默认了弱肉强食的宇宙规则，形成了"三体"式"黑暗森林"法则：我灭掉你，与你何干。换成一般人的逻辑就是我比你有"能力"，当然比你先享受权利。强大的利益优先原则一开始就将大众和日常排斥在真正的"解决"之外，即使有，也是奴隶式的解决，如同解决奴隶的吃喝拉撒问题，其主要目的也是要保证"主人"身份的"可持续性"。如何摆脱利益对人类的控制是个问题。作家的思维方式不同，他们能够在"混沌"中化用各种思想，对于哲学家思想家的著作有的作家可能一生都不会去看，他们就是感觉化地感知世界的一切。赵树理的乡村出身与坚定的乡村立场决定了他的解决方式是乡村内部的解决，在乡村伦理的基础上结合社会主义革命为乡村的人们设想一个更合理或更有幸福感的生存模式，他就凭着自己的立场设想了以"有限公有"为基础的中国乡村的未来。而莫言的复杂传统根基决定了他更倾向于道家式的解决，对于乡村问题莫言的解决应该算是根本解决。这个根本解决实际就是不解决，而不解决就是解决。如同《生死疲劳》中的"轮回"，只要人类存在，只要乡村存在，那种轮回就会永远延续。因为在他眼中，这一切也如自然界一样复杂浑厚，不必说清楚人类是什么世界是什么，只需留下无数无解的问题。宇宙静默亿万年，无解就是有解，有解就是无解。世界的存在实际不需要解释，解释是人类执着的语言幻象。

第四章

现代卫生学与乡村叙事

第一节 "病"与存在的辩证法

现代卫生学一般首先关注环境问题，关注人类的健康与生存环境的关系，关注人类健康与城市的崛起的关系。因为城市人口太过集中，建筑和道路及卫生设施相对于乡村都有极高的要求，近代西方就渐渐产生了现代卫生观念，主要指向环境卫生问题，废物排放和垃圾处理是重点。现代卫生观念进入中国当为鸦片战争前后随着西方文明观念进入的[①]，新文化运动之后如火如荼地开展。因为在此过程中渐渐从环境问题延及人种的繁衍问题，即从实体的环境与身体健康扩展到国民精神，即从改造"东亚病夫"到国民性改造都纳入现代卫生学的范畴，而前者指向民族体质的改善，后者为精神上的卫生学，不达标者则被称为"病人"。其中身体是根本，从生育到抚养都需要从现代卫生学角度保证下一代的健康成长，涉及优生优育问题，且易于使用科学的手段进行改

[①] 曹然：《"清洁"与"卫生"：中国近现代健康观念转变》，《海南广播电视大学学报》，2010年第4期。

造，更易有立竿见影的可视化效果，对大众更有影响力。文学作为社会改造的积极参与者，必然涉及卫生学问题，较早地有意识地把现代卫生学与国民素质联系在一起的文学作品应该是茅盾的《蚀》三部曲。

茅盾写于1928年前后的处女作《蚀》三部曲（《幻灭》《动摇》《追求》）都以女性为主人公，三部曲中的几个女主人公如慧女士、孙舞阳和章秋柳这些充满时代性的女子，在外形上个个长得健美如模特儿，尤其都有丰满的"S"形身材，如《幻灭》中的慧女士：

五月末的天气已经很暖，慧穿了件紫色绸的单旗袍，这软绸紧裹着她的身体，十二分合式，把全身的圆凸部分都暴露得淋漓尽致；一双清澈流动的眼睛，伏在弯弯的眉毛下面，和微黑的面庞对照，越显得晶莹；小嘴唇包在匀整的细白牙齿外面，像一朵盛开的花。慧小姐委实是迷人的呵！

在此茅盾毫无顾忌地强调和刻画一个年轻女性身体的性感，描写大胆到让人瞠目结舌，不得不让人思考那时的女性处于一种什么样的思想状态、审美状态和道德状态。这还不够，茅盾还有更大胆的，《幻灭》中写到静女士和强连长相爱并同居同游（全无父母的存在痕迹），毫不顾忌地展示性爱"狂欢"：

在月夜，他们到那条"洋街"上散步，坐在空着的别墅的花园里，直到凉露沾湿衣服，方才回来。爱的戏谑，爱的抚弄，充满了他们的游程。他们将名胜的名字称呼静身上的各部分。静的乳部上端隆起处被呼为"舍身崖"，因为强常常将头面埋在那里，不肯起来。新奇的戏谑，成为他们每日唯一的事情。

这是当时少有的对性爱的赤裸裸的宣扬，比郁达夫的《沉沦》要"健康"多了，但其"色情"感其实远超当年茅盾和鲁迅一起批判并力图查禁的"鸳鸯蝴蝶派"小说——后者的代表作《玉梨魂》是何等的纯情，以致直到殉情男女主人公都未牵手过！这种"合法"的"色情"背后实际是一个关涉民族存亡的大问题。从文明结婚到民国政府颁布一系列有关妇女平权的法令，与政治和文化现代化的艰难旅程同步。茅盾第一次把身体的健康和健美甚至性感都纳入抚育优良下一代的目标，他是从现代民族国家"寓言"出发的，期待的是中国人民体质的增强，以应对日本和西方冠以中国人的"东亚病夫"之污名。陈建华认为这背后既有"科学"式"自然主义"的影响，也有国家的强种的号召。这些女子都投身或向往革命，革命成为她们实践解放的理想空间。她们生活在革命运动中，有了机会借革命理想而寻找自己的现代式"自由"，就不必受家庭或男子的约束；性的自由是解放的标志，而健美的女性身体意味着健康和性爱的愉快[①]。种种"卫生学""优生学"等引进中国，对女性的身体和意识方面都产生了新的文化规范。在民族主义、科学主义以及晚清以来"保种""强种"的思想影响下，强调男女性别的生理区别，由此确定了女性的社会职能，不仅在于生儿育女，还担当起建立现代国家、家庭结构的新角色，从而实现民族体质的好转和增强[②]。就是说，茅盾大写女性身体的性感与完美，实际是要实现中国人身体素质的"现代化"。其他作家也在此观念的指导下进行文学化的"身体书写"，如丁玲的早期小说也多涉及身体，但多数是爱情自由、欲望自由的意义上的。如《莎菲女士的日记》中对男性身体的向往，背后也有一个健康的身体与健康的性爱问题。解放区时期的丁玲非常有创见地发现了解放区的相对城市而言的环境卫生问题，也是现代卫生学的范畴之一，与当代乡村面临的卫生问题相似。

对于当代乡村，现代卫生学实际仍然是一个非常重要的问题。现代卫生学的根本指向是物种的健康生存与繁衍，而生育条件和生存环境都是重要的影响因素，如计划生育作为人种的优化手段及减少人类与环境冲突的措施，是现代卫生学的关键之一。而生存环境对人类种族健康的影响是首要的。这就不仅涉及生育问题，而且指向最基本的环境卫生问题。而生育和健康都与环境问题息息相关。对于乡村，由于缺乏城市的现代设施，环境问题是城市知识分子最容易注意到的农村卫生学问题，换句话说，相对于生育，环境卫生更基本更容易被当成"启蒙"的反例。

环保问题实际是人类的发展带来的重大负面问题。从人类的价值体系来

---

① 陈建华：《"乳房"的都市与革命乌托邦狂想——茅盾早期小说视像语言》，王晓明编：《二十世纪中国文学史论》（上），东方出版中心，2003年，第398页。

② 同上，第409页。

看，宇宙的事件都至少有两面，有好处必然有坏处。"人定胜天"式的自信理念与西方工具理性的唯经济论相结合，人类大肆开发大自然为人类"服务"，破坏了自然的平衡，大自然的惩罚相继而来——实际大自然不会惩罚谁（"惩罚"实际是人类的利益化修辞），而是在失衡之后恢复平衡，在恢复的过程中对人类这一智慧物种产生了"不良"影响而已。比如人类过度开发森林，造成水土流失和气候变化，人类生存环境就越来越恶劣，对于宇宙和自然界只是一种变化而已，对于人类却是生死存亡的大事，于是，为了解决一个问题，人类的"智者"推出新的措施，然后又造成新的问题。这是宇宙的必然，更是人类的必然。人类过于"有为"，而宇宙是"无为"，越是有为越会生出问题，就需要不断地"有为"以解决问题。此重大案例比较直观地体现了黑格尔的质变到量变和逻辑三段论：正题，反题，正题，再反题，实际也是人类不断自我反思自我改进的过程，但总体上看是不断发展且不断自我否定，以让文明更文明，但最终会敌不过欲望。在某一次正题到反题的"运动"中，人类很可能来不及解决现实问题就已经自我毁灭。人类问题在人类毁灭之前总是在解决的过程之中，贺享雍的小说也是如此。《天大地大》要解决的就是农村的环保问题。

《天大地大》采取了《乡村志》中较少有的外来者视点——一个共产党员、年轻的干部乔燕，作为下乡干部到农村开展工作。其叙事的方式和叙事节奏都类似丁玲延安时期的作品：

乔燕见两个女人只顾洗衣服，并没有看见她，便忍不住问了："你们怎么在这里洗衣服呀？"两个女人这才抬起头，一眼看见了乔燕，却不认识，那个穿粉色圆领T恤的女人道："不在这里洗，在哪儿洗呀？"乔燕道："这里可是自来水的取水点呀！"女人马上伶牙俐齿地道："取水点不是离这儿远着吗？再说，取水点是另外的池子，河水不犯井水，怎么不能洗？"穿碎花上衣的女人也说："全湾人淘菜、洗衣服都在这里呢！这堰塘还是大集体时候修的，要没有这个堰塘，全村人还不知到哪里去洗衣服呢！"

故事空间仍然是贺家湾，本卷的主人公乔燕一进村子，就发现了农村饮水的不卫生。农村妇女直接在取水点洗衣服，直接污染了饮用水，农妇还不以为然。农民的平均寿命比城里人要短，这种不卫生正是重要原因之一。而乔燕就是想对乡村来个21世纪的"新启蒙"。这个片段与丁玲的《太阳照在桑干河上》相像，就是一个外来者走在乡村的小道上，叙述人相对于村庄是过客式的存在，而村庄是叙述人眼中未必美好的"风景"，村庄的小街是风景的一道线或一张网，串起乡村的人和物，组成众多的结点，饮水的不卫生和缺乏健康意识是小说开端揭示的重点。对于这些乡村之地，叙述人感兴趣就稍微驻足，不感兴趣就皱着眉头走过去。由于叙述人有"任务"在身，他还要试图"改造"乡村。也和丁玲那个叙述人相似，改造的背后不是伟大的理想，而是个人的利益，最多是"现代味"的个体"成长"。这一段涉及的现代卫生学，是平民式的卫生学视点，即一般的城市的卫生观与乡村卫生观的冲突。它来自城市卫生学的影响，与丁玲《在医院中》的眼光非常相似，对乡村在潜意识中有一种厌弃的情绪。下面的片段是《在医院中》陆萍眼中的革命圣地延安的某乡村医院：

每天把早饭一吃过，只要没有特别的事故，她可以不等主任医生，就轮流到五间产科病室去察看。这儿大半是陕北妇女，和很少的几个××，××或××的学生。她们都很欢迎她，每个人都用担心的，谨慎的眼睛来望她，亲热地喊着她的名字，琐碎的提出许多关于病症的问题，有时还在她面前发着小小的脾气，女人的爱娇。每个人的希望都寄托在她的身上。像这样的情形在刚开始，也许可以给人一些兴奋和安慰，可是日子长了，天天是这样，而且她们并不听她的话。她们好像很怕生病，却不爱干净，常常使用没有消毒过的纸，不让看护洗濯，生产还不到三天就悄悄爬起来自己去上厕所，甚至她们还很顽固。实际她们都是做了母亲的人，却要别人把她们当着小孩子看待，每天重复着那些叮咛的话，有时也得假装生气，但结果房子里仍旧很脏，做勤务工作的看护没有受过教育，什么东西都塞在屋角里。洗衣员几天不来，院子里四处都看得见有用过的棉花和纱布，养育着几个不死的苍蝇。她没办法，只好戴上口罩，用毛巾缠着头，拿一把大扫帚去扫院子。一些病员，老百姓，连看护在内都围着看她。不一会，她们又把院子弄成原来的样子了。谁也不会感觉有什么抱歉。

叙述人大量地展示生育中的妇女的肮脏与对自己身体的无知，其语气与《莎菲女士的日记》中的莎菲一样，对所有的人和事物都不满意，充满了否定情绪：医院里到处"养育着几个不死的苍蝇"。工作人员包括护士也不讲卫生，似乎不卫生才是他们的目标，叙述人的厌弃在此毫无掩饰。丁玲的语言中向来充满否定修辞，她的文本中总要有一个权威式的自恋型叙述人，投射了隐含作者的某种情绪。或者是小说比较典型地体现着现代小说的一大特色，即人物与环境的冲突，以在冲突中"成长"，完成现代"主体性"的寻找和建构。

丁玲式的傲慢不仅是延续自莎菲的女性式自恋，还有男权下启蒙精英的自大，以他人为奴的心态一直不减。丁玲的作品中不易出现"好人"，《莎菲女士的日记》就是典型，一个怨妇一样的女主人公，对她好对她恶的人在她眼中都是恶心的爬虫，只有她自己傲然物外，典型的精英式的自私和自恋。这儿的自大情绪并非来自尼采，而是大部分精英都很容易产生的某种优越感。所以，在《在医院中》，女主人公明显地认为别人都"有病"，整个医院就她自己正常，从莎菲的暗中默认别人"有病"，到女护士陆萍理直气壮地认为别人"有病"，其表达的意思实际正是启蒙主义的：你要觉醒，你要获得"主体性"，成为自己的主人。最终却是陆萍被教育，原来是她自己"有病"，这是个很有意思的转折，革命中知识分子要向农民阶级学习，这是陆萍被"治疗"的关键，黄子平曾说：

陆萍等人的努力，实在是在要求"完善"这个环境的"现代性"，他们的意见其实经常被承认是"好的""合理的"，却又显然无法经由这个环境本身的"组织途径"来实行。他们是这个有机地组织起来的单位中的"异质"，从所谓"社会卫生学"的角度看，他们正是外来的"不洁之物"。尽管他们的意见往往在事后被"组织"改头换面地采用，通常已是在"组织"运用合法清洁手段"处理"过他们个人之后。[1]

---

[1] 黄子平：《病的隐喻与文学生产》，见《"灰阑"中的叙述》，上海文艺出版社，2001年，第133页。

当然知识分子是始终不服的，上述行文就充满着对乡村管理状态的嘲讽和对陆萍的由衷同情。不是说陆萍就是错误的，而是她背后的观念，她的出现本就不是为了乡村的未来，而是别有所图。看看今天的状态，哪个知识分子认为农民有可学习的东西？所以，当年的陆萍，或者是丁玲，心中从来都是不服的。但是，精英的优势是发达的情商让他/她很快认识到要想得到自己要的——达成欲望的快乐原则——就必然妥协，特别是与权力妥协。所以丁玲在延安整风之后就顺风顺水，当上相当于厅级的干部。她成功了，像男权社会下的男精英们一样成功。但是，她心中的"病"却一直存在，看她的《太阳照在桑干河上》，精英的优越一点没减，只是隐藏了起来，革命利益实现是快乐原则的关键，她非常聪明——但在文本的细节中仍然有着太多的蛛丝马迹。丁玲的成功也可以说是女权意义上的成功，当是女性解放的世界级典型案例。另一个同样才华横溢的女作家萧红则不同了，她面对的同样是乡村，同样是农民，特别是农民妇女，但她的态度就不像丁玲那样认为"世人皆病我独善"，《生死场》中也是认为"世人皆病"，特别是病态的社会使农村女性处于极悲惨的地位，萧红过人的才华使她能够把妇女境遇的悲惨描摹到极致，在20世纪中国文学史上无人可比。看下《生死场》中的片段：

黄昏以后，屋中起著烛光。那女人是快生产了，她小声叫号了一阵，收生婆和一个邻居的老太婆架扶著她，让她坐起来，在炕上微微的移动。可是罪恶的孩子，总不能生产，闹著夜半过去，外面鸡叫的时候，女人忽然苦痛得脸色灰白，脸色转黄，全家人不能安定。为她开始预备葬衣，在恐怖的烛光里四下翻寻衣裳，全家为了死的黑影所骚动。

赤身的女人，她一点不能爬动，她不能为生死再挣扎最后的一刻……

一个男人撞进来，看形象是一个酒疯子。他的半面脸红而肿起，走到慢帐的地方，他吼叫："快给我的靴子！"

女人没有应声，他用手撕扯慢帐，动著他厚肿的嘴唇：

"装死吗？我看看你还装不装死！"

说著他拿起身边的长烟袋来投向那个死尸。母亲过来把他拖出去。每年是这样，一看见妻子生产他便反对。

日间苦痛减轻了些，使她清明了！她流著大汗坐在幔帐中，忽然那个红脸鬼，又撞进来，什么也不讲，只见他怕人的手中举起大水盆向著帐子抛来。最后人们拖他出去。

大肚子的女人，仍涨著肚皮，带著满身冷水无言的坐在那里。她几乎一动不敢动，她仿佛是在父权下的孩子一般怕著她的男人。

她又不能再坐住，她受著折磨，产婆给换下她著水的上衣。门响了她又慌张了，要有神经病似的。一点声音不许她哼叫，受罪的女人，身边若有洞，她将跳进去！身边若有毒药，她将吞下去。她仇视著一切，窗台要被她踢翻。她愿意把自己的腿弄断，宛如进了蒸笼，全身将被热力所撕碎一般呀！

基本的"卫生学"就不要谈了——整部《生死场》没提过一次洗澡，触目惊心的是乡村之"病"。生育面对的不是做人母的幸福，更不是种族繁衍的神圣，而是丈夫的诅咒和毒打，农村妇女是让人窒息的生不如死的存在。从启蒙角度来看，萧红笔下的中国乡村确实是"病"了，而且病入膏肓，急需现代"药方"来解救。但萧红却从未在作品中表现过"治病"的愿望，哪怕一点点都没有。所以，面对乡村，同样是女性作家，其态度与个人性格及经历、思考息息相关。萧红的身份明显也是启蒙知识分子，但她始终不露启蒙的欲望，似乎她笔下女性的悲惨只能如此，她只能记录却无法发表任何看法，她的情绪多数回到了标点——萧红的作品中充斥着突兀的惊叹号，这表现在看似情绪平稳内敛，甚至达到了"述而不作"之境的叙事，会突然出现一个个惊叹号。那是对乡村之"病"的痛之深。

拿丁玲、萧红和贺享雍来对比，是因为《天大地大》中乔燕的视点相同，也是以女性的眼光面对的乡村女性，她之后也是依靠女性来开展工作。她的"卫生学"也是围绕女性展开。这些作品面对的实际是女性问题，或者女性视角下的外部世界。从乔燕的眼睛来看，21世纪的中国乡村也是"有病"的，不过她眼中的"有病"与萧红和丁玲笔下的都不同，丁玲的"有病"背后是不满和优越感，萧红的"有病"背后是同情和无法作为的痛苦，乔燕的"有病"却是善意的，还有改造的欲望和强大的信心。乔燕是一个党代表的形象，与赵树理的身份相似，自信心的来源也几乎相同，他们的自信都在于政权的支持，乔燕正是如此才有了要为乡村"治病"的勇气。而且，从小说看，她成功了，她在各级权力的支持下，相当顺利地解决了乡村的改造难题，似乎就此医好了乡村之"病"。但我们不要忽视了，乔燕的最初目的是"扶贫"。"扶贫"却要先解决卫生问题，奇怪吗？为什么"贫"与"卫生学"在21世纪又扯上了关系？实际上，与丁玲的《在医院中》一样，"启蒙者"视点同样存在于《天大地大》中的城里人兼"官二代"的乔燕身上，她要启蒙，就要先解决贫困问题，那么就要最先解决卫生问题，实际是要先强壮了身体再启蒙，这似乎又与赵树理不谋而合。乡村的工作，不管是治病还是启蒙都要以物质为基础，马克思主义"物质决定意识"的唯物论在乡村牢不可破。而在鲁迅、茅盾那里，身体与精神是不分的，顺序上基本是先要精神，后要物质，但事实证明，鲁迅的逻辑在乡村行不通，才有了赵树理式的物质启蒙。因为乡村是物质的，人类社会也是物质的，乔燕作为下乡干部，她离乡村其实不远，在当地基层干部的启发下，她认识到了这个问题，而且扶贫本身就是物质化的。再进一步，卫生对物质发展的影响经常是致命的，因为如果因卫生问题发生瘟疫的话，又如何扶贫？所以会是卫生问题走在最前面。

所以在《天大地大》中，贺家湾真的"病"了，很多人拉肚子，却不知道是什么原因。乔燕下乡第一天就发现的卫生问题果然是直接原因：

一跨进门，王东莉便严肃地对她说："你们村里的自来水，受到严重的病原体污染，特别是大肠杆菌，所以才会引起那么多人腹泻，不能再饮用了！"乔燕一点没感到惊慌，说："这和我的预感完全一样！"说罢便一把拉住了东莉的手，道："老同学你可要帮忙帮到底，送佛送到西天！"东莉道："我还能怎么帮你呢？"乔燕道："下午你和我一同到贺家湾去，我回去说了大家不会相信，你是专家，说话才有分量！"说完又对东莉说："我还要请你给我'扎墙子'！"东莉道："我能给你扎什么墙子？"乔燕便把自己想整治村里的环境卫生给东莉说了，说完又笑着对东莉说："我这次是专门请你到贺家湾去，你如果不去，下次想来也没门！"

作为城市人的化验员更有知识和文化，手握着乡村不具备的科技条件，所以一下就"科学"地证明了乡村之"病"与环境的关系。这种在卫生上自掘坟墓的行为，可以说是农民短视，也可以说是城里人矫情，乡村没有讲究的条件，硬性讲究的成本高。对于乡村，生命不那么珍贵，反正像狗猫一样能不断地生。杜甫《曲江二首》中有"酒债寻常行处有，人生七十古来稀"，古代物质条件和医疗水平都不高，人活到四五十岁即死亡很正常，中华人民共和国成立前中国农村的平均寿命也就三十七岁左右。21世纪的中国乡村，平均寿命也低于城市，大约六十九岁，虽然比城市的七十六岁低了七岁，相对杜甫的古代，已经是进步非常大了。对于一个扶贫干部来说，她是城里人，知道农村人在卫生方面的差距，所以一进村就发现了污染。但她没意识到的是，此时的污染其源头明显来自城市，洗衣粉正是大工业的产物，提高洗涤效率的同时也加重了环境的污染。乡村对整个的"生产—使用—污染"的链条完全无知，以致造成严重的身体伤害仍不知原因。

从另一方面来看，《天大地大》中乔燕的目的与《人心不古》中的贺世普有相通之处，但贺世普是正宗的"启蒙元话语"下的启蒙，乔燕的启蒙有精神因素，但比贺世普务实，因为乡村需要的确实不是精神，真的是马克思意义上的第一性的物质。此处的饮水卫生问题也与精神无关，确实是农村事实上的不卫生造成村民生病。这种启蒙是卫生学的启蒙，精神范畴小于物质范畴。乔燕作为乡村外在的力量，此时恰能提供新的思路，从而起到内部难以产生的效果。文本的外来者视点提供了不少有价值的观察乡村的角度，提供了内部视点无法提供的信息，也产生了内部无法产生的解决方法。乡村内部产生的基层干部贺端阳对此卫生学问题就有心无力，因为他没有外部的资源，而且没有动力去做，《天大地大》中的一段就明白地说出了乡村内部的卫生学无法贯彻的最大原因：

贺端阳突然来了，对乔燕说："乔书记，县武装部真的要来考察贺波？"乔燕道："怎么连你也怀疑起来了？"贺端阳道："可这小子有什么成绩？"乔燕道："把菜地改成荷塘，既养了鱼，扩大了经济效益，又美化了环境。建沼气、污水池，改厕所和猪圈，废物利用，循环发展，又进一步使环境更卫生，实现了绿色发展。把旁边经济效益和观赏价值都不大的毛竹刨了，换成小花园,把村庄变得更美,这可不是一般的成绩呢!"贺端阳道:"可在正经庄稼人看来,这些都是瞎折腾,吃饱了撑的……"

  立过三等功的退伍军人在家搞卫生,连村支书都不理解,别的农民就不说了,叫"吃饱了撑的",不是"正经"庄稼人做的事。更不可思议的是贺端阳作为村支书同时是贺波的父亲,都不理解自己的亲生儿子到底在做什么,或者是不理解其所为的价值何在。可见卫生之难。实际是乡村之无为变成世俗的"懒"。所以卫生相对于乡村是个大问题,而且是个被忽视的问题。因为表面的"无用"而被农民厌弃。实际是缺乏科学知识,直接说缺乏现代精神现代人的主体意识也说得通。这也与乡村对生命的"漠视"有关,与循环时间观也有关,他们对生命,是来就来去就去不必强求,对于"细菌"之类的现代"命名"之物,他们更不在乎。而这个贺波作为退伍军人,是去外面见过"世面"的人,他又回到乡村,正是现代"离去—归来"模式,即"流浪"后又重返家乡。这一"离去—归来"模式的价值,在于产生了不同的意义,即对于内部他曾经是外部,外部的经历会带来截然不同的经验,"革命"经常由此产生,至少会对乡村产生一定的影响。这个贺波就是归来后不事生产,居然整天打扫卫生,致力于废物利用,在"守望"的农民看来是"无用"的,而恰恰这个"无用"之用是现代因素造成的。而乔燕这个外来者的出现给乡村带来了新的思路,与国家政策结合,一些改造措施就有了施行之机。

  贺享雍此处的卫生学主要落脚在环境和食物,是种族成员存在的最基本的条件,这也暴露了一个问题,对于后工业时代的乡村,卫生学要求的居然是最基本的环境卫生。此小说写作的年代就是最近两年,21世纪已走过了近二十年,人类整体医疗水平相对于百年前有了几何级的进步,人类的寿命增长了一倍还多,就我国来说,从1949年的人均预期寿命三十多岁,到现在人均寿命七十多岁,就是医疗进步的结果,目前很多卫生学的行动都有大量医疗技术和器械及药品的支持。而在茅盾和丁玲的时代,一切都只有一个精神的向往和热情,实际的物质基础几乎为零,政治和体制的支持也几乎为零,卫生的想象只能是空中楼阁式。21世纪的卫生学的状况已经不可同日而语,所以贺享雍的文学承载的乌托邦更容易实现,这点也接近赵树理,是很"近"的乌托邦。

贺享雍对现代卫生学的期待是乡村外部的输入，这种输入相对于乡村内部则是一个变革，是对乡村的固有生存模式的冲击，其目的是吸收各种现代成果为乡村服务。如同那个八十岁还下地劳动带三个孙子的农妇的奇迹般的存在，卫生学贯彻成功，乡村的劳动状态会更好。城市人五六十岁退休，农民却无所谓退休，只要还能动他们就会继续劳动，且是自愿的，因为对于正常的农民来说劳动是乡村的天职，或者是乡村的"本能"，是一种不可改变且代代承继的生存力比多。所以乡村的卫生学就有了与城市更不同的意义，对于人类本身也有不同的价值，至少能够让人类的劳动更有效果，人类的生存状态更完美。

话又说回来，设想是好的，但可能付出远超卫生的代价。如乡村要维持卫生就要多设置城市化的岗位来维持卫生，如同贺波那样的"离去—归来"型农民，愿意放下土地上的劳动而致力于与生存看似直接关系不大的卫生工作。另一个问题是，消费主义的金钱第一观也深深影响了本就看重小家庭利益的农民，他们做什么"多余"的事都先要求回报，这意味着农民做这些事情基层机构还要支付与城市岗位类似的工资；如果乡村的城镇化程度较高，这些还没多大问题，像贺家湾那样的偏远的山村及离城市和权力中心区较远的地带，就比较困难，会更激化乡村的矛盾，因为只是经费就是一个大难题：

村上只补助了村支书、村主任和村文书三个主要干部的工资，其余都没工资。贺家湾村村支书和村主任是贺端阳"一肩挑"，工作可以"一肩挑"，工资不能"一肩挑"，贺端阳便把村主任这份工资拿出来，一分为二，补助了村综合干部郑全智和妇女主任张芳，至于几个村民组长，则什么都没有，全凭他们的觉悟在干工作。

村干部要干活，但补助又不多，他们不算国家工作人员，身份实际还是农民，而且还要考虑家族和邻里的各种复杂关系，承担起以前乡绅的功能，责任和收益之间似乎有些偏离。所以乔燕在了解情况后很担心，原因正是"他们又没报酬，真要撂担子怎么办"。实际上乡村内部的平衡机制也时时会发挥作用，他们会进行内部调节，所以在实际的利益分配上，在没有国家政策的支持下，也会进行一些"暗箱"操作，责任大者能获得些许补偿，从而减轻做公共事务者的不平衡感：

贺端阳道："你以为他们真会撂担子是不是？上回我不是给你说了，他们这个年纪的人，撂了担子想出去打工，没有哪个会要他们，在家里只守着那点土地，几天农活儿一完，又没事干了。反正闲着也是闲着，不如找点事儿干。别看这小组长，多少也有点实惠的……"乔燕马上问："有些什么实惠？"贺端阳说："你才下来，我还没给你汇报，就是到了年底，村上都要想方设法，给每个组长补助那么两到三千来块钱，这是第一。第二，组上总还要做些事的，只要做事，组长都能占点便宜。这哄得到别人，哄不到我！当然，更重要的是当组长有面子，村民家有个红白喜事，不是把组长请去做支客师，就是把他安排坐上席，庄稼人稀罕的就是这个面子！"

但这样偷偷摸摸的补偿并不能从根本上解决问题，做公共事务还不如给私人老板"打工"，而且这些人也是太"无用"以致打工都没机会的情况下才会做干部的，可见从干部到农民都对公共事务极不热心。特别是农民，农民生活和以前一样相对不富裕，但精神却已经变了，以致召开一个对大家都有利的环境会议，村支书都顾虑重重：

乔燕道："我觉得整治环境已经刻不容缓，必须立即行动！我建议再开一个村民大会，让大家讨论讨论！"贺端阳做出了为难的样子："你都看见了，干部会都没统一认识，村民大会更是会像麻雀打破了蛋，吵一番就完事！再说，现在叫村民来开会，开口就会向你要钱……"乔燕一听这话，露出了不相信的神色，道："真的？"贺端阳道："不但村民开会会向你要钱，就是党员开会，也会向你要钱，不然他就不来！"乔燕沉思了半晌，才对贺端阳道："我还是第一次听说开村民会和党员会都要钱！但不管怎么说，我们总不能不开会吧？"

这个村干部随意一段话，已经非常明白地昭示了乡村的角角落落都已经高度利益化的现实。农民已经和消费主义下的城里人一样，甚至其欲望都与亿万富翁一样,都被高度同化,贫人富人向往的都是雷同的一掷千金的奢靡生活,做什么事都要落实到金钱,都要落实到现代时尚的物质,且要"消费"要"面子"。这样看来,要实现乡村的现代卫生就要付出巨大的代价——很多情况下它都可能无疾而终。就是说,乡村要维持某些类似城市的功能,就要一个巨大且持续的动力。就像世界上不可能出现永动机一样,运动的物体一定有能量的来源,停止能量供应物体运动也一定停止。人类社会同样如此,与马克思主义的物质决定意识及经济基础决定上层建筑完全一致,人类社会的根本动力是物质,而人类前进的精神能量正是力比多,物质促成人类的行动,经过的媒介就是力比多,那个无所不在的欲望,所以黑格尔说恶是历史发展的动力。实际黑格尔把欲望"黑化"了,人的欲望和动物的欲望本质上没有区别,就是要生存,生存就要物质,对物质和生存的渴求就是欲望,无所谓好与坏、善与恶。黑格尔有一个前提预设即要追求真理,而真理又是不定的,黑格尔便自己说了算,是真理就是善不是就是恶,这就蒙蔽了他的追求之眼,把一切打上伦理的印记,一切都主观起来。对于乡村,那个欲望更原始,没有经过现代意识特别是现代契约精神的改造,更是直接转换自力比多,就是要钱就是要东西,不给就不做。对于乡村,让卫生学能够运转起来,必须要有物质的支持,而在后工业时代,特别是在后现代消费主义时代,一切物质和精神都被最大程度地转换为金钱。所以一切的动力在当前都归于金钱,这是跨国资本主义进入后工业时代或者后资本时代的最大恶果,物质都不重要了,金钱作为一种符号,一种物质的交换媒介,反而成了欲望的直接目标。乡村远没有发展到后工业状态,甚至还在铁器时代,但他们的精神却一步进入了消费主义时代——这也是对还在启蒙话语笼罩下的各种精英的巨大嘲讽。后资本的渗透能力无比强大,金钱浸染了人类社会的每个角落,乡村也在讲斤斤计较的利益交换。乡村的卫生学在此前提下,不可能成为一个永动机,没人愿意为一个贫穷或者相对贫穷的地区不求回报地投下那么多资金,连政府都是在提倡时期有,不提倡就没有了。贺端阳不想触及这个问题,乔燕年轻气盛去找局长解决问题时却暴露了卫生的时效问题。所以对于乡村,一切都不可能永动,只会是有一点钱,就动一点点,甚至相当于光速之下的厘米级别。究其源,在金钱主导的社会,这种现象的根源在于资源不均造成的层级制。可以想见,一个超级精英的庄园或数千平方米的别墅中怎么可能发生水源出现死老鼠这样的不卫生事件？

乔燕的所为，作为一个女性扶贫干部，从环境卫生到人的卫生，到妇女的外表美，这些思考与所做很乌托邦。虽然也是现实问题，但维持起来并不容易。女性扶贫干部对乡村的女性美的关注实际还是男权中心的。因为女性被教导要美，实际是要吸引男人的，而且是单纯的外表。

从现代卫生学角度突出女性美的现代小说最早的应该是茅盾，回看下《幻灭》中的慧女士的身体特写：

五月末的天气已经很暖，慧穿了件紫色绸的单旗袍，这软绸紧裹着她的身体，十二分合式，把全身的圆凸部分都暴露得淋漓尽致……

这个片段显示了一种充满欲望的身体修辞，由于是以女性的肉体作为客体，它体现的是一种男权式女性身体修辞，充满了男权加革命之下瓜分女性肉体的力比多，同时却又有着卫生学意义上的健美的需求和期待。茅盾在西方启蒙主义影响之下，把现代卫生学较早引入中国文学，借用自然主义手法把女性描摹成完美的欲望"受体"，实则是希望中国人既强壮又性感，他笔下的女性美正是经典的现代视角下的现代美。此种卫生学当属健康欲望下的优生学，父辈和母辈的健美是一个民族身体素质提升的关键，实际是直接回到原始的种族的繁衍与优胜劣汰，也正与中国被欧美列强瓜分的形势下强国保种的强大呼声相合。相较而言，萧红的《生死场》却把生育"妖魔化"，实际是因为她的目标在于对男权社会的隐蔽且强大的批判。萧红从不提及女性身体的美与丑，肉体的形态比例外貌丰瘦都一概不写，似乎女性的身体就是女人在男权下的"原罪"，她要用刻意的沉默和文字的空白打破这一男权社会建构的"原罪"，使之变成性别压迫下的"伪真理"，所以萧红的女性身体修辞是"反美学"的。茅盾则是一个男作家从男权式的对民族国家前途的关怀出发塑造女性的身体，一方面是性感的美，一方面是生育的物理基础，所以形成了茅盾"乐观化"的优生学。

而贺享雍在《天大地大》中也涉及了女性美，但与茅盾的"女性美学"和萧红女性的"身体原罪"都不同，它涉及的是人类社会结构中另一个层面的问题。乔燕带领妇女们所做的并不是人种优化的问题，而是父系社会系统之下男人与女人的平衡问题，即平衡的家庭关系和男女关系。这儿说的是婚姻问题，以现代一夫一妻制为基础的家庭的维持。女性美学问题的产生在于，男权社会中男人占有更多的资源，这使得很多并非以感情为基础的婚姻得以建立，当然生存本就是人类婚姻的初衷，追求物质化和利益化婚姻是符合人类的原始欲望的；问题就在于现代社会以自由民主为标签，婚姻也要求以爱情为基础，这实际上是一个"虚伪"的标准，因为它在弗洛伊德的意义上对婚姻进行"伪装"，明明是解决性欲望问题和繁殖问题，却要以人为拔高的"爱情"为幌子，这也造成在男人会不断地以"爱情"的名义抛弃结发妻子寻找新欢。乔燕进入的贺家湾当然同样要面对这个问题，多数壮年男人都外出打工，有点钱后"出轨"几乎是常态。而女性一方留守家庭，没有物质积累，不占有任何优势，这就非常不公平。乔燕作为一个女人，同时是一个外来的有着更多知识和思维向度的女性，她要从"美学"上帮女性解决婚姻中被不对等地抛弃的问题。要在男人不忠于婚姻的情况下重新塑造自己的吸引力。乔燕这样做，起到了一定的效果，但从整体的婚姻状态看，虽然不能说是舍本逐末，但也解决不了根本问题。因为如上文所说，乔燕让贺家湾的女人们漂亮起来，实际是在维护传统的男权机制，让性别的失衡度更高。

女性与其关注外表美以吸引男人，还不如强大自己。像男权社会的男人那样去奋斗，虽然不太现实，但有了那种意识，女性可做的经济活动不比男人少，各种小型加工、密集型工种，种地可以雇人做，不少女性其实也能承担力量型的劳动，做搬运工送快递之类的工作有部分女性能做得到，只是女性没有树起足够的信心，总是一想就是"做不到"。是乔燕没有此种知识储备，更进一步，是隐含作者作为一个男作家没有这方面的意识。他的解决方式都属于男权社会内部的想象。对于克里斯蒂娃的女权主义、波伏娃的第二性，作家可能听过，但没认真地关心过，毕竟作家是感性的形象化的思维，理论多了反而是写作的障碍。这也限制了作家对女性在消费主义时代的出路的想象。情节设置上也一直延续了纪实式的做法，冲突过于淡化，且不连贯，形成片段式的叙事，一个问题一个问题地展开，解决则叙事结束，开始另一个问题，缺少连续性，整体就没有冲击力，对人类社会的某些有重大价值的思考都被碎片化了。

如乔燕做的事情，从水源到环境卫生和垃圾分类，再到女性之美，又到婚姻出轨问题的解决，每一件都解决了，但每一件之间除了卫生，都缺乏人性或存在意义上的直接联系。是隐含作者将联系直接切断了。这相当于把产品的各个部分拆解了摆出来，整体上会形成什么，却没有去真正地思考。从主题结构上看，小说的重点是扶贫，涉及卫生问题，于是卫生问题一度成为主角，扶贫主题也时隐时现，但两者缺乏有机联系。最后，那么多的事件，却未形成有机联系。整个设想很有乡村的现实基础，叙述人非常了解乡村，但对于如何解决问题，明显在现实中没有真正有效的方案，都是政绩式的暂时性的解决，政绩的光环一旦褪去，一切都回归原始状态。

另一个大问题是，从一个非常了解边远山村的情况的作家的文本整体来看，包括互文性整体化的各种文本，贫困实际已经不是中国乡村的主要问题，即中国乡村大部分已经解决了温饱问题，除了人为原因大部分人是能吃上饭的，所谓的扶贫，实际是如何让温饱的群体走向"小康"的问题。"扶"的那些贫，实际都不是真正的贫，有的是懒惰，有的是无为，有的是老弱病残，都不是生产导致的，而且也不是真的吃了上顿没下顿。对于中国乡村，如何支持，实在是个大问题。此种问题的解决也还是太过突然，太过顺利，似乎一努力就水到渠成，但乡村的问题重点是要维持，现在缺乏的恰恰是维持的动力，实际仍然是乡村的资源匮乏问题。乡村作为城市的对立面，一直缺乏可持续的资源。或者说，城市化的努力对于国家建设和乡村发展仍然是必要的，但乡村本身仍然按照冥冥之中注定的轨迹前行。贺享雍在后来创作的"时代三部曲"系列小说中，继续写了乔燕后来的故事，她的身世进一步扩展，实际是被贺家湾人遗弃的弃儿，而她的扶贫工作也从解决贫困转变到对乡村可持续发展的反思。主角的立场与作者对问题的思考都有了较大转变。

其实，和之前《乡村志》系列的其他九部小说一样，这些"问题"都是人类的痼疾，在现代、后现代及后工业视野之下，乡村的相对位置和状态只会每况愈下，直到被城市彻底兼并，农民成为农场工人，此时农民的自由与土地实际一并消失。尽管固执的启蒙主义者可能认为农民终于获得了自由和民主，实际的状态应该与资本主义初期的圈地运动相似，农民被迫成为低等产业工人。这是人类社会的问题，不是某个国家某个农民的问题。除了马克思设想的共产主义社会，没有哪种制度和形态的设想是真正要全部人类都获得自由和解放，总是有奴役的阴影。无政府主义不能算是理想社会，最多是"空想"，一个完全没有管理的社会最好的状态也只能是道家设想的"老死不相往来"的"准原始社会"。但从人类的欲望之强大来看，老子期待的完美社会绝不可能出现，除非发生巨大灾难如核战争，人类突然失去了一切技术和工具只能回到原始时代，更大的可能是暂时的无政府主义之后会发展到现代式的部落战争。人类的欲望会随着群居而不断膨胀，只要群居就会产生精英，从某种程度上说，精英是人类中欲望爆发的祸端，因为精英通常代表权力，精英只要存在就必须"生事"，他必然证明自己"有用"和"有为"，就是说最控制不了自己的欲望的恰恰是精英阶层。他们最易陷入黑格尔的陷阱，就是那个主奴辩证法，精英就是要变成主人，变成自然界的主人，变成人类的主人，然后，其他人都变成奴隶。或许碳基生物只能这样"使用"自己的欲望，别无他途，看看低智商的碳基生物老虎狮子就明白，兽群之王也是精英式的，也要优先占有食物和异性，实际上其他个体都成了它的奴隶，而它是精英，它是王。而无政府主义式的思维是不现实的，只会造成更大的阴暗和灾难，人类社会必须由精英层来管理，关键在于如何限制精英的个体欲望，不使其把别人当成奴隶。马克思主义设想的共产主义社会，人类的精神觉悟极大提高，按需分配，确实是了不起的展望，对人类的善意之信任可以说有史以来绝无仅有，但也仅仅是设想。因为我们不知道人类的欲望到底有没有边界，人类的欲望到什么程度才会彻底满足？

第二节 作为话语的"计划生育"：卫生学叙事的另一维

计划生育是现代卫生学的一部分，它关系到人种的优化，所以它经常与优生优育联系在一起。计划生育是人类内部的繁衍问题，人类不断地产生，正是男女结合的自然产物，让人类有限的生命延续为几百万年，与宇宙中的其他生物一样。但如果繁衍过多，就会产生严重问题。如同海洋藻类大量生长会造成鱼类大量死亡一样，某种生物过多一定造成失衡，然后危及自身。自然界经常有生物杀死较弱的幼子,以保证较强的后代的存活率一样,如雕喜鹊老鼠猫狗狼老虎都有可能放弃病弱的幼体,就是保证把有限的生存资源用在更可能传递种群基因的个体身上。如果生态失衡,其后果是极其可怕的。一个现实的例子就是澳大利亚的兔子。1859年,来自英国的澳大利亚的农场主托马斯·奥斯汀托人从英国寄过来二十四只兔子,主要用于自己经常打猎取乐所用,可是没想到这二十四只兔子最终给澳洲大陆带来了生物泛滥的大灾难。一百年后的20世纪50年代,兔子变成了三亿只。到目前,澳大利亚的兔子总数已达一百亿只。尽管全澳洲的绿地和草甸面积庞大,但仍然不够呈几何级繁殖规模的兔子啃食。这使得其他以草为食物的动物受到巨大影响,特别是对澳洲的奶牛造成了毁灭性的打击。同时,袋鼠的数量也急剧下降,并由此造成澳洲的原生动物消失了近三十种。尤其备受打击的是澳大利亚的畜牧业,澳洲是一个号称"骑在羊背上的国家",兔子的泛滥,掠夺了羊群的食物来源,饿死了成千上万只澳洲绵羊,这对澳大利亚造成的经济损失难以估量。

相对于生物界,人类的幼体是相对弱小的,要养到一岁才会走路,两岁左右才会说话,三岁后才能接受教育,十几岁后才能做劳动力,所以人类的繁衍过程要更困难,需要更多的时间和资源。人类由于形成了人类社会,所以有了较强大的繁衍机制,这保证了人类的存活率。但与其他种类相比,如蚂蚁和老鼠,人类还是数量太少,所以人类总有繁衍的危机感。而且人类个体一般也就存活几十年,再强大也不过上百年,与千年之树万年之水亿年之山相比怎么都太过渺小。但这不意味着人就没必要存在,而是人在存在之余要明白一个比真理还真理的规则,就是世界不是人类的,人类不是主宰,而只是蚂蚁一般的生物,寄生于宇宙之间的一颗小小星球上。当然,人类的生存能力的强大之处在于,人类积累了很多的生存经验,因而比其他种类的生物更有"智慧",表现之一就是人类会想方设法延续自己的生命——而一只猫或者一只海豚永远不会产生"养生"和"长寿"的想法。人类个体无法长寿千年,就在后代那儿寄托传承的希望,这也是有能力者会加强生育能力增加生育机会,把自己的家庭变成一个庞大的家族,所以封建时代的皇帝或国王们一是力图长生不老,二是以权力配置数百数千个配偶大量生育,这样就似乎延长了生命。说到底是人类的无意识中对死亡的恐惧。

人类由于过于"高等"，维持生命需要的资源较多，越发达的个体，维持需要的资源越多，"高等人类"还要维持奢侈的生活，浪费的资源更是呈几何级增长。实际上，人类的数量不能达到某个限度，不然就会形成过度繁殖的危机。计划生育则是对人口增长过快的遏制策略。

国家的生育政策会对生育行为产生重大影响，乡村更是如此。历史证明，乡村的相对贫穷使农民更易于生育尽可能多的后代来缓解物质的匮乏，因为后代意味着劳动力。但随着时代环境的变化，相应而变的国家政策却未必支持此种生育策略。中国在20世纪70年代人口的膨胀尤其严重，于是国家推出了"计划生育"政策。这是一项重大的人口政策和现代卫生学举措。中国当代文坛出现了不少以计划生育作为主题或关键情节或背景的小说，如伍开元《十月怀胎》（1989）、贺享雍《盛世小民》（2014）、吕斌《计生办主任》（2007）、莫言《蛙》（2009）、李洱《石榴树上结樱桃》（2011）、田世荣《蝶舞青山》（2012）、远山《杀羊》（2015）等。

莫言创作能力强大，作品繁多，其中多部作品涉及了对计划生育的思考。最初的关注始于《爆炸》，这部中篇小说写于1985年，小说的主要内容围绕"我"劝偷偷怀孕的妻子去公社卫生院流产，"我"和妻子已有一个女儿，"我"在北京当电影导演，作为"国家干部"的"我"带头响应国家号召，领了独生子女证，在获知妻子怀孕后，回乡动员妻子做流产手术。"我"的主张遭到妻子的反对，父亲因"我"的决定给了"我"一记响亮的耳光。当然小说最后以妻子怀着对新生命的恋恋不舍走向手术台结尾，以保持作品的主旋律，深刻的思考倒不多。在《爆炸》中，生育问题还仅仅是一个家庭事件，围绕着生与不生，在妻子、父亲与"我"之间形成对峙，这种对峙不乏冲突，但总体上还算温和，最终超生事件经过家庭内部的沟通自行解决。超生并未溢出家庭之外衍化为社会事件，基层执法权力和国家机器并未介入，个体的创伤、罪性救赎等主题尚未出场——这些内容到了二十余年之后的《蛙》中得到了集中的呈现。《地道》[①]发表于1991年，可以说是《蛙》的短篇版，处理的同样是计划生育问题。在这篇小说中，面临着严苛近乎残酷的计划生育政策，这对夫

---

① 莫言：《地道》，《青年思想家》，1991年第3期。

妻只能像耗子一般躲入地道中。耗子与人的并置是相当重要的修辞手法。莫言一直对动物情有独钟，经常赋予其超人类的功能，这篇小说中的动物修辞也相当有意思，莫言在对动物的书写和辩证思考中，完成了对人的拆解和重塑。通过对动物的思考，莫言唤醒了自己对人的认识。由于村干部的逼迫，渴望生儿子的村民只能成为耗子。耗子既是令人讨厌的"四害"之一，同时又是生命力、繁殖能力最顽强的生物。隐含作者首先强调的是主人公在外形上与耗子的相似："他身材矮小、四肢短小，两只小手像瞎老鼠发达的前掌。"其次是在能力上："地道中浓烈的土腥味令他陶醉，正是这种对土腥味的迷恋促使他夜间疯狂地挖掘地道，起初自然是为了老婆挖掘，后来则纯然是为了自己挖掘。在那些日子里，他拖着死鱼样的身体从田野里归来，极度疲倦仿佛躺下就会死去，但只要到了地道的挖掘面上，他立刻变得精神百倍，周身充满力量……他沿着地道爬行，四肢灵活，脑袋里有流水的感觉。"其三，耗子也是主人公的一种自我贬低："爹是耗子，儿能不是耗子？""只怕我这肚子里也是一只小耗子呢！"将人拉低到动物的层次或者将动物赋予灵性，提高到人的层次，是莫言的惯用策略。这种拉低并不是一种简单的比喻，而是万物平等观的一种体现，同时也表现了底层人民生命力和繁殖能力之顽强。虽然"生儿子延续香火"的这种观念完全是封建时期的余毒，但隐含作者的倾向却明显偏向于村民。

下面就到了《蛙》。《蛙》出版于2009年12月，于2011年8月获第八届茅盾文学奖。《蛙》是对计划生育的一次全景式扫描，可以说是中国当代社会关于计划生育的最重要也最深刻的小说。这部小说本身就在某种程度上做到了"历史化"，即回到历史语境中对待中国的计划生育。也可以说是"历时化"，同样是返回历史，把事件还原到时间线条中来看待——不论"历史化"还是"历时化"都来自马克思主义和索绪尔的双重影响，后者尽管针对的是语言的形成历史，但正是这种思想极大地启发了思想界哲学历史和文学界。一个是经典现实主义式的唯物论，一个是后现代解构主义的源头，同时历史化又来自黑格尔的辩证法，即把一切归于历史，人类意识是与自然社会与历史的互动，整个人类历史是个动态变化的过程；还适用矛盾对立辩证，要一分为二看问题，在质量转化辩证之下形成否定之否定规则，即正题——反题——正题不断循环，在

"破题"中不断前行，正像道家的"破名"循环。

相对于贺享雍笔下的计划生育基本是就事论事，莫言的《蛙》的重要性还在于作品中对"计划生育"政策的评价和对西方冷战思维的批判。很多中国人也是跟着西方人走，大多数作家和评论者对计划生育的初衷避而不谈，却偏爱大谈"人道"和残酷之类，以及暴力腐败之类，西方列强更经常以自由民主之名对中国大加攻击，把"计划生育"当成社会主义中国"反人权"的铁证，日本当年也实行计划生育却被西方大加赞扬。西方的"双标"背后是极其狭隘的人道主义，是别有用心的政治策略。转过脸来，当灾荒和瘟疫发生之时，西方某些人很可能会成为最残酷的主张灭绝政策的恐怖分子。当然这也是权力的常态，资源不足则先牺牲弱者。同情是吃饱了享受够了之后的一种伪善姿态。对于莫言的思考，大部分人包括评论家们都看不到莫言的深刻性和复杂性。如果回到起点，我们来讨论计划生育问题，它的起点在哪儿？换句话说计划生育产生和存在的根源是什么？是启蒙式的起点，还是中国文化传统式的起点？更直接地说，计划生育的起点最相关的是人类学，这个人类学不是文化，而是生物学意义上的，即人类这个物种的存在问题。与启蒙相关的，就是茅盾代表的现代卫生学，即要优生优育，涉及人种内部的淘汰机制，而计划生育的重要提倡之一就是"优生优育"。从文化传统上讲，计划生育也符合中国文化的传承需要，这个也是人类学意义上的，即人种优良或者保证生存才能更好地传承民族文化。计划生育就是解决人类内部某个大群体内人口问题的人类学上的决定。美国等西方国家针对计划生育指责中国，一方面是政客们别有用心地制造意识形态的敌人，煽动国内狭隘的政治仇恨转嫁国内的矛盾；另一方面是某些"认真"的精英以己度人，西方人口早就负增长，自然不需要计划生育，而当时中国人口飞速膨胀，造成资源严重不足，这样的指责是不负责的，从人类存亡角度来看，西方这些"圣母"们恰恰违反了人道原则。这时候，就不仅仅是属于人类学次级问题的人道问题了，在物种存亡面前生物人类学总是优先于文化人类学。

对此，莫言一直有超越性的思考，他的《蛙》从各方面回应了计划生育的诸多问题。他直接从宏大视角入手，从人口史来分析中国的人口问题：中国人口史上的一件大事，是计划生育在1982年被确定为全新的"基本国策"，实际上在此之前的1965年就已经开始试点，政府的口号是"一个不少，两个正好，三个多了"。它的试点到普及实质上是古老的、天经地义的生育权被高度干涉的问题。此项影响中国所有人的政策的背景是人口的过度增长。20世纪五六十年代的社会环境由于战争结束显得十分稳定，人口出生率大大增加，但不久后的三年"困难时期"（1959—1961），"因为饥饿，女人们没了例假；因为饥饿，男人们成了太监"。政策性的纠偏之后，60年代中后期的中国爆发了第二次人口生育高峰。"'地瓜小孩'出生时，家长去公社落户口，可以领到一丈六尺五寸布票、两斤豆油。生了双胞胎的可以获得加倍的奖励。家长们看着那些金黄色的豆油，捻着散发出油墨香气的布票，一个个眼睛潮湿，心怀感激。还是新社会好啊！生了孩子还给东西，我母亲说：'国家缺人呢，国家等着用人呢，国家珍贵人呢。'人民群众心怀感激的同时，都暗暗地下了决心，一定要多生孩子，报答国家的恩情。"人口的暴增，土地的相对稀少，导致人与自然的矛盾加剧，政府为资源最大化的合理分配只能宏观上做出"计划生育"的重大决定。但是在中国香火不断子嗣延绵的生育传统之下，人们努力维护"生育权"，莫言即开始了对繁衍与制度间冲突的描写。计划生育这项严格的制度的执行者是叙述人"蝌蚪"的姑姑，乡村妇产科医生万心，她由于"铁血"般的计生手段被人们加上各种诅咒，"红色木头""忠实的走狗""成神、成魔"。万心在小说中是代表着政府制度决策的政府工作人员，跌宕起伏五十年有余。

实际上，计划生育虽然被西方国家多次指责为"反人道"，但对于当时的中国确实很有必要。《蛙》的日译本封皮上有这样一句话：打胎则生命与希望消失；出生则世界必陷入饥饿。[①]20世纪80年代之后，随着温饱问题的解决，人口与资源的矛盾日益尖锐，所以控制"人种的繁衍"也迫在眉睫。文中作者借"我"之口对这一历史问题表达了自己的想法：

历史是只看结果而忽略手段的，就像人们只看到中国的万里长城、埃及的金字塔等许多伟大建筑，而看不到这些建筑下面的累累白骨。在过去几十年，

[①] 莫言著，吉田富夫译：《蛙》（日文版），日本中央公论出版社，2011年。日译版书名为《蛙鸣》。

我国以一种极端的手段控制了人口暴增的局面。客观上来讲，这不仅仅是为了中国自身的发展，也是为全人类作贡献。毕竟我们都生活在这个小小的星球上，地球上的资源就那么一点点，耗费了不可再生。从这点来说，西方人对中国计划生育的批评是有失公允的。

  第一人称叙述人"我"的观点当然不能等同于莫言本人的观点，莫言在小说中全方位地表现各种人对此政策的观点，对他们的所为并不做错与对的评判。莫言一向如此，对各种人都是理解为先，让其自然地"呈现"其存在状态。在人类的发展史上，生育与生存一直有最直接的关系。在生产力低下的情况下，为了物种的延续，人类必然保证最大的生育率以增加绝对数量。因为人口众多能带来更多的生存机会。对于国家同样，它不但关系到人类种族的生存和繁衍问题，还关系到国家在强敌面前的生存。中国由于情况特殊，人口过多造成土地相对不足，因此产生了计划生育政策，以限制人口过度膨胀。而《蛙》即描写了那个压缩人类生育行动的时代。这个政策不能以"错误"来判断，很多人说当初计划生育是西方人的阴谋，看上去有道理，但回到具体的社会大语境，就会发现当时人口确实是中国农村的大问题。以前鼓励生育，是时代的需要，才会有在"地瓜小孩"大批降生时期，人们会认为多生是在"报答国家的恩情"。后来限制生育，同样"符合国情"，因为当时的生产力，当时的人口使土地达到最大出产量已经绰绰有余，但人口还在飞速增加，这是急需控制的。客观上讲，是生育危及了生存。就像澳大利亚无限繁衍的兔子，不但啃光了草原，也会最终导致兔子种族的绝灭。因此计划生育政策也需要结合中国当时的具体国情来看待，它是历史的两难，也是人类某一时期的困境与应对措施的正常表现。"我认为这里也同样存在一个人文关怀和历史理性之间矛盾的问题。从历史理性的角度，国家把计划生育作为基本的国策是没错的，但是从人文关怀这个层面上考虑，这又是令很多人特别是农村人无法接受的。"[①]从人类内部的应激机制来看，就产生了"姑姑"那样的计划生育工作者。"姑

---

① 莫言、童庆炳、赵勇、张清华、梁振华：《对话：在人文关怀与历史理性之间》，《南方文坛》，2010年第3期。

姑"代表着国家计划生育的坚决执行者，小说中有一个场景尤其能见其无情执行政策的作风。她在河上开着计划生育工作队专用的机动船追捕超生者，其间捕者和被捕者都极其坚决，坚决到生无可恋：

> 正在我胡思乱想时，船头上的高音喇叭突然响起来。尽管我知道喇叭要响，但听到这声音还是被吓了一跳。——伟大领袖毛主席教导我们：人口非控制不可——喇叭一响，那孕妇便掀开了西瓜皮，从浑水中露出头来。她惊恐地扭头回望，然后猛地潜入水中。——姑姑微笑着，示意秦河把船速再放慢点……
>
> 姑姑从裤兜里摸出一盒挤得瘪瘪的烟，剥开，抽出一支，叼在嘴上。又摸出一个打火机，扳动齿轮，吡嚓吡嚓地打火，终于打着。姑姑眯缝着眼睛，喷吐着烟雾。河上起了风，浊浪追逐前涌。我就不信，你还能游过一艘十二马力的机动船。高音喇叭又放出歌颂毛主席的湖南民歌——浏阳河，弯过了九道弯，五十里水路到湘江——姑姑将烟头扔到水里，一只海鸥俯冲下来，叼起那烟头，腾空而去。
>
> 我希望你放明白点，姑姑说，乖乖地上船，跟我们去把手术做了。顽抗是死路一条！小狮子气汹汹地说，你即便能游到东海，我们也能跟你到东海！
>
> 那女人大声哭泣起来。她挥臂击水的动作慢下来，一下比一下慢。
>
> 没劲了吧？小狮子笑着说：有本事你游啊，鱼狗扎猛子啊，青蛙打扑通啊……
>
> 此时，那女人的身体已在渐渐下沉，而且，空气中似乎散发着一股血腥味儿。

此片段是"姑姑"成为计划生育干部后上演的几次"大追捕"场景之一。此时莫言采取了经典的第三人称全知叙事，人物的对话都采取了半直接引语，增加了叙述流畅度，使得人物的语言和行为都得以客观展现。此"大追捕"场景展示的是"姑姑"在农民张拳家中搜捕超生者耿秀莲，"抓捕"后回卫生所途中耿秀莲不顾有孕在身跳入河中逃跑。叙述人在此不提"姑姑"的怜悯，也不提"超生"妇女的屈服，而是彼此以最仇恨的状态相见，甚至不想多看对方一眼，如同捕猎者与猎物之间的绝望的对立，无可化解，无可原谅。此为一个社会群体的权力决策造成的物种的内部对立，这种对立如同原始部落之间的战争一样不可调和，大家都各为了生存和延续，都为了自己的群体，而且不准有背叛，只有生与死。这就是"姑姑"与被抓者各自的决绝心态。

同样的"追捕"事件，贺享雍却表现得很不同。贺享雍在对农民的深切同情之下，运用隐含作者的"上帝之手"解决了贺世跃的重大人生价值问题，让他超生了一个儿子，且在相关基层行政人员的监视和"追捕"之下把孩子偷生在路边的草垛下：

这天晚上，你就陪着产妇和新生的婴儿拥着这条毯子坐到了天亮。你一边坐等黎明，一边给婴儿想了一个名字：草生。草生在他母亲的怀里香甜地睡着，小鼻子发出均匀的呼吸，月光在他的小脸上像是上了一层光滑而轻柔的釉。天亮以后，你看见乡上那两个监视你们的汉子从屋后小路回去了，等他们走远以后，你才一手扶着产妇，一手抱着草生回家去了。那是一个晴朗的早晨，淡淡的晨雾在贺家湾的土地上四处氤氲，空气中散发着一股青草特有的香甜的气味，这气味有些像是年轻女人洗浴过后身上散发的味道。你的脸上泛着紫红色的光芒，昂首挺胸，完全是一副凯旋的样子。

有了儿子，贺世跃的生命全亮了，面对监视的基层干部，他即使和妻子儿子颠沛流离也欣喜若狂，以致居无定所也整天昂首挺胸，一副"凯旋"的样子。贺享雍小说中的隐含作者在此仍然坚定地站在农民这边，在他那儿乡村传统就是人间铁律。但历史和现实中的"计划生育"背后的东西非常复杂。作为隐含作者的莫言同时也复杂地处理一切关系。叙述人从没有给一个固定的价值判断，一直都是多重声音并存。执法者是有道理的，被处罚的平民也有道理，但都不是完全正确，形成双向的"破名"。上面引文中耿秀莲头顶西瓜皮奋力凫水力图躲避计划生育时，被姑姑笑道："你看看，她凫得多好啊，她把当年游击队员对付日本鬼子的方法都用上了啊。"姑姑自比为日本鬼子，似乎自立于"不义"一方，但实际又并未感觉自己是"恶"，这种言说实际是后现代式的"戏仿"。在姑姑眼中，她与被抓者的实际位置也是颠倒的，躲避计划生育者形似革命之手段，实际已经完全丧失革命之实，成了反动，而姑姑却代表着另一种革命——人口的革命。还有陈鼻一家利用地道、地洞来躲避计划生育，让院子里看热闹的人油腔滑调地唱起了电影《地道战》的插曲："地道战，嘿地道战，埋伏下雄兵千百万……千里大平原展开了地道战，鬼子要顽抗就让他完蛋。"这种有意地对当年抗战情景的"戏仿"，也消解了革命历史的严肃性，虽然场景相似但是却没有了抗日战争的"正当性"，通过两种历史经典事件的彼此对照，以戏谑的方式深刻地展现了计划生育时期"生命斗争"的复杂性。

而《盛世小民》中贺世跃妻子东躲西藏逃避计划生育，作者对其充满了同情，甚至没有一点指责，这点与莫言的《蛙》有很大区别。贺享雍在小说中用写实手法给出了农民宁死也要超生的重要原因：

你知道世禄哥在贺家湾自觉矮人一截，还有一个很现实的原因，这原因也是贺家湾人根深蒂固的传统，那就是只要你没有儿子，不管你品德有多么高尚，能力有多么突出，对村里的事业有多么热心，人们有红白喜事或邻里纠纷调解什么的，也不会来请你去帮忙或说理，更不会把你拉到上席就座。活跃在贺家湾红白喜事上的，总是那些有儿有女、儿孙齐全、人丁兴旺的"大家子"代表。

这确实是农村的常态，没有儿子的家庭是备受歧视的，一切都被边缘化，给农民家庭带来巨大的压抑和耻辱。不是农民生来就如此固执，而是父系系统造成的男权社会的深远影响：男人才是真正的完整的"人"，而女人永远都不"完整"。

人类社会所有的决定都是两害相权取其轻的结果。倒过来也一样，两利相权取其重，人类社会的利益最大化原则是人们更为熟悉的规则。货比三家利为先，人类群体从社会、经济、商业、政治乃至所谓的思想，到个体的生存，都以这一"利益为先"的商业原则为基础。只是"利益"不仅仅指金钱，还指商业之外的其他人类的利益而已。人类和动物的不同在于人类可以在内部进行自我调整，中国对人口的自我调整就产生了中国的计划生育政策。而人类的缺陷

"本质"又使人类个体和集体的所有决定都会有缺陷，因而必然造成一个毁誉参半的结果。语言的随意性即人类之"命名"，可对应西方的"话语"，即人类的言说怎么说都有道理，但怎么说又都不是事件的全部，所有的解释也都不是最终答案。莫言通过双向的"破名"，打破了计划生育政策之上捆绑得过多的道德因素和种种狭隘，让人们在语言的狂欢中体验更复杂的存在感。隐含作者选取作为知识分子的"我"来叙述也自有深意，作家的多思和犹疑大大加强了叙述的复杂和深度，"我"对自己和"姑姑"的反思随着叙事的推进步步深入。结果是最后"我"和"姑姑"逐渐意识到这一政策带来的弊端，"我"为了所谓的"前途"强制妻子流产而害死了妻子王仁美和孩子；"姑姑"为了贯彻国家政策，不但害死亲人，更是扼杀了几千个小生命。晚年的"姑姑"与丈夫郝大手通过不断地捏泥娃娃来消解罪恶感，表示对戕害生命的忏悔，实际也揭示了"我"和"姑姑"等人的"斯德哥尔摩症候"，他们的可贵在于能反思自己行为的得与失，试图在有生之年获得"救赎"。叙述人的救赎和自我救赎都指向人类的繁衍行为，无论是个体的还是集体的，无论对陈眉还是对"姑姑"亲手接生的九千八百八十三个或生或死的孩子，他都有救赎的渴望。而叙述人蝌蚪试图"救赎"的中心人物陈眉则是一个达到"救赎"的关键。首先，从《蛙》更深层的意义上来看，小说中陈眉处女生育是另一种"破名"，可以说是对宗教的戏仿，而且上连"原罪"，下接"救赎"。《圣经》中圣母玛利亚处女生育，意味着神的威严与神秘力量。陈眉这个符号的产生意味着几十亿人的"神圣"话语在消费时代被移植，成为金钱下的"无性代孕"，神圣之物被解构，变成世俗之物，成为经济之下欲望膨胀的变异，某种程度上成为人类"原罪"的表现之一。另一方面也可以说是对神的"还原"。这个"还原"，是罪恶暴发与涤荡之后的"还原"。所谓"神"之母，不过是人类的最低层次的欲望的产物，所谓历劫而成神。陈眉自己的一生屡经磨难，超生、母亲的死亡、父亲的堕落和大火毁容使她丧失了追求和实现欲望的所有可能，直到为了最低的生存变成了代孕女。作为消费时代的交换，她应得的五万元代孕费又被中间人层层盘剥，付出巨大的身体代价却只得到一万块钱。让她最终陷入精神崩溃的，却是对孩子的爱。对于年少即被毁容的她，拥有绝美的身体却从未得到过人间的爱，更没有爱情，此时孩子就是她个人的救世主；但她"无性"生殖的孩子一眼没看到就被抱走，变成了蝌蚪和妻子小狮子的"亲生"儿子。她在丧失一切的情况下对孩子产生了强烈的母爱，但被各种利益团体欺骗，仍然是一无所有的可怜结局，最终精神失常。陈眉之始即是"非生"之生，超生不被国家认可，她一开始就没有正常母亲的身份，在磨难重重之下始终不得其生之"正"。陈眉最后的处境极似福柯意义上被"规训"的疯子。从人类的"正常"命名来看，"疯人"已经不再是"人"，可以被体制以合法的名义剥夺其权利。疯近死，"非人"之生更无生之本，陈眉最后悲苦一生，正是在包括名作家蝌蚪在内的几个利益集团的共同运作之下，不但连说话的机会都被取消了，而且在公开场合露面的机会也没有，成了一个永远无法见到阳光的"非人"。人不成其为人，陈眉的悲剧正是欲望社会中不得其所的必然。社会在剥夺很多欲望，让"假的"欲望取代了"真的"欲望，陷入无边的消费主义大网之中，连欲望都不再真诚。陈眉的悲剧，也是莫言通过文学世界对人类欲望的"破名"。欲望不断地被制造出来，而真正的生存欲望反而不可能实现。就这样，文本通过对宗教性的"未婚圣母"的"破名"，解构了人类之起源神话，又用戏仿的方式重构人类的起源，然后通过把"神""污化"，再次重构人类的"原罪"。可能这也是叙述人蝌蚪一直有"负罪感"的原因——正是利益化的"众神"戕害了"圣母"。而隐含作者安排了更悲惨的结局。陈眉代孕后想要回孩子，进而演变成"抢孩子"的事件。此时本应占据道德高位的陈眉已被众人扭曲成不可理喻的精神病患者，因为非法代孕已经被民间伦理合法化了。"我"被利益集团教训过后默许了妻子小狮子的行为，"姑姑"又为陈眉接生，周围的人都心照不宣地制造小狮子高龄产子的假象。在九幕话剧中，精神失常的陈眉闯入话剧排练现场，在她眼中"想象"与"真实"已经很难分辨，她将古装的假县令当成了真的古代清官，她极力向"真"演员鸣冤。深知"潜规则"的"高县令"采取杂剧《灰阑记》中包拯判亲母的方式把孩子判给了小狮子。这种后现代式"戏仿"打通了古代和今天、官方和民间，其结果的翻转无疑又产生了反讽的效果：历史的残忍不断循环，恶的根源不仅仅是权力，还有团体与个体，三者组成强大的性恶传递链条，因为各个集团的阴暗利益都在代孕上达成共识。所以，究其源陈眉的悲剧在于无以生存而被迫接受"代孕"，当她作为恶传递链条的"受益者"试图揭露其"罪恶"的时候，她却失去了"申冤"之地。她这种行为,实际也是对"恶"契约的违背,此契约过于强大,也造成她无法申冤。"姑姑"的忏悔也只指向昨天,"我"的软弱使"我"被恶暴力同化,新的罪孽还在不断产生,同时又被人们合理化。实际上,从人类的存在法则来看,无论是"姑姑"还是蝌蚪,都是"罪无可赦",又是"无罪可赦",最后那封信的引子部分提出的"赎罪"问题,早在整个叙事潜藏着无数个又无数次的答案。从道德化的"恶"的角度看,可以称其为"恶",但从源头上看,这三方面的"恶"其实异出而同源,如同"道"之万千化身,既是破坏的力量,又是人类发展的动力,最终又是广大人类个体的生命力所在。所以,即使在人类内部也不可简单视之,如果从不同的角度、不同的利益观照点出发,就可以发现其实"善"并不为"善","恶"亦不为"恶"。从最大的受害者陈眉来看,她并不能置身"恶"外,她从一出生就不是完全"清白"的,是父母的自私和对男丁的向往造就了注定被"嫌弃"的她,为了生存又被毁容,之后加入非法的"代孕"活动,此时她已经是在借"恶"谋利,她在利益面前也已经成了恶的共谋。她的"卑微"存在本身就已经揭示了宇宙的存在法则:善中有恶,恶中有善,善恶交织,恶善一线,总之,如老子所说,善恶相反相成,随时互相转换。这也是莫言式"复调"叙事力图达到的效果。反恶亦反善,反美亦反丑,莫言用"丑怪荒诞"的美学对抗"雄浑炫美"的美学,一种新历史或反历史观由是生成[1],莫言之"反"超越了王德威之单纯的"反历史",而是反自身、反存在,最终却正指向一种"大存在"。

再看贺享雍对计划生育个案的最终处理,先是巨额的"超生"罚款在村干部暗中帮助下,到乡政府几次闹事之后被取消了,然后最重要的结果是儿子安全又茁壮地成长,隐含作者很有意思地安排了一个小插曲,"超生"的儿子不知道父亲生下他会经历那么多生死磨难,"草生"之名正是对"生于草垛下"的人生磨难的纪念,稍懂事后居然不满意父亲给他取的名字:

---

[1] 王德威:《千言万语,何若莫言——莫言论》,生活·读书·新知三联书店,2016年,第221页。

你看见儿子泪水横流的样子,心又一下软了,急忙过去抱住他,摸着他的头说:"好,好,儿子,不管你叫什么,老子都一定要让你过上好日子!"说完又指了后面的房屋,继续对他说,"你看,老子给你修新房子了,等你讨婆娘时,老子一定给你修一座全湾最漂亮的楼房,你快点跟老子长大吧!"

你说那番话时,声音之高亢,语气之坚决,仿佛在对全世界发表宣言一般。

贺享雍对计划生育的后果和影响的处理明显与莫言不同。"超生"的儿子给了农民扬眉吐气的感觉,从村民到村干部都在他这一边,他们一点也不担心人口过多会造成什么问题,他们只要解决自己传宗接代的个人之事,和政府斗智斗勇他们也不认为有什么错,反而认为自己这样做就是"好人"应为之举。或者这算是计划生育的悖论之一,毕竟已经是过去时。作家写作时,计划生育政策仍然很严格,但已经准许符合某些条件的人生二胎,作家在整个过程中,对计划生育政策没做任何评价,但同情全在农民一边。而莫言《蛙》中的隐含作者则未站在任何一方,他是"超人类"的。"超生"者受尽磨难,如陈眉毁容到代孕到变疯,计划生育的执行者也面临心灵的折磨,"姑姑"万心晚年陷入扼杀数千生命的自责与赎罪的躁郁幻觉之中,不能生育的叙述人"我"在请人代孕后也陷入对代孕者陈眉的歉疚之中,形成了整本书的"救赎"基调。而莫言作为隐含作者,则跳出"三界"之外,冷静地展示着芸芸众生的各种悲欢离合。

从上文看,计划生育中实际还出现了一个政策推出时未预料到的重大问题:很多人违反计划生育,想方设法"超生",在现实中多数是出于性别因素,即重男轻女,不生男则宁死也要"超生"。贺享雍和莫言文学世界中的计划生育都涉及农民对生育的执着,特别是生育男丁,相当多的家庭甚至把生育儿子当成了一生最伟大最悲壮的"事业"。《盛世小民》中的农民贺世跃,《蛙》中的陈鼻等,都因此带来巨大的麻烦和痛苦,占了《蛙》的后半篇幅的陈眉的悲剧就是想超生儿子却生了女儿的结果,但其父却至死不悔。这与"封建"的"重男轻女"思想直接相关。重男轻女实际是男权社会的结果,由于男权社会中的最显著特征是男人掌握了社会绝大部分资源,人类社会的各种体系都由男人来掌握权力，而女人被"教育"成男人的附属，几千年的男权话语让绝大部分女人接受这一现实，并将之当作"真理"，不依附男人的女人反而成了"不正常"的女人。这是人类社会结构"扭曲"或"异化"的重大表现之一，因为人类这一物种内部分成两大对立性别，而且一个完全压制了另一个，造成巨大的不平等。这似乎是人类文明在性别方面最大的阴暗。

但是，只到这一步就够了吗？很明显，只是批判"异化"是不够的，我们要思考的是，男权社会产生的根源是什么？是谁建立了一个如此庞大又稳固的男权体系？

克里斯蒂娃的女权主义作为后现代潮流的重磅"解构"理论之一曾经轰动一时，她就是采取历史化的方式，回到历史，寻找男权产生的起点，推出了"互文性"，力图瓦解男权体系的合法性，为女权的崛起寻找历史的支点。她的话很有道理。女性是被塑造出来的，西方的驯服的女人和中国女性的三从四德，确实是男权几千年不断洗脑的结果。克里斯蒂娃的诉求是合理的。她回到历史的方法尽管有可疑之处，但也是正常的文人制造话语的手段，男性知识分子几千年来一直在使用这种方法，她不过是以其人之道还治其人之身。但是她回到的历史起点是有问题的。女权被建构，很明显她选择的返回的时间点是父系氏族社会。问题就在这儿，为什么回到父系氏族社会？人类只有父系社会吗？父系之前是什么？是漫长的远超过父系社会的母系社会。历史化的问题也在这儿。不是说男权就对，也不是女权主义就完全对，而是你回到了哪个历史？哪一段历史？回到哪一段都是有目的的，避开的那一段则很可能摧毁理论的根基。一切都是历史的，也都是现实的。

对于莫言和贺享雍等作家小说中的"计划生育"导致的非生男不可的"民族心理"，我们可以庸俗化地使用一下"历史化"这个概念，把它大致理解成回到"历史"的某点，尽可能"还原"相关的历史语境以证明某个预设的观念。"历史"本质上是个"时间"概念，"时间"是人类度量变化的单位，万物的变化，生命的变化，都以时间为尺度，"历史"则是过往的"时间"，包括一切变动的记录。当然"真实历史"与记录下来的"话语历史"是不同的，甚至是相反的。我们心目中的"历史"也未必就是真正的历史，每个人的历史都可能被某种力量改造过。所以，我们能看到或听到或感觉到的历史，都是

"话语化"的,即都经过了各种各样的改造。进一步说,我们能看到真正的原始的历史是不可能的,这个是绝对判断。哪怕你看到了敦煌莫高窟、法国卢浮宫、大英博物馆里面的"历史"实物,在接触的一刹那,对历史的"曲解"就开始了,何况很多东西对现代人来说是"未名"之物,前人对此物的"命名"就已经是话语,利益对其的改造已经发生。"命名"仅仅是"历史"的起点,没有人只满足于"命名",最不济的人也会给它个最先的"解释",如同男权社会的"处女权",如果权力介入,命名之下的扭曲就会更复杂。何况,权力之上意识形态是无处不在的,没人能逃脱。说历史是意识形态的历史一点都不为过,因为历史本身就是意识形态的。

从"历史化"或"总体论"出发,回到历史,我们会发现这并不是男人"反文明"或"反人道"的结果,而是人类社会发展到一定文明阶段的必然产物。简单地说,它实际上是马克思主义的"物质决定意识"在发挥作用,与"经济基础决定上层建筑"一起形成强大的发展或进化力量,是这种力量把男人推上了主导地位,产生这力量的原因就是父系社会的到来。别忘了父系社会之前是母系社会,在那个时代,男人是女人的附庸,而且持续了至少五万年,从这个意义上讲,父系社会或男权社会的存在是合理的——和母系社会的存在一样合理。从人类的生存状态上看,父系社会的形成和父权体系的建构不是人为的,是经济自然发展的结果。人类社会生产方式的变化造成的历史进程的巨大转折,即马克思主义的"生产力决定生产关系"的理论发现,当时生产力方面人类由旧石器时代走向新石器时代,经济模式上由采集经济向农牧经济转化,而生产关系最关键的部分正是人与人之间的关系。经济模式的转变使男人的体力越来越重要,这直接导致了人类社会从母系社会向父系社会转变。因为采集经济需要的体力较小,女性更擅长搜寻分拣自然生长的植物类的轻食物的劳动,而男人由于生理原因和大脑结构而不擅于此种细微式的劳作,只得因为劳动成果的微不足道而成为女人的附属品。女人成为家族的主导,氏族的族长是德高望重的老年妇女,子嗣和财产按母方血缘分割和继承。此时男人以群体"嫁给"另一群女人,称为群婚制下的"服役婚",而且女人随时可以"休夫",男人只能"敢怒不敢言",因为他离了女人就没法生存——相对于男人们的狩猎,女人们的采集才是当时最稳定的食物来源。历史的转折发生在生产力的发展的过程中，随着人类长期的接触自然，人们慢慢地掌握了植物生长的规律，种植业由此产生，人类的生产逐渐从渔猎活动中转入农牧业生产领域，对体力的要求越来越高，特别是犁耕之类，劳动强度很大，一般只有男子才能胜任，从而加强了男子在农业生产中的地位；同时，制陶等手工业中工艺变得复杂，技术性强劳动强度大，身强力壮又无生育和家务之累的男子成为主要承担者，这样男人取代了妇女在生产领域中的主导地位。而妇女则主要从事纺织、炊煮和生育儿女等家务劳动，之后需要力量的劳动越来越多，女人的作用不断削弱。进入新石器时代，由于人类部落的壮大，人类越来越"聪明"，想要的东西越来越多，力比多日渐超出生存的需要，审美、财富、奢华等欲望都有了苗头，这造成部落间的利益纷争加剧，部落战争越来越频繁，男人的作用越来越重要，正是这些变化成为导致父系氏族取代母系氏族的社会原因。人类社会进入血缘较为稳定的父系社会，从此人类社会由母系社会按照母系血缘计算世系血统和继承财产的氏族制度转变为按父系血缘计算世系，男子成为社会和家庭的核心，财务由男方子女继承，男人不但有权支配家庭的财产，而且有权支配家庭的成员——实际延续了近万年的父母"包办婚姻"即源于此。父系社会的形成也直接导致了统治体系中的男权主导。性别问题是人类社会的基本矛盾之一，两个人之间就可能产生"权力差"，何况两大性别，所以男权思想的产生是父系社会要从意识形态领域彻底压倒并控制女性的"话语建构"，因为此时人类已经比母系时代"聪明"得多，初步知晓了精神与物质的主动配合的重要性，即人类此时从巫术中朦胧地意识到了精神对物质的反作用。与"生产力决定生产关系"这一人类的"发展""真理"相合，男权话语运作得非常成功，女性从物质到精神都变成了男人的附属品，女性群体已经形成"女人是弱者"的"集体无意识"，在她们的潜意识中是一个与现代女权意识相较相当"可怕"的思维：女人离了男人就无法生存。所以，一个正常的人类家庭非常看重男丁，女人则可有可无。

还要明白关键的一点，贺享雍小说中的农民家庭几乎不提爱情。农民就没有爱吗？农民就不需要男女间的那种美好的感情，只需要动物一样的性欲望和生殖本能吗？实际上，这也是历史发展的结果。一夫一妻制和一夫多妻制的婚姻本质上是"生存"婚姻，即结成婚姻的目的是男女一起更能维持自己和家人的活着——是"不死"而非"致富",这个可以结合现代社会以前人类的平均寿命只有三十到五十岁来理解。所以婚姻原则上是不讲感情的,这与"封建"无本质关系。包办婚姻也属于生存婚姻的范畴,它是与生产力的水平相符合的,所以不必过于苛责被一直归为"封建"的父母做主的婚姻。漫长的几万年,人类都无权选择和谁结为夫妻,结婚就是为了生存和种族的延续。而今天的城市中大多数人的物质生活达到了现代标准,精神上与之相合的自由和平等也渐渐成为主流,婚姻中男女主导关系在慢慢发生变化。一个表现就是越来越多的女性保持单身(离婚率越来越高也是重要表现)。这种状态实际是男权与女权的力量对比的转型期产生的新事物,实质是现代经济的发展使人们的劳作不再单纯依靠肉体力量,机器取代了大部分人力劳动,女性的优势越来越多,越来越独立,婚姻的生存特质被抽离。就是说,生存已经不再是婚姻的第一需要了,情感越来越重要,谁离了谁都能活,又何必再忍受没有感情的婚姻?

进入21世纪,相当一部分女性不但解决了独立生存的问题,而且收入越来越高,且部分女性收入超过多数男性。"物质决定意识",获得了经济自决权是女性摆脱"奴隶意识"获得"自由"的根本,女性"解放"的力量也在于此,这也正是百年前鲁迅在《娜拉走后怎样》中设想的女性"解放"之路。虽然实现得有点慢,但并不晚——不要忽视一个历史事实,几千年的父系社会背后是几万年的母系社会。当前的现实是,女性的生存越来越不需要依赖男人,这时候对于女性来说更重要的就是情感以及自己的生活质量,她们不愿为了男人降低自己的幸福感,而男权的不良影响正是非常重要的降低生活质量的因子。当前现代家庭面临的最大性别问题是,女性本来"主内",但中国是世界上女性就业率最高的几个国家之一,与女性收入越来越高相合,很多女性在"外"的贡献常常不比男性低;女性同时还要在男权传统下"主内",男人则心安理得地享受女性的家庭内部服务。现代女性因此愈发厌恶男权式的家庭,进入婚姻的想摆脱,没进入婚姻的"恐婚"。这一方面造成了高离婚率,另一方面使一些年轻的现代女性明确拒绝家务等男权的"残毒",两相结合,就产生了很多"剩女",越是发达的地区这种现象越明显。"剩女",尤其是优质剩女的出现并越来越多,实际不是人类社会的"人种退化",更不是女性的退化或失败,恰恰是女性越来越成功的表现。它意味着"女权"的性别平衡力量和影响越来越强,女性越来越自由。生存式的婚姻不再必然是这一切的前提，婚姻本身也渐渐地不再重要。但也不要以为女性不结婚就一定没有爱情。爱情不必然走向婚姻，婚姻很可能消亡，而爱情不会。人类进化到哪一步，爱情都会永远存在。因为爱情背后是永恒的"力比多"。所以，"剩女"修辞是男权的最后挣扎。只是在当前男权话语仍然占主流的情况下，这些成功的或者前卫的女人被妖魔化。但她们一定会被正名，或者她们正是人类的未来潮流，恩格斯于1853年在《家庭、私有制和国家的起源》中所预言的没有婚姻只有爱情的时代就要来临。恩格斯对人类婚姻的未来状态的预言：

如果说只有以爱情为基础的婚姻才是合乎道德的，那么也只有继续保持爱情的婚姻才合乎道德。不过，个人性爱的持久性在各个不同的个人中间，尤其在男子中间，是很不相同的，如果感情确实已经消失或者已经被新的热烈的爱情所排挤，那就会使离婚无论对于双方或对于社会都成为幸事。这只会使人们省得陷入离婚诉讼的无益的泥污中。

虽然恩格斯没直接说婚姻会消亡，但离婚会成为常态。当离婚成为常态，从节约成本原则出发，人类的男女相处规则就会变成直接不进入婚姻，随时分手，随时结合，分和离都不需要再经过某个机构的认可，当然也不需要举办婚礼，彩礼也消失，为人类社会节省大量资源。婚姻既然是时代的产物，那么时代"进化"了，婚姻当然也可能不再有存在的必要。家庭也可能会随之消亡。没有婚姻，何必再有家庭？柏拉图在《理想国》中就已经设想了家庭的取消，人种是一定要繁衍的，柏拉图的建议是取消家庭之后，孩子要集中抚养，不要与父母接触，以保证人种的优良和后天教育的质量[①]。但是，这种机构现今还未出现，而且，共产主义也远未实现，这种婚姻模式得以存在的经济基础还没产生。特别是对于中国来说，在相当一部分人还在不道德的婚姻中挣扎的同时，这种"现代"婚姻的"进步"性似乎又很可疑。

---

① ［古希腊］柏拉图：《理想国》，《家庭藏书集锦》之哲学卷，红旗出版社，1998年，第200—201页。

但在当前的乡村，或者说21世纪的中国和世界的人类社会里，男权的势力仍然非常强大。"男丁传家"的观念仍然很盛，不但农村未出现"剩女"现象，反而"劣质""剩男"越来越多，这正是"重男轻女"思想造成的恶果，男女比例失衡的后果都落到了乡村。因为乡村相对于城市要落后得多，乡村的欲望"膨胀指数"远远没达到城市标准，对物质的欲望还在不断的上升之中，这都需要男人出去挣钱，就如同部落时代的战争，新石器并不带来人类的解放，而是让人类有了更多更大的欲望，而男人就是满足一切的希望，所以多数是男人先出去打工，以劳务输出的形式获得城市的一些边缘化的利益，而守家的一般是女人，才造成21世纪初的乡村仍然是妇女留守居多，才造成乔燕面对的是一大群农村妇女的局面。实际上，从乡村与城市的巨大物质差距来看，乡村的婚姻常常在解决温饱之后仍然被看成"生存"婚姻，因为本来农民家庭只要满足家人的活着就够，现在在城市化欲望的主导之下，他们要以乡村极低的收益来应对城市化的欲望。比如，儿子结婚本来是乡村的大喜事，意味着家族要传下第三代，对于人类的繁衍是相当大的贡献，但现在却越来越变成一件恐怖之事。这也与父系的男权传统直接相关。对男丁的强调与计划生育一起，使得人们尽可能地人为选择男婴而流产女婴，这属于严重的种族繁衍中的非正常淘汰，人类个体的私利或者群体意识形态的缺陷短期内可能看不出什么，但长期下去一定会造成严重后果。果然，计划生育这一重大的国家政策和重男轻女这一男权弊端相结合三十年之后，后果显现，那就是男女比例严重失调，保守估计男性比女性人数多了三千万，这反过来影响了人类群体的性别平衡，在个体方面造成婚姻困难，在整体方面形成重大社会问题，这应该是人类学上又一个看似偶然实则必然的"悖论"。农村本来就已经在重男轻女之下产生了几千万"光棍"，以致农村男人能结婚就已经是人生中的巨大"成功"，但女方深知乡村婚姻是"卖方市场"——"无用"的女儿总算派上大用场了，几乎没有几家不把女儿当成奇货可居，一个结果就是有女儿的人家本来觉得抬不起头来，或者极轻视女儿，现在女儿唯一的"用场"来了，于是马上大要彩礼附加各种条件，要求在城市买房等，甚至附加要求女婿供养小舅子。只从房子看，就足以把农民逼上绝路，对农民来说可是种地几辈子也挣不来哪怕是小镇上的一套房，《盛世小民》中就是鲜明的写照。农民贺世跃自残骗保，最后投水自杀，以避免成为儿子的负担，其实他更担心的是那个势利的儿媳虐待为了买房而残疾的他，更怕让儿子为难。重男轻女下的男人已经成了乡村的不可承受之"轻"。生存此时已经变质，他一步步走向死路的原因是因为在城里买房成了农民男人娶妻的标配，他儿子深爱的女人也要求必须在城里买房子才结婚，农村建好的新楼房她不要。这看似生存，实际高度异化，但对于身无长技的农民又实在毫无办法。贺世跃为了房子绞尽脑汁，但他打工一辈子也挣不了一套城里的房子。后来他从一个老农民打工摔残获得大量补偿中受到"启发"，他想出一个残酷的方法，以自残来获得补助，当然自残要做成是别人造成的样子才能得到赔偿金。所以在一次贺世海房产公司与闹事者的冲突中，贺世跃故意不要命地往拿刀的人那儿冲，如愿以偿地被砍断了两只手，变成残疾。然后他对老板贺世海的要求就是要一套房：

贺世海马上叫兴仁去把分管销售的尹总叫来，对他吩咐说："贺世跃要用我们给他的四十万伤残金，在我们这儿买一套房，等会儿你亲自陪他到小区去，按八点五折优惠卖他一套房，给他把手续办好，我让小董将他的伤残金四十万元直接打到售房部的账户上，你给他把收款收据打好！"尹总看了看贺世跃，急忙答应了。

作为老板的老乡还算厚道，直接给了他一套房子。再说一切的源起，贺世跃的不孝子贺松，当年父亲费尽千难万苦才超生了他，他长大了却只想着自己娶老婆。女朋友明显不孝顺父亲，还极贪财，他根本不管这个女人的不仁不义，就是想要和她结婚。听说父亲买了房子当然高兴，但听说父亲没了双手，又埋怨父亲成了残疾拖累他，连父亲的面都不见，直到听说父亲自杀了才有了点点触动：

一想到这儿，又猛地想到了王霞，她现在还不知道父亲受伤的消息，如果知道父亲将会终身残疾并且生活都需要人照顾，她还会和自己好吗？以后还会有哪个姑娘愿意嫁给他？爹呀爹，你真是太糊涂了呀！你这样让儿子还怎么活？想到这里，贺松甚至连一口吃了父亲的想法都有！所以在贺世跃住院的两个多月里，他嘴里说要抽时间回来看看，心里却压根儿没打算回来，即使偶尔打电话问问他的病情，那也只是怕外人说，做做样子而已。他也没敢把父亲受伤的事告诉王霞，他不知道王霞知道了这事又怎么办。但他自己心里却时时准备着和王霞分手，谁叫自己摊上这么一个糊涂的父亲呢！

可是就在前天早晨，他忽然接到贺端阳的电话，告诉他父亲跳到老家房屋旁边的堰塘里自杀了。听到这个消息，他愣了半天，首先涌上心头的，竟然不是悲伤，而是一种解脱，一种高兴，他禁不住长长地嘘了一口气，就像一个即将渴死的人猛然见到一潭清泉一样，他又看到了希望，看到了阳光。尽管他知道自己这样想有些大逆不道，都该被天打雷轰，可他还是要禁不住这样想。他就怀着这样一种有几分喜悦的心情去火车站买了火车票赶回来了。

从表面看，贺松作为农民的儿子很冷酷，面对父亲为了他而终身残疾，居然第一个念头是父亲会"破坏"他和女友的"幸福"生活。对此可以给他和女友一个基本的道德判断：儿子无良，严重不孝，其女友更是自私阴毒，连未来公公的死活都不顾，就是要自己那一点利益，别人的生命乃至人类的道德，都没有他们小家庭那一套以婚姻为名的从父母那儿抢来的房子重要。从道德上这样评判没有问题，按照一般的平民道德，这两个人确实猪狗不如。另一方面，从人类的本能来看，我们又既不能过于怪罪王霞这样的女人——很多家庭就是在这样的女人的维护下度过一个又一个苦难的，也不能全怪贺松对父亲的"无情"，年轻人的力比多绝大部分人都放在女人身上，结婚就是第一等的大事。而且贺松对父亲的溺爱已经太习惯了，从计划生育超生到长大，一直被宠着，他从小就从父亲的眼中明白了他对于父亲的价值，像拉康式镜像"主体"的建立，父亲的过度溺爱给他树立了一个敢于不断地透支父爱的"他者"，以致他成年后对父亲的付出没了感觉。这其实也是作为父亲的贺世跃自己制造的结果。这个可怜又可敬的父亲实际把儿子的娶亲当成最大的甚至也是最后的心愿，贺松也明白他的婚姻就是父亲心目中最后一件人生大事，所以他听由父亲为了他的婚姻挣扎，残酷地"享受"这种让他感觉腻烦的父爱。作为父子两代人共同"努力"的结果，作为父亲的贺世跃拼了命去实现的人生最大目标，以终身残疾换来心愿的完成之后，他又决定自杀身亡以避免"拖累"儿子的"幸福"生活。应该说，他的死亡之下不是痛苦，至少大部分不是痛苦，更多的是成全了儿子一生幸福的自豪感和伟大感。在跳入水中自杀的一瞬间，他一定觉得自己的一生达到了神意的"圆满"。这是中国宗族传统中上一代人的奉献精神。看上去是"自私"行为，不过是为了自己的家庭和家族血脉的传递，但其中也有为"公"的大无畏之心，即大处为宗族和人种的繁衍，"小公"是为家庭其他成员奉献自己的一切。它亦是农民平凡中的"不凡"，或者它正是梁漱溟所说中国人品格中的"公中有私、私中有公"[①]的典型表现之一，农民的"伟大"与"渺小"亦存此混沌一念中。

《增广贤文》有云："慈不掌兵，情不立事，义不理财，善不为官。"孙子兵法说："厚而不能使，爱而不能令，乱而不能治，譬若骄子，不可用也。"两种表述意思相同，都在强调权力的残酷面的重要性。一是说人类社会的管理智慧，另一方面正是权力的残酷和无情，或者说契约式的法家式统治才能保证效率，但也意味着残酷的淘汰，弱者必亡。恶人小人上位不是失察，而是必然的选择。善在管理中大部分时候解决不了实质问题。所以，权力表现的善大多数时候其实是恶。此亦可说明农民生存的残酷之根由。人类世界和大自然一样，过多的善良带来的是更快更多的死亡。同时，对于农民来说，死亡不是生命的终结而是能量的转换。人类给生命附加了太多的情感，实际是太多的欲望，以致人类最害怕的是死亡。庄子式死妻而歌才正是发现了生命的本质。"时间"不存在，和"爱情"一样是人类发明的词汇，它更多的是语言的一种，是衡量变化的工具。和贺世跃的死亡一样，《土地之痒》中贺世龙的死亡观明显是道家式的。在他和与他类似的农民那儿死亡不是问题，虽然生命的终结肯定有痛苦，但也不是真正的毁灭，他们心中至少还有后代的延续。生命的转换他们理解得并没那么深奥，而是习惯了生老病生，而且死亡的原因都是意外，又是常态，生命的逝去是必然，后代才是人类或家族的延续。生命未结束，则为后代的延续完成物质积累。生育是穷人或者底层的大事。对于底层来说，穷不要紧，穷是生存的常态，重要的是要有后代，虽然穷，只要有生命的延续，就活得有意义。其诗意的存在是不可能的，后代延续的生命和时间才是

---

① 梁漱溟：《梁漱溟全集》（二），山东人民出版社，1990年，第195页。

"诗意"的另一种表达。所以对他们来说，生育就是长生不老，或者是成本较低的生命延续方式。这也和家族的家谱流传有关，自己的名字会在家谱上，自己的上与下都有生命，祖先与后代形成人们初级的历史感，自己的生命融入家族的生命之链，也就意味着自己的生命也在不断延续。

人类总在进化，21世纪中国社会已经初步进入老龄化，当前的人口和性别状态如果持续下去，计划生育必会成为历史，但和人类社会的发展辩证链条相合，一定会产生新的问题，即农民或打工者会连生育权都无法保障。尽管人类的生育链条不会中断，但底层的生育权会是大问题。再或者，从人类的存在来看，这都不是问题。人类自身在不断地自我异化，同时也在不断地纠偏。

本节讨论的卫生学与"病"对于乡村是难以言说的问题。乡村因为其物资相对匮乏，与城市总是有着差距，所以似乎总是需要启蒙。其实很多卫生学问题对于乡村是不需要的，要实行就要付出远高于城市的代价。实际上，与人类和细菌的相互依存一样，所谓的"卫生学"也不过是人类的一个概念，它的实际意义和"时间"类似，不过让人类的生活看上去更复杂更有条理，但这些功能从本质看是无意义的。人类没有它也一样存在，也一样能存在那么久。人类寿命的延长大部分是食物生产和医疗进步的结果，前者作用最大也最容易达到，不需要那么多的技术和概念。对于人类的存在和发展，卫生也只是一件锦上添花的衣裳，让人类自己感觉好些而已——穿在狗的身上就会明显多此一举。卫生学也是如此，人类的卫生所看重的内容很可能与人类的存在及发展没有根本关系。

本节讨论的人种学意义上的男女失衡问题实际是历史问题，它一直在变动之中。重男轻女的根源不是某个人某个国家的意志和错误，而是时代的结果，是人类社会发展的必然结果。它决定于生产力，又和人类的力比多永恒相关。西方当前实际也是重男轻女，不过被西方美化，实际上中国的女性解放程度在很多方面超过西方，只拿最重要的女性的工作权利来看，中国是女性就业率最高的国家之一，比中国高的不多。西方很多女人结婚后做全职太太，而中国女性则很少在结婚后放弃就业，绝大部分生了孩子仍然去工作。还有一点更能显示西方的女性歧视：西方不少发达国家的女性嫁人后要抛弃父姓改随夫姓，连希拉里·黛安·罗德姆这样的差点做上美国总统的超级女强人都难逃男权的压迫,她的能力超过很多男政客,但这样一个女政客嫁给克林顿之后也只能改姓克林顿,因为她不改成丈夫的姓就是妨碍她丈夫的总统竞选,原因很简单,爱好"自由"的美国选民会质疑:一个美国总统连自己的老婆都搞不定,怎么搞定世界最强大最"民主"的国家?意思是说一个不维护男权的总统老婆不是好老婆,有一个不维护男权的老婆的男总统也一定不会是好总统。美国的男权之强大可见一斑,这对于极力美化资本主义式的"民主"和"人权"的西方实在是高度的讽刺。而中国却在中华人民共和国成立后就不让女性嫁人后改夫姓,且保证女性和男性一样的工作权利,以国家强制力保证女性权利的有效措施。由此,哪个国家更尊重女性的权利,对当前的女性生存现状比较了解的人们会自有判断。只是很多非西方的大众已经被西方的所谓的发达先进和民主的标榜洗脑。实际上,这仍然是话语权的问题,西方仍然是男权社会,不比中国好多少,因为当前人类的进化程度仍然只能维持父系社会,但某些精英的无耻之处在于,西方的政客们就能无视自己的缺陷,拿自己的优点很自信地比别人的缺点,或者把别人的优点歪曲成缺点,再进行掩耳盗铃式的恶意批判。比如西方不仅不认为妻随夫姓有什么不好,还认为作为最民主的资本主义国家保留了皇帝女王之类也是进步,而同样的事情发生在非西方则是"封建残余",是"反人道"。这也是人类社会发展到所谓的文明阶段的权力话语策略,政客们想方设法捏造事实制造话语,目的还是维护一小撮精英的利益。

当然对于中国,看待这个问题的一个角度是将计划生育当成我们的内部问题来讨论,外人的说法仅仅相当于邻里的指手画脚不必理会,重点是如何解决我们自己的问题。乡村是计划生育的重中之重,而对于农民,教育水平的低下使得这个群体更是无条件接受社会的既定规则,利益原则在他们身上体现得更彻底。所以体制和社会共同造成的重男轻女式思维在乡村表现得更极端。因此,计划生育和重男轻女相结合,造成了农民必须生男孩的坚定信念,这也是个体不断违反计划生育政策的根本原因。有女儿的,一定要超生个儿子。有儿子的,要儿女双全,要超生个女儿。超生儿子是关键,有的人为了生儿子,官职工作全丢掉,甚至背井离乡千里逃亡也要生。其实,这是男权社会的需要,也是一己执念。计划生育本无性别差,只是对人类生育数量的良性调整,但在农民和其他个体那里，计划生育变成了"必生男丁"，这是男权下的正常逐利行为，如果当前是母系社会，这些人包括城里人和农村人，则会把"只生一个"变成"必生女孩"。所以在利益的左右下，权力也常常不得其所，精英们的美好设想经常变成危害严重的失败变革。这些个体的所为，正如马克思所说的"马铃薯"，是无法形成真正的凝聚力的：

  小农人数众多，他们的生活条件相同，但是彼此间并没有发生多种多样的关系。他们的生产方式不能使他们互相交往，而是使他们互相隔离。这种隔离状态由于法国交通不便和农民的贫困而更为加强了。他们进行的生产地盘，即一小块土地，不允许在耕作时进行任何分工，应用任何科学，因而也就没有多种多样的发展，没有任何不同的才能，没有任何丰富的社会联系。每一个农户差不多都是自给自足的，都是直接生产自己的大部分消费品，因为他们取得生活资料多半是靠与自然交换，而不是与社会交往。一小块土地，一个农民的一个家庭；旁边是另一小块土地，另一个农民和另一个家庭。一批这样的单位就形成一个村子；一批这样的村子就形成一个省。……这样，法国国内的广大群众，便是用一些因名数相加形成的，好像一袋马铃薯是由袋中的一个个马铃薯所集成的那样。①

  直到今天，农民仍然处于相差无几的状态，他们并未获得更多的自觉，即使有了充分的启蒙，每个个体都认识到了自己的价值，都觉悟到了自由的重要，但这样反而更使社会不像社会，集体感越来越淡薄，原子化越来越严重，启蒙一旦实现就走向了反动。看似超越了"马铃薯"，实际又回到了"马铃薯"，从相反的方向实现了黑格尔的矛盾—进化之循环。但实际上启蒙之后或者主体解构之后的状态比"马铃薯"状态更可怕。当然马克思的"马铃薯"状态的解除指的是革命加翻身，一般的个体为集体着想尚做不到，西方的人道主义下的自由还肆无忌惮地为了个体的价值对抗集体，又如何能再真正形成一个

---

① ［德］马克思著，中共中央马克思恩格斯列宁斯大林著作编译局编译：《路易·波拿巴的雾月十八日》，《马克思恩格斯选集》（第一卷），人民出版社，1972年，第693页。

整体？所以，人类问题的解决，如果有解决方式的话，一定不是资本式的独裁，而是共产主义式的。因为一切为了侵略和掠夺的所谓"发展"都是阴暗的，只会给人类文明带来丑恶，看似在黑格尔式的"恶是历史发展的动力"支撑之下的"真理"，实则是认同人类的所有欲望的正当性的"逻辑"推导，却未必能真的让人类存在得更长久。如果一种"发展"在加速物种的消失，那还能叫"真理"？所以，真正的乌托邦一定是和谐为上，真正做到天人合一。因为无数乌托邦的理想的共同特征就是人类的快乐和幸福，如果要达到群体化的快乐和幸福，和谐一定是必要条件。

第五章

社会组织结构中的权力与精英

一种较先进的观念如现代、启蒙和现代卫生学一旦与乡村结合,就面临着农民的教育问题。即一种外来的优秀的思想观念如何被农民接受。相对于乡村,现代卫生学总是超前的,乡村则不需要那么多的条条框框。真正了解乡村者如赵树理和莫言,就不会硬性就乡村提多少要求。对于以启蒙为业的知识分子则不同了,他们会自以为掌握了真理而对乡村强加干涉。大部分从乡村走出的知识分子也难逃此毂,如《人心不古》中的贺世普,还有一些出身乡村的作家,如阎连科、刘震云和高晓声等,对乡村都难免提出很多城市化的建议,实际对乡村的负面作用远大于正面。比如让一个人烟稀少的山村按着城市的人口密度来配置卫生设施会是极大的浪费,且增加农民和地方政府的负担。对于文学来说,如此外在化地对乡村启蒙实际是知识分子的失败,哪怕有真正的理想面临的也是柳青式的失败,就像给沙漠一条船,给大海一座桥,给森林一辆车,或者给老虎一座房子。

外来者如何教育农民?如同贺享雍笔下的贺世普的"硬启蒙"和乔燕的"扶贫"?或者赵树理的老杨同志(《李有才板话》)、章工作员(《邪不压正》)还有小常(《李家庄的变迁》)的融入群众?谁来执行教育的任务?如丁玲《太阳照在桑干河上》、周立波的《暴风骤雨》中掌握着绝对权威的工作队?哪种是正确的教育方式?这背后都是教育者或启蒙者的定位问题。

在赵树理看来,党的工作队的教育是卓有成效的,因为在"物质启蒙"之下，革命一日千里，乡村由此可以更稳定也更平等，农民真心地欢迎。只是政策没有持续，"物质启蒙"被一夜之间撤销了"物质"只剩下了革命式的单一"精神"，社会主义和资本主义两大阵营的对立成了教育的主要内容，一切紧缩和对乡村的物质抽空都以此为理由。所以到了20世纪80年代，农民再有了土地，对往日的"教育"都持否定态度，而对新的教育，其主要内容是经济意识的唤起，物质又重要起来，马克思的"物质决定意识"重新在原初意义上发挥作用。

实施教育的人的身份与立场是个关键问题。一个群体凭什么对另一个群体有教育权力？另一个群体为什么只能被教育？教育在本质上是个精英问题，即在权力支撑下的"高者"对"低者"的知识灌输。

第一节　精英的"控制"与"文学人类学"想象

文学面对的问题都是人类的问题，因此可以说文学一定是人类学，或者是人类学的一部分。因为文学主要牵涉的是人类内部的欲望、情感与外部的社会结构和社会关系的问题。

人类学即人类之学，重点研究人类的生物与文化源头，简单地说人类学就是从生物和文化的角度对人类进行全面研究的学科群。此种研究最早见于古希腊哲学家亚里士多德对具有高尚道德品质及行为的人的描述中。在19世纪以前，人类学这个词的用法相当于今天所说的体质人类学，尤其是指对人体解剖学和生理学的研究。当代人类学同时是自然科学、人文学与社会科学的源头。它的研究主题有两个面向：一个是人类的生物性和文化性，一个是追溯人类今日特质的源头与演变。当代人类学通常划分为四大分支：文化人类学（也称为社会人类学）、考古学、语言人类学、生物人类学/体质人类学。文学肯定是人类学，更准确地说文学属于文化人类学的一种，涉及人类如何通过文学想象自己，形成一种强大且不可替代的文化潮流。应该说在文化人类学的所有学科中，文学有着最强烈的影响和有着最广大的受众（电影和电视等画面叙事应该算是文学的一种）。

那么"精英"指什么呢?

从中国典籍来看,古文中的"精英"多是"精华"之意,多用于指物。《幼学琼林》中有"山川之精英,每泄为至宝;乾坤之瑞气,恒结为奇珍"。《全唐文·卷六百十五》中有"得《礼》《乐》《诗》《书》之精英,尽典法政化之根本"。中国古代典籍中的"精英"指人的时候很少。《朱子语类·卷十四·大学一》中有"只是一个阴阳五行之气,滚在天地中,精英者为人,渣滓者为物;精英之中又精英者,为圣,为贤;精英之中渣滓者,为愚,为不肖"。西方文化中的"精英"(elite),最早也与人没有联系,主要指物,其定义为"商品之精品"。语言的运用总使词语产生出引申义,"精英"也逐渐派生出指人的意义,如西方用来指军队的精锐力量和贵族中强者等。从英语世界来说,该词出现于1823年,当时即已用来表示社会集团,到了19世纪后期,"精英"一词逐渐在社会及政治学著作中广泛地出现。

本文中,"精英"指向后来的引申义,它是与群众或大众相对的一个概念,指在公共或私有组织中占有战略性地位的人,这些组织包括政府、政党、军队、公司、工会、传媒、教育机构、宗教团体等,简言之,精英是指居于社会各领域中的重要人物。

作为一种解读政治和历史的理论与方法,精英理论的核心内容是认为社会总是处在占人口少数的精英的统治之下,他们在社会中起决定性作用并把权力集中在自己手中。关于精英思想,在柏拉图的《理想国》中已具雏形,他表现出了社会应由一群杰出人物统治的思想。基督教用"上帝的选民"一类字眼表达精英的概念。圣西门关于由科学家和实业家进行统治的主张,使精英这一概念多少带上一点社会主义色彩。精英成为一套理论,作为一种政治思想史上的理论流派,它的正式出现还是从意大利的政治理论家莫斯卡[①]的《统治阶级》

---

① 加塔诺·莫斯卡(Gaetano Mosca,1858—1941),意大利都灵大学宪法教授、罗马政治制度和理论讲座教授、著名政治社会学家,被誉为意大利政治科学之父。作为一名长期参与政务的学者,他曾担任议会议员和参议员,并在1914—1916年间担任政府殖民部次长职务。主要著述有《关于政府和议地制的理论》《统治阶级》等。莫斯卡首次系统而全面地提出了著名的统治阶级论,他与帕累托一道,被认为是西方政治学中"统治精英理论"的首创者。其重要著作为《统治阶级》(《政治科学原理》),译林出版社,2002年。

一书开始的，但是莫斯卡并没有提出"精英"这个术语，他最早（1896）提出了精英理论："一切社会中都存在着两个阶级：统治阶级和被统治阶级。属于统治阶级的永远是少数人，他们行使着各种政治职能，垄断政权，并享有政权带来的各种利益。"就是说，他认为任何社会中都存在着两个截然对立的阶级——统治阶级和被统治阶级。统治阶级一般由武士、教士、土地贵族、有钱的和有知识的种种团体组成，他们管理国民事务，垄断国家权力，独占各种荣誉。因为只有这些少数人才有组织能力，而作为多数人的群众则处于无组织状态之中。因此，有组织的少数对特定的统治阶级失势之后，就会有另一个统治阶级来取代他们。他认为，整个人类文明是精英斗争谱写的。这种精英论与早期阶级论非常相似，都是主张社会的高层之间的斗争推动了历史的发展。

在帕累托[①]那里，"统治精英"的概念取代了"统治阶级"而成为他理论关注的焦点。其中，帕累托的精英分层观念是对莫斯卡的重要发展。莫斯卡也曾致力于考察精英集团的构成，他一方面指出政治阶级受到各种不同的社会力量以及整个社会的道德的一致性的影响，另一方面指出政治阶级与替代者之间联系密切，莫斯卡理论中有着一个"精英人物的流动"问题，莫斯卡认为"任何政治体制的稳定，都有赖于这个第二阶层的道德素质、智力水平及活动能力"。在此，莫斯卡的"政治阶级"概念是一个含混的概念，仅有一点是明确的，就是其中包括的是"统治阶级的知识分子"。帕累托则将此明确化，他认为在各自活动领域内获得最高指数的人都可以确定为一个阶级，即精英阶级。精英阶级又分为两个部分，统治精英与非统治精英。有了这样的划分，统治精英的特征就此显现，即统治精英总是和权力紧密联系在一起的。这样，精英与"亚精英"的分界清晰地反映了权力的交替轨迹。

在莫斯卡和帕累托的精英理论经典作品中，精英不仅意味着少数和权力，而且还具有质量层次上的含义，即精英必须是"精选的"，是在各自活动领域内能力水平最高的人，是人类中的精华。他们之所以能够在社会中获得主宰地位，根本的原因即在于他们具备社会所推崇的才能、品质与心理素质。就是说，精英之所以能掌握权力，与他们属于"精选"人种是不可分割的，更进一

---

① ［意］维尔弗雷多·帕累托著，刘北成译：《精英的兴衰》，上海人民出版社，2003年。

步，他们能统治其他人，也是天经地义的。这与中国封建社会的经典论断"劳心者治人，劳力者治于人"①有异曲同工之妙。

统治精英又称超级精英，古代的帝王，以及掌握兵权且割据一方的有大能量的人，他们和古代的皇帝一样能对人类整体的命运造成重大影响，对他国他人和本国人民有生杀予夺的大权，常常一念之间百万生命化为焦炭。如果一个超级精英缺乏真正的为人类之心，就会像一些独裁者一样，为了自己的私欲而不惜毁灭全人类。

不少精英也可能有此想法，为了理想或者私欲不惜一切代价。包括尼采，他是个人英雄主义的膨胀，自认为天才，代表着天的意志，要带领一应乌合之众走向光明。实际上如果这样的人成了权力精英，很可能造成人类的大悲剧。希特勒就是一个非常理想化的个人英雄主义者，几年之间几千万人死于他的"理想"之下。

罗伯特·米歇尔斯的寡头政治思想②应该是对人类精英制度的深刻批判。米歇尔斯认为，我们生活在一个组织化日益加剧的世界中，哪里的组织程度越高，哪里运用民主的程度就越小，这是一条"铁律"，是一个不可逆转或阻止的过程。罗伯特·米歇尔斯的这个观点后来成为政党社会学研究领域的经典性分析原理，即"寡头统治铁律"。该原理认为："正是组织使当选者获得了对于选民、被委托者对于委托者、代表对于被代表者的统治地位。组织处处意味着寡头统治。"③寡头统治正是人类精英制度的必然结果，从文化人类学角度来看，人类的阴暗正是从人类无尽的欲望到权力之下的膨胀再到精英独裁，一步步加深，一步步把人类引入阴暗的深渊，并加速人类的消亡——与此相应，精英独裁的最大借口正是加速了人类的"发展"。

---

① 见《孟子·滕文公上》，杨伯峻译注：《孟子译注》，中华书局，1960年第1版，1988年第7次印刷，第124页。
② ［德］罗伯特·米歇尔斯著，任军锋等译：《寡头统治铁律——现代民主制度中的政党（1911）》，天津人民出版社，2001年。
③ 同上，第114页。

但是，到了熊彼特[①]、罗伯特·达尔[②]等新多元民主理论家那里，情况再次发生逆转，由对精英政治的悲观和否定重回积极肯定。他们的方法就是对民主概念进行修正，从而使精英的概念与民主不仅不再相互对立，反而形成有机的统一。他们认为，民主并不意味着人民的统治，而是意味着精英的统治，即多元的精英通过竞选获取权力，人民定期选举政治精英成为政治决策者和自己的统治者，这就是民主的全部含义。在他们的设想中，民主自然是互动的，不然精英一旦有了权力就进入专制之中，民主就无从谈起了。在赋予了精英权力之后，人民还要有影响统治精英的能力，人民以利益集团的形式影响决策，其组织者和领导者构成了政治精英集团中的一个组成部分，从而使得每个人都有机会在一个开放的社会中上升为精英。但是，熊彼特等人的观点其实有着较浓的理想主义色彩，他们设想的民主能够实现有一个重要的前提，那就是精英必须遵守民主的规则，在人民提出异议时，统治精英能够虚心且迅速地接受——但这最关键的一点，手握各种权力的精英们能否做到是很值得怀疑的，事实恰恰证明，精英的自制力在大多数时候都不比一个十五岁的孩子强多少。

熊彼特等人的论点是从另一个角度对精英式现代民主的补充，对精英民主悲观也好，乐观也好，社会总是要随着时间推移的，对于现实中的精英统治，我们在此可以下一个基本的判断：精英民主发展到今天，并没有像悲观论者想象的那么黑暗，也没有像乐观论者想象的那么文明，世界在合力中发展，黑暗与光明共存，野蛮与文明同在。

精英理论发展到今天，虽然已经相当系统和细致，但对精英仍然没有一个确切的定义。这是出于文化人类学的一个难题——人类语言的随意性及约定俗成特性，语言从来都不是真理，而是随意而为，而且随着历史的不停变动，十年之内人类的语言都会发生显著的变化，对某个词某个事物做真理化的定义是根本不可能的。因此，本文对精英的定义也只能做个大致概括。

[①] 约瑟夫·熊彼特（Joseph Schumpeter, 1883—1950），著名经济学家，他关于民主的论述见《资本主义、社会主义与民主》（1942）一书（吴良健译，商务印书馆，1979年）。

[②] 罗伯特·达尔（Robert A.Dahl, 1915—2014），美国政治学家，著有《论民主》（李柏光译，商务印书馆，1999年）、《多头政体——参与和反对》（谭君久、刘惠荣译，商务印书馆，2003年）等。

对于当前的人类社会，精英群体可大致分为三种，政治精英、经济精英和文化精英。政治精英可以理解，指掌握权力的人。经济精英指在经济上控制国家经济命脉的精英群体。文化精英又称知识精英，与知识分子有重合，但并不完全等于知识分子。知识分子一般指科学家、建筑师、工程师、作家、画家、哲学家、历史学家等理工科及文科知识者。从广义上讲这些知识分子都属于精英，都因为知识的积累而有一定话语权。从狭义上讲，知识分子人数众多，其中也是分层的，所谓"文化精英"，所指是知识者中富于影响力的上层集团，其实是知识、身份与权力的一个混合物。知识精英与知识分子群体的秉性可能有相违之处。之所以这么说，关键的一点在于，如果说精英人物喜好集群，知识分子则坚持个体性，相对于集体更看重自我，即使在个别场合因道义而聚集到一起，结果还是个体化的斗争。一般知识分子要么不问世事，要么试图以个人理想直接影响社会，精英人物则总是要通过权力让自己的想法付诸实践，其行为方式往往带有策略性和直接的工具性目的。或者说某些特定性格的知识分子是"真正"的个体化知识分子，对权力的敌视是他们的一贯特征，他们似乎先天地带有"民粹"主义倾向，自放于权门之外，并与之长期对峙，于是，在他们的意识或潜意识中，自身便成了民众的精神首领，代言的欲望和责任感更是强大。因为，以底层为主体的群众才是他们立身的真正资源——对于作为批判对象的掌握权力的强者，弱势群体是权力永远的牺牲品，同时也是权力的痛处。

当然，有些知识精英确实进入了权力精英层，两者的身份可以重叠——人类个体本就可以同时属于几种乃至几十种群体和意识形态，一般都能较好地整合这些意识形态，形成一个利益合成体。一般大众很容易认为知识分子的"迂腐"和"冲动"常常是他们被逐出精英群体的根源，这个"迂腐"，更准确点说是关键时刻的"本善"存留和易触动的"良知"使他们不能准确有力地把握自己手中的权力。实际上，知识精英与权力精英并不矛盾，一般大众高看了知识精英的良知。很多时候迂腐是性格问题而非道德问题，在利益面前，迂腐也常常变成精明和见风使舵。可以说，一个极具力比多导向的现实是，知识分子只要具有了"知识分子"这个称谓，就不可避免地有了或多或少的精英意识；更进一步，作为知识分子，只要同任何形式的权力发生关系，便不可避免地被权力异化。就是说，在知识分子真诚地力图为被压迫者/弱势群体代言的时候，在大多数情况下，在底层和精英之间，知识分子更容易倾向于精英。这是他们掌握的知识使然。马克思主义所创造的阶级情感确实存在，即使温和的阶层也存在着不可逾越的鸿沟。中国有一句俗语叫"脑子随着屁股转"，个体的位置在哪儿，坐哪个阶级哪个阶层的座位上，就会从哪个座位而不是理性出发来思考问题。绝大部分人都是这样，也是人性使然，没什么好指责的。我们只是说出人类存在的一个客观现实，或许"脑子随着屁股转"正是对马克思主义"物质决定意识"这一唯物论观点的反讽式的运用。对于知识分子，其知识使其"屁股"的着陆点随时可变，每一个变化背后都是社会结构赋予的相对较大的利益，所以由知识带来的物质利益大多数时候会造成知识与利益直接结盟，形成知识分子被权力"收编"而成为既得利益集团成员之一，如何能再为一个被压迫的、无利可图的弱势群体发言？这也是为什么人类社会能出现一个真正为底层大众思考的知识分子有多么不容易，历史上像墨子这样持底层大众立场的思想家真的不多，几乎很难找出第二个，作家中更是凤毛麟角。

很多出身底层的知识分子成为知识精英或者仅成为知识分子之后，就不再为那个广大的弱势群体说话，富人总是有理，精英总是"物种正确"地代表着人类的利益和前途。这实际是精神被物质控制的结果，唯物辩证法的本意不是那么用的，但却恰恰从人性角度又揭示了人类社会被物质控制的现实，这不是一个哲学的结果，而是阴暗力比多的典型案例。知识分子成为知识精英，本就与权力只一步之遥。知识精英因为掌握的知识且统治者因此对他们青睐而常常以为自己处在了权力精英的位置，贾谊和晁错的悲剧就是历史上明显的证明。因此，对于进入精英层的向往和心理上的简单是知识分子最大的悲剧。那种根深蒂固的精英意识则是知识分子与民众贴近的最大障碍，也可以说是永远的距离。即使是最民粹的知识分子也难以被底层民众接受。俄国民粹主义者发动的知识分子"到民间去"运动遭到惨败就是一个证明，20世纪初，李大钊的民粹主义思想影响下的青年学生的"北京工读互助团"三个月便告失败更是一个证明。这一切，不在于群众真的那么愚昧，而是知识分子很难从底层民众的切身利益角度思考问题，而是将愚昧、无智作为底层民众的本质化特征，然后要"同情地救赎"。这种典型的精英思想很难得到民众的真正拥护。那种高高在上居高临下的优越感很容易拉开与底层民众的距离。从这个角度看，反省精英意识才是真正靠近群众的关键问题之一。

人类问题与精英问题，实际根本还是权力问题。权力在精英手里，掌握权力才是精英，至少能分享权力。这里的权力不应该只是指政治权力，不是说只有在体制内有个官职才是精英，而应该是广义的权力，应该是指某个社会领域中的权威人物，或者专业知识比一般人丰富，有了某领域的话语权的人物。如工业农业手工业界的专家，不管是数学物理化学生物文学哲学，只要有了超于一般人的知识，就有了权威性，有了掌握这一领域的权力的可能。或者与意识形态有关，有些群体都有自己的意识形态，如社会团体和教派；有的可能以专业为基础，如物理学会；有的以职业为基础，如工会，如各种工人的团体、俱乐部等也算。

对人类的想象其实是精英的事。大众不是不想象，但他们的想象要被精英加工整理。神话传说、传奇、罗曼史、小说，这是叙事类的人类学想象轨迹。小说到今天亦有各种类别，从现实主义到后现代主义，到后资本时代的多样化文学。能够进行"有效"想象与占据话语权的，都是精英。鲁迅能够在中国百年文学中占据不可动摇的第一地位，就在于他的想象是精英的，是符合权力意志和国家利益的，但对于大众，却未必是最好选择，或者未必是最符合大众想象的"人类学想象"。或者说，是鲁迅讲故事的方式未必符合大众的接受习惯，其对国民性的思考还在某种程度上符合民族的需要——这当然只是"可能"。文学批评更属于文学之下的第三级文化人类学想象，其可靠性或普适性并未提高多少，一旦有问题其谬误指数更会高得离谱。国民性理论发展到今天，其合理性越来越受到质疑，这种想象只是符合了某些精英的趣味或者理想，但未必就符合现实。从文化人类学角度看，巫术可以说是所有人类文化行为的起源，无论历史政治文学哲学，还是数学物理天文占卜，都源自原始巫术，而文学从今天的眼光看仍然有很多特点类似巫术，作家则类似巫师，或者说和哲学家一样是巫师的"进化"。文学与巫术的最显著的共同点是文学和史前的神话一样是给人类的外部世界一个想象性的解释。文学从根本上就是一种想象，且更形象化、幻想化、情绪化和主观化、唯心化，实际比哲学更不靠谱，更不具有真理性，很多时候完全是个体在主观化地想象全人类。所以人类的精神性的"文明成果"都要不断修正，更悲剧的是大多数的所谓想象实际都是错误的，留下的不过是一些关于人类特别是人性的"常识"。

　　文学是情感化的，小说与诗歌类似，却多了叙事和虚构，所以更有故事，也更吸引大众。所以成功的政府都非常看重宣传的作用，文学就起到非常重要的作用，作家的精英价值就体现了出来。现在重点在于制造文学的人类个体，人类称其为作家、诗人、剧作家，写小说的称为"作家"，只要能被公众接受为"作家"的，一定是人类的精英。再细化当属于知识精英的一种。作家至少比一般人博学，有更多的洞察力和有意识积累的各种经历。所以他们比一般大众似乎更有"智慧"，有能力写出让接受者得到各种利益的作品或者文本。经验、智慧、历史、社会、思想、主题是文学对于大众的价值。如贺享雍传递的更多的是经验，赵树理是经验和情怀，莫言传递的是经验和个体感觉。

　　当然，文学还有一个重要功能，就是娱乐，很多时候这个功能远超其他功能而居于首位。还要区别一下词汇的内涵，"娱乐"的功能可不仅是"快乐"，"长歌当哭"也是文学娱乐功能之一，即让痛苦更痛苦，达到否定之否定，痛苦的叠加之后是情感的宣泄，反而达到了悲极而乐的效果。中国古代的诗歌也是如此，可以乐，可以悲，可以怨，可以恶，所以娱乐的功能包含人类几乎所有的情感。很多悲剧，实际上对于人类情感也是一种"快乐"。批判现实主义给广大接受者带来的正是"否定的快乐"。否定别人或否定外部带来的内部的神圣感和伟大感，还有相对的优越感，至少是"众人皆醉我独醒"的满足感。而后现代文学带给人们的正是破坏式的满足，这种更致命，它导致了报复式情感的无指向性，即在此处受压迫，到彼处去报复，不再是古典和现代社会"冤有头债有主"的模式，而是找更弱者传递仇恨，这种即时的快感的启发同样来自文学及文学的亚类即影视及新闻传播。鸡鸣狗盗之徒的正义化，对反社会者的"寻根"，都导致了对非正常人类的过度理解，从而把错误归于社会，所以引导一些被"侮辱"的个体直接报复社会——惹不起厉害的，就找比自己弱的，反正都是社会的一部分，仇恨还给社会就对了。文学的"巫术"式的安慰效应远强于其他文类（电影电视也属于文学的变体），原因也在此。这种精神的安慰或麻醉效果，也正是文化精英或"文学精英"在人类社会中的引导作用之一,把文化人类学之"文化"落到了实处,从而实现了"文学人类学"的完整想象链条。

第二节　乡村文学精英的想象建构

　　文学作为上层建筑的一个部分,必然时时面对权力,及对权力关系与运作的文学想象。乡村文学面对的是乡村的基层权力,作家对乡村基层权力的正面与负面的叙事建构,也正是一种精英式的文学想象,它必然由于作家本人的立场不同而形成不同的乡村修辞。

　　有的农民出身的精英能够和农民换位思考,而大部分乡村精英都做不到。赵树理和贺享雍都是身为精英却能为农民换位思考的"乡土精英"。与赵树理相比,贺享雍对乡村叙事更关注乡村存在的细节,赵树理却可以直面乡村的基层权力与历史和国家的发展。

　　作为贺享雍的前辈,赵树理就因为其坚定的乡村立场才一直不被"正统"的文学精英所认可。如众多评论家在赵树理研究上有一个不被人注意的盲点,就是总拿赵树理塑造新人说事,以致形成了一个直到今天仍然广为流传的"共识":赵树理思想太老旧,所以塑造新人无力。如孙犁评价1949年之后的赵树理说:比起40年代来,赵树理这个时期的小说,确是"迟缓了,拘束了,严密了,慎重了","多少失去了当年青春泼辣的力量"[①]。《中国当代文学史初稿》提到多部文学史共同指出赵树理的"不足":塑造新人无力,对于社会主义时期新一代农民,缺少内在的艺术魅力,原因在于作家"对他们的了解不像对老农民那样深入","《三里湾》中的范灵芝就是一个明显的例子"[②]。

　　精英们的思考是差不多的,总能非常明确知道自己的高高在上的地位,其间出现一个另类就很难被接受,只是因为精英们由于其"权威"感而更容易只

[①] 孙犁:《谈赵树理》,《赵树理研究文集》(上),中国文联出版社,1998年,第26—27页。
[②] 郭志刚:《中国当代文学史初稿》,人民文学出版社,1980年,第293页。

看自己想看的。"新人"是精英思考的核心问题之一，因为它其实代表着精英所想象的未来社会的走向。但"新人"想象不能脱离现实，所以从实质上看，无论对于当时的中国乡村还是赵树理，新人塑造都是个伪命题。如果有一种公社化时代的一心为国的农村"新人"，那么它只能是指极左时期梁生宝和高大泉式的人物，"文化大革命"前的土地公有化试验没几个人认为它是正确的或成功的，以一个失败的社会改革试验为蓝本，怎么可能塑造出成功的"新人"？这似乎有双重标准的嫌疑了，只要启蒙，怎么都是对的，只要不"启蒙"，怎么都是错的。

贺享雍小说里不存在"新人"问题，《天大地大》中的年轻扶贫女干部，《民意是天》中的年轻村支书，都不是社会主义意义上的新人，而是被西方的原子化体系浸染的行动的"利益综合体"。虽然叙事人的视点仍然是乡村内部，但已经无法建立社会主义那种真正的公共意识。而且在贺享雍小说中，这些乡村内部的人物的意识中都没有"启蒙"一维的存在。赵树理的时代相对于乡村正是最好的时代。他的乡村文学设置了精妙的叙事视角，通过隐蔽的转换展示他的"新人"想象——这种展示方式正是"启蒙"精英们不熟悉也不愿意接受的。如《三里湾》采取的叙事方式既不是全知全能的叙事视角，也不是限知视角，因为在其作品中，"谁说"和"谁看"并不总是统一的，即使他们在同一叙述平面上。下面两个叙事片段正表现了赵树理独特的乡村内部叙事造成的"不统一性"，同时也体现了赵树理对青年"新人"的定位：

[1]灵芝一走进去，觉得黑咕隆咚连人都看不见，稍停了一下才看见有翼躺在靠南墙的一张床上。[2]这间小屋子只有朝北开着的一个门和一个窗户，还都是面对着东房的山墙——原来在有翼的床后还有两个向野外开的窗户，糊涂涂因为怕有人从外边打开窗格钻进来偷她，所以早就用木板钉了又用砖垒了。[3]满屋子东西，黑得看不出都是什么——有翼的床头仿佛靠着个谷仓，仓前边有几口缸，缸上面有几口箱，箱上面有几只筐，其余的小东西便看不见了。[1]

---

[1] 赵树理：《三里湾》，《赵树理全集》（四），大众文艺出版社，2006年，第296页。

[4]当灵芝走进去的时候,可以坐的地方差不多都被别人占了。[5]她见一条长凳还剩个头,往下一坐,觉得有个东西狠狠垫了自己一下;又猛一下站起来,肩膀上又被一个东西碰了一下,她仔细一审查,下面垫她的是玉生当刨床用的板凳上有个木橛——她进来以前,已经有好几个人吃了亏了,所以才空下来没人坐;上面碰她的原是挂在墙上的一个小锯,已被她碰得落到地上——因为窑顶是圆的,挂得高一点的东西靠不了墙。[6]有个青年说:"你小心一点!玉生这房子里到处都是机关!"灵芝一看,墙上、桌上、角落里、窗台上到处是各种工具、模型、材料……不简单。①

这两个叙事片段分别是灵芝对马有翼和王玉生的房间的观察,[1]-[3]为中农家庭青年马有翼的房间,[4]-[6]为贫农家庭青年王玉生的房间,从叙事视点来看,都是随着灵芝的眼光写的,透过灵芝的眼睛可看到截然不同的房间,也反映了有翼和玉生截然不同的性格及家庭环境,从而为后文灵芝选择玉生放弃有翼做了铺垫。很值得注意的是,这两段分属第24和22节,故事中的时间距离不短,叙事距离也不算短,但对两个房间的描述,隐含作者采取了几乎完全相同的叙述方式,甚至连使用标点符号都是一样的。两个叙事片段都是三大句,中间的第二句都出现了破折号,第二个片段还出现了两个,而且破折号之后附上的解释性话语的功能也完全一致,即[2]和[5]中叙述人和灵芝分离,以全知的视角进行补充说明,前者写出了糊涂涂的"精明",而后者在灵芝的视角之外对玉生的房子做了更具体的补充,[6]句的最后三个字"不简单"既是灵芝所想,也是叙述者的评价话语,等于隐含作者的声音,同时还可以是满屋子里人的想法。对两个房间的描述产生的修辞效果却是完全相反的:马有翼的房间是阴暗的封闭的,没有生气的;而王玉生的房间却是明亮的、科技化且充满生机的。但隐含作者的叙述干涉却是很隐蔽且简洁的,通过非常文学化的手法突出了"落后青年"与社会主义"新人"的鲜明对比。

贺享雍小说中的年轻人,如果说有类似赵树理期待中的时代"新人",就是《苍凉后土》中的高中生佘文义,他离家出走以寻找农民利益被各种力量侵

---

① 赵树理:《三里湾》,《赵树理全集》(四),大众文艺出版社,2006年,第282页。

害的解决办法，最终也通过"人民来信"的方式解决了问题。再就是《天大地大》中的贺波，作为年轻的退伍军人，他不急不躁，不像其他年轻人出去打工挣钱，却留在农村发展乡村副业，养花，挖沼气池。下面是"外来者"乔燕在贺波家里看到的美丽的荷塘：

果然"拨剌"一声，塘里的水波荡漾起来，一群鱼儿在莲叶间不断穿梭，然后浮到水面来，圆圆的小嘴一张一张地吸着气，仿佛向他们撒娇似的。乔燕看见阳光下闪光的鱼鳞，不觉叫了起来："鱼戏莲叶东，鱼戏莲叶西，好一幅诗情画意！"贺波听了，像是抑制不住自己的兴奋似的，又顿了顿脚下的地，说："我们站的地方，下面还有机关呢……"乔燕忙问："该不会是藏得有宝吧？"贺波说："底下是一个生活污水净化池，我们家做饭、淘菜和洗东西的水，通过管子流到这个池里，经过净化池沉淀过后，流到荷塘里，成为莲藕的肥料和鱼的饲料，这叫循环利用……"

……

乔燕朝那两间小房子看去，只见两间房子都用青砖砌成的，两边墙上都开得有窗，一间房子外墙上贴了土黄色墙砖，另一间房子则是清水墙，墙上爬满了爬山虎、丝瓜藤、牵牛花，密密的枝叶覆盖了整个墙面，不仔细看，根本看不出墙的颜色。在屋子正面，乔燕看见了一块牌子，上面用红字写着"八戒公寓"四个字。乔燕一见，"扑哧"笑出了声。贺波也不等乔燕说话，便道："这是猪圈，所以我给它起了这个名字！"说完又指了那间贴了墙砖的小房子说道，"那是厕所，前面我用旧砖垒了一道屏风，分了男女……"听了这话，乔燕不禁好奇地问："又是厕所，又是猪圈，我怎么一点没闻到什么气味？"贺波道："你看看中间那块空的地方是什么？下面就是沼气池！猪粪和人粪流进了沼气池，你怎么闻得到气味？"乔燕马上想起了小姑娘家的茅坑，便不由自主地道："这太好了，要是全村都这样，家家户户不但整洁多了，还把废物利用了起来！"

这样一操作，既有经济效益还美化了环境。贺波总体上还算是坚守农村的挖掘土地潜力的"新人"，但他的存在并不普遍，且没有示范作用，因为村民认为有本事的青年人都出去打工了，贺波被认为是"不务正业"。就是说，相对于赵树理的完整且有力的新人体系，贺享雍的小说中无力建立一个新人系统。

这种结果还是时代的差别造成的，贺享雍的时代几乎没有了想象的空间，而赵树理有。对于赵树理的乡村想象，"新农民"或"新人"不只是年轻人，老年农民也可能成为"新农民"。赵树理的新人塑造是非常有前瞻性的。如《三里湾》中，从人物设置上看，赵树理设想中新时代的因素不仅出现在青年"新人"如王玉生和范灵芝那儿，而且老一代农民身上同样能产生与社会主义一致的新因素。如《三里湾》中一开始对两个老农民万宝全和王申打铁场面的描写，打铁的所有工具都是凑合的：

[1]按做活儿说，在三里湾，使不得只赞成万宝全一个人，万宝全也很看重使不得，所以碰上个巧活儿，他们俩人常好合作。[2]他们俩人都爱用好器具。[3]万宝全常说："家伙不得劲了，只想隔着院墙扔出去。"[4]使不得要是借用别人的什么家伙，也是一边用着一边说"使不得，使不得"。[5]动着匠人活儿，他们的器具都不全，不过他们会想些巧法子对付。[6]像万宝全这会打铁用的器具，就有四件是对付用的：第一件是风箱，原是做饭用的半大风箱。[7]第二件是火炉，是在一个破铁锅里糊了些泥做成的。[8]第三件是砧，是一截树根上镶了个扁平的大秤坠子。[9]第四件是小锤，是用个斧头来顶替的——所以打铁的响声不是"叮当叮当"而是"踢通踢通"。[10]这些东西看起来不相称，用起来可也很得劲。

这个叙事片段中最有感染力的是[9]句中描写打铁的声音由"叮当叮当"变成"踢通踢通"，真是十足的形象又幽默，能以如此"土"的语言产生如此好的修辞效果，正表现出隐含作者极高的文学才能。更重要的是在隐含作者的安排下，[5]到[9]句中那种出于贫穷的"凑合"行为不但不让人心酸，反而充满着光明和希望，所以[10]句中说"用起来可也很得劲"。如果让柳青和周立波这样的"现代"知识分子来写作，这种什么都"凑合"的行为会被描写成"不科学"，甚至加上"愚昧"的价值批判，即使最有善良愿望的修辞植人也可能会是对贫穷的痛惜,要大力强调启蒙之下科技的"发展"。但赵树理不同,把这一场面处理成中国乡村伦理下自给自足的生存活动的一个部分,千百年来无外力支持的农民就这样生存着,而且用自己的智慧给艰难的生活添加一些亮色,以卑微的方式解决一个又一个困难,在科技上,他们也有着自己的智慧,想方设法用极有限的条件提高自己的生产效率。在其他农民看来,这两个人就是极有才能的人,这两个优秀的农民也以此为傲,并在可能的条件下去帮助别人。这正是隐含作者对农村和农民的赞赏,而不是20世纪中国文人的、自我他者化式的一味自我否定。何况,事件发生在社会主义改造时期,叙述人更有资本嘲笑这些"土技术",但赵树理没有,他把这些技术与社会主义的光明未来结合,给了农村一个更大的希望,其乐观修辞要更明显,更有感染力。

就是说,万全宝与王申作为老农民中的工匠,代表乌托邦中的技术因素,他们会带来农村的技术革新。在他们心目中,来到新社会,有其田,有其养,有其责,无贪念,无权欲,则为安居乐业之完美生存。他们还有小农式的为公之心,虽然与费孝通说法一致,实际仍是"私"为底蕴,但这种私实际没有阴暗可言,是人类正常的生存需要。这样的发展才是最稳妥的。说它稳妥,是因为它在最大程度上既保证了国家的发展,又保证了农民的生存权利,不危及原来稳定的乡村结构。

而贺享雍面对的是一个松散的乡村,而且已经到了残缺的程度,因为大量的农民为了现实利益去城市打工,乡村的传统结构基本靠留守的老弱病残来维持,已经力不从心。我们从赵树理的乡土文学中才能够还原中国乡村的原始结构。

从中国的政治传统和社会分层上看,诸子百家的思想在中国乡土文明中都有遗留。中国正统的统治方式是儒家思路,持底层大众立场的是墨家思路,底层民众自身的生存伦理是道家思路,当权者处理重大"反动"事件时是法家思路,对于未来和来世是阴阳家和佛家的思路(民众总想接近神,来世是接近神的最大希望)。与柳青单向的城市化乌托邦不同,赵树理的乡村乌托邦对现代及传统做了多向的取舍,保留了儒道(精英的内圣外王与乡村的无为相结合),去掉了法家的残酷(李如珍之死事件要少发生),摒弃了阴阳家的混乱神学（三仙姑二诸葛必败），否定了佛家的因果报应和来世（强调人定胜天的现世），又加入了社会主义的有限公有意识和现代社会的有限个体意识（新世界来临乡村必须进化）。众所周知，儒家的核心是精英政治，因为孔子和后来成为统治思想的儒家思想都是以严格的等级秩序为前提的，就是保证权力者和精英的地位的前提下才有"仁义"可讲。所以会有墨子讨厌孔子"仁政"的等级前提，而认为孔子是虚伪的，是统治阶级立场，因此创造了"兼爱"，去掉了等级差，试图实现平民化的绝对平等。但墨子的理想似乎从未实现过，中国农村一直是费孝通所说的"差等秩序"：

伦重在分别，在礼记祭统里所讲的十伦，鬼神、君臣、父子、贵贱、亲疏、爵赏、夫妇、政事、长幼、上下，都是指差等。"不失其伦"是在别父子、远近、亲疏。伦是有差等的次序。在我们现在读来，鬼神、君臣、父子、夫妇等具体的社会关系，怎能和贵贱、亲疏、远近、上下等抽象的相对地位相提并论？其实在我们传统的社会结构里最基本的概念，这个人和人来往所构成的网络中的纲纪，就是一个差序，也就是伦。[①]

"伦常"实际就是中国传统社会自然分层的等级标准。从赵树理的乌托邦想象来看，他也不太赞同墨子式的无差别之爱。原因就在于，过于平等则会丧失人类社会安定的基础。从人类的本性来看，这个"差等"必须存在，即形成一种约定俗成的权威力量，从上到下的秩序才能建立。差等秩序必须存在的原因在于，人性本恶和本善是人性的两面，善是文明的体现，恶却是发展的动力，而且恶会时时超越规则获得超秩序的利益，破坏文明的基础。所以必须要强调"差等"，强调有一部分人有管理的权威，才能有效限制性恶的膨胀。那就是精英必须存在——权力的两面性是另一个重大问题。从此也可以看出，赵树理不是盲目革命派，也不是民粹主义者，他既不会像革命时代为了功利目的人为美化农民，也不像民粹主义者把农民奉为神。赵树理对农民自身的阴暗面非常清楚，而且保持相当的警惕，他的问题小说中不断出现的"落后群体"，

---

① 费孝通：《乡土中国》，中华书局，2013年，第29页。

如《三里湾》中的范登高和"常有理",还有之前的金旺父子、小昌、小元等农村基层干部中的"坏分子",就是对农民群体的保留。而且赵树理无意中表达了对权力的高度信任,事情的解决都非常顺利,从《小二黑结婚》到《三里湾》,所有的难题都在权力介入下迎刃而解——《三里湾》中互助组问题的最大障碍马有余一家即是在基础权力的周密运作之下得以完美解决。综合起来,赵树理不赞成法家以残酷的刑罚来建立恐怖化的威慑秩序,他赞同儒家式的温和秩序。这也是对人类阴暗面的一种制约。另一方面,赵树理又要制约精英的权力,因为权力走向阴暗会有极大的毁灭性,就像当前资本家严密控制了美国和西方所谓民主政府的各个角落一样,整个世界都变成了资本家的工厂,都成了赚钱的工具。赵树理在几十年前就想到了这个问题,他引进了道家的无为,力图减少权力对乡村的干扰,黄老思想最利于农村的自在自为的存在。所以在《三里湾》中,党的代表何科长到三里湾来视察,就基本被取消了领导功能,而只是参观和指导,具体事务是乡村内部的农民和农民干部一起完成的。在他看来,王金生和万全宝这样的农民,应该是真正的农村精英或亚精英,他们是乡村发展规划中理想的领导者和执行者。或者可以说,赵树理的乡村乌托邦中最期待的精英还是乡村的精英,而不是城市精英。总之,赵树理的乡村乌托邦中的农村"新伦理",仍然表现出中西交融的超越性特色,他的以中国传统伦理为基础的文学乌托邦,由其"问题"意识而执着地指向中国乡村的现实。

对于贺享雍来说,他的乡村想象是模糊的,远没有赵树理那么清晰。但总体上还是批判态度,并始终站在乡村一边,这与赵树理相似。在贺享雍的叙事世界,乡村在精英面前是一地鸡毛,凝不起一个完整的想象。因为放眼望去,满目疮痍的是乡村精英对农民的迫害和对乡村的破坏。贺享雍《土地之痒》中写到农民因为供电问题被基层干部刁难,春节突然停电让农民很不满,但供电部门态度蛮横,农民去乡政府上访才解决问题。后又有老实农民贺世龙被当成上访的"不安定"分子被抓进派出所,后来多方关系纠缠在一起,形成一个基层管理的闹剧。此时叙述人处处表达着对基层干部的嘲讽,意味着一种否定修辞。《青天在上》直接写农民上访,一个基层干部贺世忠为了乡政府的欠款不断上访,可算是昔日的乡村精英与基层权力直接交锋。但此人却被塑造成一个反面人物,既写出了他的复杂性如对家庭的重视,比较有耐心有勇气,同时更多的是讽刺和否定的一面,如他为了某些利益而不顾廉耻,把上访当成了对地方政府的要挟,似乎变成了刁民。他拿继续上访做要挟,给儿子女儿全家老小都要来了低保,其出发点就是怕儿媳骂他,怕女儿埋怨他,其实他们都没资格拿低保,但贺世忠使尽各种无赖手段都拿到了,重点是他的违规操作挤占了几年的低保名额,需要低保的真正困难的农民反而没机会得到低保补贴。从整体看,这些农民形象的塑造没有莫言《愤怒的蒜薹》等作品中对"落后"农民的那种复杂的理解式的同情。因为《青天在上》的讽刺不是善意的,也并非指向权力的,也不是反讽,而更像是对一个无赖式的退休村干部的多方面的恶的展示,类似有点头脑的阿Q。而叙述人的话语中隐含着否定的修辞指向的并非对小农人格的否定,而是对无赖人格的批判。贺世忠在《土地之痒》中就是个不光彩的基层干部,与贺世海争权,且不如贺世海为民着想,但由于他善于玩弄权术,上下打点,较称职的贺世海却被罢免。《青天在上》延续了这一修辞,时不时暴露对贺世忠的轻视,所以不是莫言那种由衷的复调式的描述。这种描述,就是典型的隐含作者的自我摧毁。看了贺世忠的所为,似乎是叙述人在表达对基层权力的同情,一群小官员遇上了刁民,也实在是疲于应付。再看小说的叙事终点,最后贺世忠在几个同乡的鼓动下又要组织上访,被人设计在半路绑架。对这种结果,叙述人加入的叙事修辞也不是同情,而给人罪有应得的感觉。贺世忠作为一个上访"专业户",他的所为其实有正义的一面。但叙述人似乎一直放不下第一部《土地之痒》中那个玩弄权术的贺世忠的阴暗面,没有在他做主角的这一部《青天在上》中把他塑造成一个复杂的与基层权力斗争的抗争者。从整个叙事建构来看,贺世忠被塑造成了基层干部中的阿Q,不是突出他可怜的一面,而是重在他要参加"革命党"及和吴妈困觉这样的低智商事件,把一个乡村权力的大事件"非典型"化了。可能贺享雍在此表达对乡村精英的失望,情感所致,手法上就有些偏激。实际上,隐含作者如果调整一下情绪,从更广阔更悲悯的角度思考,贺世忠总体还是一个值得同情的复杂的人,小说的主题结构也会更完整深入。

从贺享雍十几部长篇小说的"互文式"叙事建构上看,作家对权力的阴暗和复杂还是比较清楚的,也有着较多的理解和同情。

赵树理小说中乡村与权力的关系在解放区时代是非常和谐的。他明白权力对农民的价值，权力必须存在，它是乡村进化的基础。没有它，乡村将一直处于封建或原始状态，无法完成乡村的现代转换。权力是给农村指路的，它会引导乡村往某个方向集中发展，从而在人类社会的意义上提高文明的层级。但权力又必须被限制，因为权力的精英特色使它在任何时候都可能牺牲底层的利益。一定要明白权力的阴暗"本质"，权力有牺牲弱者的本能，权力使人漠视生命。一旦掌握了权力，视野之内的生命就不再是平等的生命，而是财产和资本。一次战争死去几十万几百万人，其背后就是某几个超级精英称霸世界的私心。再说，和平年代的权力精英眼中也是如此，和农民的正常思维一样，当必须牺牲一样东西才能活命的时候，在牛和鸡之间进行选择，正常人都会选择鸡，就叫两害相权取其轻。那么，如果必须牺牲人的时候，当然是无用的或用处不大的人先被牺牲。而底层之所以是底层，弱势之所以是弱势，实际取决于他们极低的"可用度"。赵树理对权力及传统的关系的想象是非常明确的，他的乡村想象确保了乡村利益的最大化。在政策全力支持的时候会是一个完美的乡村进化理想，但一旦政策出了问题，村干部杨小四们就在国家政策面前无计可施，理想只能又一次在"锻炼锻炼"之下擦肩而过。在消费主义时代，贺享雍的村干部们其实也和杨小四一样无计可施，但情况又大不相同。在20世纪80年代前期的农村改革之下，农民的状态其实好得多，那几年可算是中国乡村的"黄金时代"，他们不但解决了温饱，而且更多地奔"现代"去了，产生了一批城市都无法相比的"万元户"。从当时看，赵树理担忧的东西被越过了，土地重新归农民所有，而且后来又完全取消了乡村的税赋，看似农民的日子到了更好的时候，几乎耕种的收获全是自己的了，再没人拿走一分一毫。但是消费主义时代产生了新的变动，赵树理视若生命的土地在现代大工业的冲击之下急剧贬值，农民主动放弃了土地，也放弃了乡村。乡村本身近于土崩瓦解，乡村理想当然也皮之不存毛将焉附？谁也没想到三十多年内中国能发生如此巨大的变化，21世纪初，政策和权力面对的不再是土地问题，而是农民在原子化社会的侵蚀之下如何维护乡村的正常运行的问题。在当前，农民似乎还是在种地，但土地之外总有后工业时代的利益撕裂着乡村。乡村权力面对着更多的城市化的外在利益的威胁。这种原子化也侵蚀着乡村权力，私利越来越理所当然，而为公之心似乎越来越被认为是愚蠢。国家取消农业税之后更如此，基层权力基本没有了迫害农民的机会，国家体制和现代经济体系一起摧毁了基层权力的权威。基层干部如乡长县长之类在一个小饭店老板面前都没了任何威信，他们也会遭遇冷脸，因为经费不足而经常吃白食打白条，如果被举报，还会面临上级部门的通报和惩罚。这可以说是经济模式下基层权力的衰落，或者说是基层权力的经济转向，即没钱就别谈权力；同时权力与经济的合一之下并不是权力的衰落，而是基层政治型权力衰落，相对的是经济型权力不断增强。

在贺享雍那儿，权力不像在赵树理那儿那么通透，基本是混沌的一块，同时也无限趋于无解。改革开放到新世纪乡村的变化似乎与中国的循环时间观一样，人性本善与本恶同时存在，人类自身的"思考"无法"治愈"任何一面，光明与阴暗之争斗会延续到人类意义的"永远"，赵树理时代曾经似乎明晰的东西又重回混沌。同为50年代生人，贺享雍又不像莫言的混沌感那么"清晰"，而是混沌中的"混沌"，即个体化的乡村的现在与未来都是一片模糊。而这种"模糊"的原因，不同于莫言的有意模糊，而是贺享雍力图有一个清晰的想象，但却无法找到，所以形成了"模糊的模糊"。

在贺享雍对乡村的细致入微的展示中，总有一种无法把握的东西。如村级干部中贺端阳是个相对的"好官"，基本能做到为村民着想，在同时面对权力与村民的时候，他一般选择站在村民这边。这与《村官牛二》和《土地神》中的村官牛二相似，也有私心，但总体还是有责任感的。但这样一个难得的消费主义时代的基层好干部或乡村权力精英却时时陷入被动，在人性的阴暗和权力之网中拼命挣扎，而坏人却总能得势。这恐怕是贺享雍的21世纪的"批判现实主义"的最大困扰点。在好几部小说中出现的贺世忠同样是村支书，但他却是个"坏官"，但两人的所为却没多大差别，都是为了保住自己的官位，绝没有"为人民服务"的伟大理想，与雷锋当年的高度纯洁不可同日而语，但贺世忠却一直比"好官"贺端阳顺利。《乡村志》系列的另一部小说《民意是天》展示了贺端阳的竞选史，大量描写了基层官员的权力之争。小说用细腻的笔触展示了乡村权力网的阴暗现实，再好的基层干部也有黑帮化的嫌疑，为了达到目的用尽"厚黑"之学，真的做到了脸皮有光年之"厚"，其心堪比宇宙黑洞之"黑"。贺端阳不过是要竞选一个村主任，居然被人用残酷且下作的手段报复和恐吓：

贺端阳这时仔细一看，原来还是自己家那条黄狗，被人用绳子吊在了大门的门枋上。端阳神情呆痴地站了一会，方才走过去摸了摸狗的尸体，发觉早已僵硬，这才对屋子里母亲喊道："妈，我们家黄尔被人吊死了！"

走到屋后一看，贺端阳便如被雷击中一般傻了。原来那一亩多果园里的果树全都被拦腰砍断。残枝断干横七竖八地散落了一地，一副惨不忍睹的景象。贺端阳像是凭吊似的默默地站了半天，方才回过神来一步一挪地回到院子里，对李正秀道："屋后的几十棵果树也被人砍了！"

看家狗被杀，果树全部被毁，这正是乡村选举问题背后的"血腥"的权力斗争——当然不是说中国乡村就极其阴暗，而是世界范围的选举如美国总统大选，其背后的血腥更难以言说，其牺牲者可谓不计其数。人类个体的自私决定了一切公共行为背后都有个体利益，做官意味着成为精英，而精英总能获得一般人得不到的利益，所以会投入很多的精力谋取官职。"官职"是更有保障的精英位置，是直接掌握体制权力的群体。村干部同样属于精英或者亚精英，有利益就有人争夺，所以《民意是天》中村干部的竞选者为了打击竞争对手，居然雇佣乡村流氓杀掉竞选对手的看家狗并毁掉其果树林，这样的并不具备人性优良品质之人当选领导者，又能给人们带来什么好处？《村官牛二》中的胡支书也是一切以私为出发点，但也稳坐了很多年。实际上，选举问题的"问题"也正在此，被选为领导者的人大部分时候并非如民众所期待，民众或被各种话语所欺骗，或被利益引诱，或者是出于家族利益的考虑。竞选者要"成功"，出了事却又要比一般人更能忍耐，下面看贺端阳家的狗被人毒死、果树被人砍光之后的反应：

兴成道："怎么不报警？光吊死一条狗倒没啥，可那几十棵果树，可是破坏生产，难道派出所不该管？"贺世福、贺世财也说："就是，派出所不来，这案怎么破得了？"端阳听了这才说："这案是该派出所来破！可我敢保证，现在是21世纪，他们就是查到22世纪，也调查不出犯罪嫌疑人来！何况人家来不来还说不定呢！"贺毅也道："端阳说得有道理，这事发生在这时候，是哪个干的，秃子头上的虱子——明摆着，还有啥查的？只怕别人即使来查，也是走一下过场，怎么会跟你认真查？"

按说财物被毁，正常的思维是报警处理，警察总能查出犯罪嫌疑人，惩罚作奸犯科之徒。贺端阳很奇怪，他选择沉默。为什么不报警？很简单，他明白是谁做的事，他的"不共戴天"的仇人就是从十年前参加竞选后才有的；他更明白的是，权力之争的背后，报警是没用的。贺端阳在基层的权力之沙中滚爬了十多年，他已经深谙其道。权力的利益经常是超越法律和体制的，人类的阴暗之源就是权力的出现，所以贺端阳明白为了借权力获得利益，就要忍受某些权力之"祸害"，即权力的反噬是必然的，浸淫权力之中越久的个体越明白这个"潜规则"。但贺端阳也知道面临屈辱绝不能软弱——这也是权力游戏的潜规则之一，所以他也指挥自己的手下采取同样的手法，以其人之道还治其人之身，以同等的残酷报复了竞争对手：

也就在这天晚上，贺春乾家那条看门的公狗也被人勒死吊在门口屋檐下，同时院子旁边地里的蔬菜也被人割倒了一大片。同样，贺春乾第二天起来看见了，既没有去报警，也没让邓丽娟去骂人，而是关起门来在屋里闷坐了半天，这才像死了亲人一般哭丧着一张脸出门了。

贺春乾非常清楚是谁做的，也知道这种事为什么会发生。如果他报警，事情很可能更糟糕，因为他清楚是他先不仁，贺端阳才不义。所以他和贺端阳一样选择沉默，吃下哑巴亏。这就是乡村的基层官员们对权力而起的灾祸只能隐忍不发，将恶与恨始终深藏于心，时机一到就毫不留情地报复。可以说，从人类社会形成以来，权力争斗一向如此。从乡村这些不入流的"小官"周围发生的事情，足见人性之阴暗，特别是能见权力最反动的一面。人类对付不了自己的力比多就永远解决不了权力的阴暗指向问题。虽说小说也设置了部分正义的角色，如主人公贺端阳就是善意犹存的人物，比贺春乾这些"前朝元老"人性化多了，但他在竞选的历次风波中也只是偶尔有些人性"本善"的闪光，更多的是"本恶"的肆虐。被隐含作者定位为"官僚"的贺国藩和贺春乾就几乎是无恶不作了，虽然只是一个小村庄的不入品的小官，居然为了保权力也能把人性本恶表演得足够惊心动魄，甚至草菅人命亦在所不惜，让读者对人性之恶或者强大自私的力比多无比失望。

最终贺端阳总算获得了成功，他几乎动用了所有的资源，向上讨好各级官员，向下讨好村中大房小房各族成员，使尽了孙子兵法和三十六计，才疲惫万分地坐在了村主任的位子上。这一方面突显了权力的个体性，即必须由某个个体来实施，让权力发挥作用，另一方面又突显了权力的群体特色，某人掌握权力之前和之后都要处理好各个群体的关系，一不小心就会给自己的权力之路制造大麻烦，所以，这也可以说权力产生于群体，也正代表了群体的阴暗，尽管其出发点是为了人类社会更好地"发展"。为了选举，贺端阳费了十几年的心机，从二十三岁参加选举，历尽磨难，由青年变成近乎中年才做上村主任。但上一届对手贺国藩和贺春乾仗着乡政府那边关系更强，拒不交接工作，不交公章，甚至故意锁上村委会办公室让他没法进去办公。从这点来看，贺端阳竞选时狗被对手杀掉、果树林被破坏殆尽选择不报警是对的，因为报了警也没有用。此时选上了，前任都能这样故意以手中的残余权力来难为他，贺端阳没办法，只得想方设法上告。他发现明明他是选举上来的，乡政府官员支持的却是前任，因为前面的都是老"精英"，熟头熟脸，关键是老精英们知道规则，利益分配上很有眼色，上级不用开口好处就到手了。上来一个新人就很麻烦，要用各种方法"教"他各种阴暗规则，导致老精英们会损失很大。所以他们看贺端阳把他们看好的人选了下去，也不怀好意，在贺端阳上告投诉之时故意打哈哈看笑话。贺端阳看低声下气地求他们没有用，就先礼后兵，知道这帮人要给点颜色看才会照章办事，他采取的方法是给乡政府的官僚们找麻烦，他的方法是动员村民去乡政府要账，且要查历年的账目。原来当初财政改革，乡里完不成任务就发动各级官员四处借钱以完成财政任务，借了不少村民的钱，后来每一次换届乡级官员却都要赖不还钱。这拖欠农民的钱的行为本来就是违反国家政策的，地方政府又堂而皇之地做老赖不还钱，更是违法行为。乡政府怕查账就是因为这个原因，他们经费的去处问题太多。他们明明有钱，就是不还农民的钱，因为他们要花天酒地要请客送礼，为了保住官职和升官发财他们要招待要游玩要钱权交易，这都需要很多钱。他们当然不愿花自己的钱，所以宁愿把钱浪费掉也不还农民的钱，国家拨给农民的钱，官员们更是能扣就扣能浑水摸鱼就浑水摸鱼，时时寻找时机中饱私囊。所以他们一方面知道农民软弱可欺拒不还钱，另一方面又很怕真有人来查账，上访到上级是他们最忌讳的。贺端阳发动一帮农民去乡政府请愿，击中了乡政府一帮官僚的要害，他就此非常艰难地扳回胜局。

再看《民意是天》的结尾，看隐含作者如何解决这一重大又充满人性寓言的选举问题：

闲话少述，只说第二天，贺端阳果然没有带人到乡上去要村里的账了。又过了两天，乡上的伍书记和谢乡长就到贺家湾来监督原来的村委会向新的村委会交接工作。这次，两位领导脸上再没有一丝怒容和愁绪，而是春风满面，笑口洞开！不但两位领导，就是贺春乾、贺国藩、贺劲松、贺端阳等人也是一脸笑容，如逢喜事一般。移交完工作后，贺春乾把村委会那枚公章郑重地交给了贺端阳。贺端阳在接了象征村委会权力的公章后，向贺春乾伸过手去。贺春乾自然领会贺端阳的意思，也马上向贺端阳伸出手，两双手紧紧地握在了一起。喜得伍书记在一旁带头鼓起了掌来。贺国藩那二万七千元欠款，由乡上伍书记裁定，乡上和村上各负责一半。乡上的一半贺国藩今天就可以把领条打好，给谢乡长签了字，随时都可以到乡财政所领取。村上的一半因为暂时没钱，可以由贺端阳给贺国藩打张欠条，啥时候有了钱就啥时给。贺端阳听了二话没说，非常爽快地给贺国藩打了一张欠条。在将欠条递给贺国藩时，又紧紧地握住了贺国藩的手。伍书记在旁边又带头鼓起了掌来！

这个片段整体的表面修辞是一片光明和祥和，大小官员都满面春风，似乎世界一下海阔天空。但仔细分析，隐含作者的叙述没有对此种选举的结果报有多大善念，虽然结局看似皆大欢喜。这种"大团圆"式结局却没一点欢乐感，伍书记"带头鼓起了掌"真的是对基层小官僚的巨大讽刺，文本之内一片"祥和"，文本之外，则弥漫着对乡村吏治的绝望。在这"大团圆"之中，"人民"独独不见踪影。这个场景似乎正展示了赵树理曾经担心的基层小官僚们对乡村的重大危害。这些乡村的小人物在争夺权力的过程中，不是为了理想，更不是为了"人民"，而是为权为利，与《小二黑结婚》中的金旺父子如出一辙。

对比一下《小二黑结婚》中对基层干部中的坏分子的描写：

提起金旺来，刘家峻没有人不恨他，只有他一个本家兄弟名叫兴旺跟他对劲。

金旺他爹虽是个庄稼人，却是刘家峻一只虎，当过几十年老社首，捆人打人是他的拿手好戏。金旺长到十七八岁，就成了他爹的好帮手，兴旺也学会了帮虎吃食，从此金旺他爹想要捆谁，就不用亲自动手，只要下个命令，自有金旺兴旺代办。

抗战初年，汉奸敌探溃兵土匪到处横行，那时金旺他爹已经死了，金旺兴旺弟兄两个，给一支溃兵作了内线工作，引路绑票，讲价赎人，又做巫婆又做鬼，两头出面装好人。后来八路军来，打垮溃兵土匪，他两人才又回到刘家峻。

山里人本来就胆子小，经过几个月的大混乱，死了许多人，弄得大家更不敢出头了。别的大村子都成立了村公所、各救会、武委会，刘家峻却除了县府派来一个村长以外，谁也不愿意当干部。不久，县里派人来刘家峻工作，要选举村干部，金旺跟兴旺两个人看出这又是掌权的机会，大家也巴不得有人愿干，就把兴旺选为武委会主任，把金旺选为村政委员，连金旺老婆也被选为妇救会主席，其他各干部，硬捏了几个老头子出来充数。只有青抗先队长，老头子充不得。兴旺看见小二黑这个小孩子漂亮好玩，随便提了一下名就通过了，他爹二诸葛虽然不愿，可是惹不起金旺，也没有敢说什么。

村长是外来的，对村里情形不十分了解，从此金旺兴旺比前更厉害了，只要瞒住村长一个人，村里人不论那个都得由他两个调遣。这几年来，村里别的干部虽然调换了几个，而他两个却好像铁桶江山。大家对他两个虽是恨之入骨，可是谁也不敢说半句话，都恐怕扳不倒他们，自己吃亏。

赵树理这篇最有名的小说篇幅上也是最短的，这最短的偏偏同时也是影响最大的，这个影响，指在农民那儿——文学精英和文化精英的大部分到今天都不认可此为文学，这正是对精英的嘲讽，精英的傲慢和固执使他们对很多东西拒绝理解。赵树理大部分叙事都高度概括，属于叙事时间远小于故事时间的概述，几句话把金旺父子的恶事概述出来，而多用重复叙事，只一次讲述就代表发生了很多次的事件，比如捆人打人。真正的展开的叙述只有一次，就是小二黑被捆被打一次，整篇小说都围绕这件事展开，但赵树理仍然采取了概述。他重点讲述的是小二黑和小芹及三仙姑、二诸葛的有趣日常和复杂的感情纠葛。他不详细讲述基层权力中的坏分子，一个是篇幅限制，二是不必讲太细，农民都明白这样的恶人是什么状态。而且，此小说赵树理的重点是党进入乡村之后的光明未来。后来的《李家庄的变迁》是一个小长篇，比较详细地讲述了恶霸地主的种种恶行，两篇都讲述了乡村传统权力对乡村的危害。这二者之间的不同也很明显，《李家庄的变迁》讲的是革命根据地和解放区建立的过程，和《小二黑结婚》中成熟的革命根据地不同，所以重点已经转移。《李家庄的变迁》不以爱情和家庭为主线，而是以党对农民的革命教育为主线。与此相应，《小二黑结婚》在革命政权稳定的环境下对坏干部也不必过用直接描述，而采用了间接讲述，这样使故事更为集中。但人们对恶人的痛恨一点都不比详细讲述的《李家庄的变迁》中弱。原因在于赵树理的文学才能很高，他想简则简，想繁可繁，但都是用极简笔法形象地勾勒事件。《小二黑结婚》中细节用在了有意思的故事上，而旧权力的阴暗在他看来是不成问题的，此时解放区的新政权对旧权力的打击是摧枯拉朽式的，所以没必要多费笔墨。赵树理只要讲好一个新乡村里发生的爱情故事，而大头却正是隐藏的对基层干部中的坏分子的打击，以维护解放区新权力的正当性，最终维护农民的利益。

贺享雍采取的叙事方式基本是场景式展示，不太用对同类叙事进行压缩的重复叙事手法，很多次同样的行为会被一次又一次地详细叙述，每一次都是细致入微的场景，这样做似乎更能把官场的各种不良之态展示出来，但也有过于繁复之嫌。总体上看，这样不厌其烦地讲述同一行为在不同时间的表现，更能充分地表现权力被滥用的阴暗状态。

从生存角度看，这些权力争夺者也是为了更好地生存，不过这种生存是建立在精英们对别人的剥夺的基础上的，类似"损不足以奉有余"。而在极度利益化的后资本时代人们更加唯利是图，所以基层干部的行为正如赵树理担心的那样，不但一个有理想的都没有了，而且一个个都随时准备为了私利泯灭"人性"。

在乡村的精英政治之下，农民的生活每况愈下，乡村想象的资源越来越贫乏。下面从《苍凉后土》中一家两代人的苦难经历来看（见第P54页表）。

书中的人物，和几千年来的其他农民默默地劳作默默地受难一样，本来就只有一个灰色的结局，不全是黑暗，当然也不全是光明，而是大部分的苦难之下的瞬间的幸福。一生中几个瞬间就是他们一生的支撑，不指望能有意外收获。但小说中却有了一个看似"大团圆"式的"解决"。《民意是天》中提供了基层官员的"大团圆"，《苍凉后土》提供了一个底层农民的"大团圆"。这次的"大团圆"是真的大团圆吗？最终，佘老汉和四个儿女都回到乡村，似乎是完成了一个大团圆，且共同走向一个新的开始，一个"未来"，但实际上仍然问题重重。

在《苍凉后土》中，女儿佘文英与城里的情人私奔，本以为会过上城里人的幸福生活，但那个"吃官饭"的有妇之夫不想为了她付出那么多，她没领会到城市的快感和价值交换规则的残酷性，基于自私的幸福向往就已经破灭。她不甘心地在城市边缘挣扎了一段时间，还是有了醒悟，回到乡村，接受了青梅竹马的同村小学教师朱健的爱。三儿子佘文义离开乡村去打工，有点"成长"的意味，他读过高中，他离家不是真的离开乡村，而是在打工中寻找出路，寻找乡村问题的解决办法。从作品的人物设定来看，他"打工"的经历类似古典英雄的被迫"出走"，然后"流浪"和不断"历险"，最后找到解决终极问题的方法。作家在佘文义身上寄托了很多的情怀，因为他算个乡村的"知识分子"，作者把乡村启蒙的部分正面责任加给了他，但却并不是完全的"启蒙"，即他的功能不是让农民觉悟，而是要直接帮农民解决问题；或者说，贺享雍把"乡村寓言"建构中的光明一面加给了高中生佘文义，让他在城市的游历中不断向城市学习现代规则，最终却是要以现代规则解决乡村的现实问题。就此，贺享雍要达到的更像是越过世纪启蒙，也越过新世纪的为底层"代言"，让农民自己直接面对乡村。所以，佘文义这个来自农民内部的精英化形象的建构，实际与赵树理的身份相当，也是贺享雍自己的身份的投射，只有真正出身乡村的精英才有可能真正拯救乡村。他们面临的问题在乡村内部都很难解决，只能依靠外力，但这个外力不是外在于乡村的精英能解决的，必须是具有双重身份的精英。或者，这正是贺享雍的乡村寓言的核心。在叙事世界，贺享雍非常完满地完成了这个奥德赛式的乡村寓言。乡村问题真的解决了：

"我们诚恳地接受省委对县委工作的批评。为了把省委和高书记今天的重要讲话落到实处，我代表县委、县人大、县政府、县政协四大班子，向省委、地委领导做如下表态：第一，将高书记今天的重要讲话，印发到全县各单位和各部门，组织大家学习，提高全县干部对农业重要性的认识。第二，停建正在筹建中的县委办公大楼，将建房用的三百五十万资金全部拿出来，用于补偿农民栽桑种麻的损失。第三，立即卖掉县委和县政府领导乘坐的小汽车，将资金用于收购农民的青麻。不足的资金，财政拨出专项款解决……"

这是整部小说的大结局。佘文义直接给省委写信起到了立竿见影的效果，县委的官员们做了深刻的检讨，似乎立即解决了问题。这种问题的解决，更类似《焦点访谈》式的解决，似乎并非不可能，但可能性太小，要有政府的支持，再有较好的机遇配合，比如反腐败。贺享雍的文本提供的解决方式是想象性的，而且是古典式的解决，古典的清官式解决——称它为中国的包公"铡美案"式解决似乎更恰当。它也像古希腊奥德赛式英雄传奇一样，不具有现代意义。古典式的个案是一种想象，最多像罗曼史或是传奇，而且它作为一个幻想之"点"存在，串不成面。而佘文义之外的农民才代表着乡村的原貌。《天大地大》中下乡扶贫女干部乔燕面临的各种问题解决得过于容易，让人不太相信，可以想见，如果她不是"官二代"，她如何能解决如此多的问题？一个个不能解决的乡村问题堆积出一个古典式的乡村寓言。

或者说，《民意是天》中的大团圆结局实际是"反团圆"的，对于乡村问题，作家只能坚持某种立场，却无法解决，赵树理式的大团圆时代已经过去，因为乡村已经没有了革命时代那种权力上的支持，作家只能无所适从，自降为乡村事件的记录者。由于他的立场与赵树理相近，所以和赵树理一样，该解决的问题就一定要解决。赵树理总会有一个乐观的大团圆式解决，这是真理化的革命进化式思维，乡村要发展、要进化、要进入现代就必须面对这些问题，而且必须在乡村内部层面上解决。赵树理虽然在文学层面解决了所有问题，但他清醒地知道乡村内部的事务不可能彻底解决，所以在大团圆的文学想象之下留下了很多乐观化的"阴影",其最大的符号化形象就是坏干部很少被真正改造,这一符号的功能预示了赵树理对人性的洞察:人性最难改变,只能以法相挟以利相诱,但解决不了根本。同时,赵树理的乐观修辞的产生是因为他相信随着革命的推进和时间的推移,一切都会好的,而人性的转变需要一个过程。当时的赵树理认为这个过程是稳定的且必然有结果的,实际赵树理相信的是权力支持的持续性,他甚至有一种千年不变的"革命乐观主义"。对于贺享雍,他看到了权力撤离和转向的全过程,乡村立场虽然牢不可破,但解决却已经破碎,很多解决方法是扬汤止沸而非釜底抽薪,赵树理的时代有釜底抽薪的信心,但贺享雍所处的消费主义时代摧毁了几乎所有的希望,欲望和利益的过度强调使理想和真理离人类越来越远。但是作为真理化的现实主义小说,"问题"又必须有出路,贺享雍在每个事件中和每一部小说的结尾都会给出某个出路,可惜出路已经不是真正的出路,大多数只能是想象中进行或者设想出幻想式的某点,和他的文化干部的身份相合,与赵树理用革命的力量和名义解决一切一样,他也要靠体制自身解决问题,从而设想了一个言不由衷的大团圆式消费主义乡村寓言。

第三节 精英视野中的农民和乡村

新世纪乡村寓言背后有太多的混沌和失望,乡村问题不是农民自身能解决的,乡村在人类社会中恒定的弱势地位决定乡村必须从属于某个权威,需要在某个精英团体的管理之下,从封建社会到资本主义社会到社会主义社会,乡村都不可能自决,而是整个结构的一部分,通常是社会结构的底层。从社会学来说,乡村或农民是人类的基础。作为基础,意味着乡村的文化和经济都处于基础和底层的状态,这实际是与精英相对的存在,精英对农民和乡村的态度总是居高临下的。如果只是面对乡村过于自信倒还没太大问题,关键在于这种高高在上的态度会让精英们在绝大部分时候忽视乡村的真正需要。

这种态度连伟大的卡尔·马克思都不能幸免。马克思在《路易·波拿巴的雾月十八日》中，就曾用"马铃薯"这一转喻修辞来映射法国复辟时期的农民和农业。

很明显，马克思是在用现代主体性来批判他认为是"一盘散沙"的法国农民，马克思期待中的完美农民应该是安德森"想象的共同体"笼罩下的法国农民。实际上从当时的社会状态来看，不仅是法国农民，资本主义世界的所有国家的农民全都是"马铃薯"状态，其他的非西方国家，亚洲、非洲、拉美的封建时代的农民更是"马铃薯"。缺乏自我意识和存在意识，只是依附于某个神或者国王、皇帝。而在后社会主义时代的中国，则会发现这种"马铃薯"状态与中国的文化传统之中的乡村宗法传统结合产生了另一个更"马铃薯"的效果，即不但是分散的，而且加上了后资本时代的"原子化"的唯利特色，这使得其自私也有了社会大环境的唯利原则和丛林原则作为强大的公共理论支持，让其更加难以有统一的可能。再看一下马克思在《路易·波拿巴的雾月十八日》中对"马铃薯"的进一步的分析：

> 由于各个小农彼此间只存在有地域的联系，由于他们利益的同一性并不使他们彼此间形成共同关系，形成全国性的联系，形成政治组织，就这一点而言，他们又不是一个阶级。因此，他们不能以自己的名义来保护自己的阶级利益，无论是通过议会或通过国民公会。他们不能代表自己，一定要别人来代表他们。他们的代表一定要同时是他们的主宰，是高高站在他们上面的权威，是不受限制的政府权力，这种权力保护他们不受其它阶级侵犯，并从上面赐给他们雨水和阳光。[①]

精英的"代表"或"代言"是关键。马克思的分析对于21世纪的资本世界仍然有效。不只是农民，城里人也一样，一般大众实际从未真正代表过自己，他们大多数只是和只能是勒庞意义上的"乌合之众"，因为大众总是在被控制之中，精英特别是权力精英操纵知识精英制造一个又一个世界级的幻象，将绝

---

① ［德］马克思：《路易·波拿巴的雾月十八日》，《马克思恩格斯选集》（第一卷），中共中央马克思恩格斯列宁斯大林著作编译局编译，人民出版社，1972年，第693页。

大部分人类笼罩其中,使其实际变成豢养的鸡鸭,而大众却以为获得了"人权"和"自由"。这正是柏拉图"洞穴寓言"中囚犯的写照,"真实"反被当成谬误,或如希拉里·普特南的"缸中之脑",所有的所谓"真实"不过是人为制造并传输给一个单独的大脑的电子信号,真正的"真实"是什么都不存在。近来的后现代理论家鲍德里亚的"拟像"与"仿真",更接近当前的后工业社会,人们生活在资本家和政客制造的各种消费观念和生存幻象之中,自以为生存得最"自我"的恰恰是最忠实的奴隶。基于对大众的此种认识,马克思设想了一个解放的途径:"他们不能代表自己,一定要别人来代表他们。"可以看到,马克思的设想是要从外部进行灌输,让他们被动地具有阶级意识,而且只有此种方法,其他的方法都是不可能的。人类没有进化,进化的只是物质能力。马克思所说的代言,正是要面对这群"乌合之众"。

在贺享雍的文学世界中,乡村整体的状态比较明显,农民在很多时候都类似马克思的"马铃薯",即只考虑自己的小利益,但又有不同,作家对农民并非只是持单纯的批判态度,而是有着理解和同情。而革命时代的赵树理明显没有把农民当作"马铃薯"或"乌合之众",这和当时的其他革命作家也明显不同,因为赵树理的文学世界是极其明晰的,农民完全是可以改变的,复杂的是他对待启蒙和对待乡村的方式。赵树理的乡村想象,最核心的是权力与乡村和解之下的乌托邦。《三里湾》是赵树理乌托邦想象的鼎盛,第25章《三张画》里提到老梁画的三张画,代表着中国新农村发展的三个阶段,即象征着中国乡村的现在、明天和未来。三张画第一张是"现在的三里湾",第二张是"明年的三里湾",第三张是"社会主义时期的三里湾"。第一张是合作化初始的三里湾,第二张是水渠修好后的三里湾,表现的是实现了全水利灌溉后的三里湾,表现出集体力量的强大,因为单独的家庭或某个家族没有足够的人力和财力完成那么大的水利工程,但在社会主义阶段就完成了。重点是第三张画,它应该是当时可以实现的"准共产主义"生产方式:

第三张挂在右边,画的是个夏天景色:山上、黄沙沟里,都被茂密的森林盖着,离滩地不高的山腰里有通南彻北的一条公路从村后边穿过,路上走着汽车,路旁立着电线杆。村里村外也都是树林,树林的低处露出好多新房顶。地里的庄稼都整齐化了——下滩有一半地面是黄了的麦子,另一半又分成两个区,一个是秋粮区、一个是蔬菜区;上滩完全是秋粮苗儿。下滩的麦子地里有收割机正在收麦,上滩有锄草器正在锄草……一切情况很像现在的国营农场。①

这一张表现的是很"现代"的公路、汽车、电线杆等,还有社会主义特色的集体统一建造的新房、庄稼的大片分区等。其中,庄稼的分区化很重要:"下滩有一半地面是黄了的麦子,另一半又分成两个区,一个是秋粮区、一个是蔬菜区;上滩完全是秋粮苗儿",它意味着在赵树理想象中,中国农村完全能实现全部机械化作业,类似资本主义下的规模经营。看得出,赵树理的乌托邦想象是以集体为基础的,与社会主义的发展方向并不违背,而且这种乌托邦是非常接近现实的乌托邦,很容易实现,表现出一种"近切"的共产主义想象。这也体现了赵树理以乡村为立场的此在性。与这个乌托邦相应,赵树理的叙事也独具特色,比如采用了独一无二的乡村内部视点。赵树理从早期的欧化小说转变为后来的农民化小说,改变的不只是叙事方式,更是作者的思维方式。从知识分子的思维方式变成农民的思维方式,所以赵树理的作品与同时期的作品相比,并不是"衣服是劳动人民,面孔却是小资产阶级知识分子"②。即使他的作品中有一个外来者(党代表),甚至赵树理本人就是一个外来者,但是他却能将外来者置于农民的视线之内,对其进行淡化,在淡化的同时强化其政治功能:一方面突出其重要性,另一方面又始终将叙事视点放在乡村内部,使外来者与农民的冲突与契合都在村庄内部得以完成,而外来者所隐含的政治性,也只有与乡村的现实相结合才能发生作用。1943年《小二黑结婚》之后的赵树理文学,较多借鉴地方戏曲等民间文艺中的表现方式,让人物自己带动叙事的发展,类似于穿针引线,但又不同于传统的全知全能的叙事。作为叙述人的作者,站在与农民的同一立场,虽然对于故事是全知全能的,但并不站在农民视角之外说话,而是透过故事中人物的眼睛来叙述,而且只讲述他所

---

① 赵树理:《三里湾》,《赵树理全集》(四),大众文艺出版社,2006年,第302页。
② 毛泽东:《在延安文艺座谈会上的讲话》,《毛泽东选集》(卷三),人民出版社,1991年,第857页。

看到的和所听到的,并不做主观的分析和评价,这也就是赵树理所说的"写风景往往要从故事中人物眼中看出,描写一个人物的细部往往要从另一些人物眼中看"[①]。赵树理采取了独特的"散点叙事","散点"是中国绘画的透视方式。西方绘画不论是风景还是人物,通常会有一个固定的聚焦点,画面会相应表现出明显的主次差别,中国绘画特别是山水画则没有明显的聚焦点,像著名的《清明上河图》和《富春山居图》等,从任何角度看都可能或可以作为中心,与西方这种视角固定的"焦点透视"相对,中国绘画的透视方式一般被称为"散点透视"。赵树理的叙事视点,非常类似中国古典绘画传统中的"散点透视",可称为"散点叙事",即从多个角度表现事物特征和塑造人物,整体上看并无中心人物,从而建构出具有鲜明的东方色彩的乡村叙事世界。如《三里湾》开头,仿佛一个东方老人以一种全知的视角讲述了旗杆院的由来,接下来叙述视角转到了王玉梅身上,情节就随着王玉梅的行动而展开。先是旗杆院上课迟到以及何科长住宿的事情,马有翼、范灵芝、王满喜纷纷出场,且性格鲜明,而后随着王玉梅的脚步来到王家,叙述的线索交给了袁小俊和王玉生。就这样,人物在三里湾这个村庄内活动,并带动其他人物的活动以及事件的发生。不过并不是以某一个人物为主,与《孔乙己》中小伙计那种限制性视角以及小伙计背后作者冷观视角不同,《三里湾》中没有固定的人物视角,不断变换的人物既是事件的一部分,同时又带动事情的发展和情节的展开,引出其他的人物,叙述人就跟着这个人物的所见所听来叙述。叙述人和小说中的人物是同一的,有着共同的价值观,叙述人的全知与小说中人物的限知有机地融合在一起。但是无论是全知叙事还是限知叙事,作者都没有赋予其作品人物一种主动观察的意识,而叙述人的主动意识则隐藏于小说人物的自在状态中。就以王玉梅为例,她穿针引线的作用并不具备主动性,只是隐含作者呈现在读者眼中的农村年轻姑娘,但她是王家的女儿、合作社的社员、夜校的学员、青年团员、三对青年恋情中的一方,所以她参与的所有事件,既是她日常生活的普通行为,同时又使与她有关的人与事情自然地呈现。其他人物也是如此,他们生

[①] 周扬:《论赵树理的创作》,黄修己编:《赵树理研究资料》,知识产权出版社,2010年,第184页。

活在三里湾这个地理空间中,共享着三里湾不言自明的伦理和行为规范,同时也在推动着三里湾的变动与重组。而在叙述的过程中,隐含作者也是其中的一分子,并不存在一种旁观的或外来的视角,隐含作者化身于每一个人物,与他们融为一体。

其叙事视点既没有源自他者的凝视的目光,同时也不存在一个内视的目光。叙述者或是隐含作者虽是全知的,但是他们附身于故事中的人物,借着故事中人物的限知视角,平静地看着或者说着事件的发生与发展。由于故事中的人物是自然而然地生活于乡村中的,并不具备现代意义上的个人主体性和独立精神,所以消隐了全知视角叙述者的同时也没有就农村的变化做任何评述。事情的发生与解决、农村的改变和重组是由各种力量的集体作用推动的,同时也使得事情的发生与解决摆脱了外部(包括国家)的干涉,从这个意义上说,这一点也决定着小说叙事与民族国家认同之间的暧昧关系,从而将其作品中的乡村呈现为某种自足自在的意义空间。当然这种自足自在性在某种程度上只是暂时的,三里湾并没有完全摆脱外部的干扰,如何科长的外来者身份,只是赵树理尽力弱化其外来者的行为特征,而使他成为第12至15章的线索,作为三里湾变化进步的一个佐证。虽然他的外视角被弱化,但并不代表不存在,不过这种弱化外部的人物线索式的叙事,使得三里湾在某种程度上保持暂时的自足性,内与外呈现一种互动式的和谐,其中蕴含的则是作者对于理想乡村生存形态的一种想象。

而贺享雍面对的时代已变,世界已经无法明晰。所以,贺享雍的《天大地大》中的乔燕面对的也属于这堆"马铃薯"。他们会在明明知道现代卫生学对他们有着不可估量的价值的情况下,仍然要那些小利益,不然就拒绝任何作为,宁愿打鸡骂狗无所事事。虽然后面有被乔燕感动的场景,那或者是人性本善在发挥作用,或者是一种想象性的解决。乔燕面对的民众与《人心不古》中的贺世普的精神启蒙面对的是同一群"乌合之众",贺世普初回乡村曾组织老年人成立协会之类,想让老年人过"有意义"的生活,实际在乡村面前只能崩溃,其原因除了他过于理想化,"乌合之众"也是使他失败的根本原因。还有就是乔燕和贺世普都缺乏权力的有效支持。贺世普是退休了没事干,只能靠退休前的关系,当人们觉得他是多事的时候,他就彻底没有了支援。乔燕是来扶贫的，她有政策的支持，但对乡村的政策是阶段性的，时间一过可能就会撤回或改变。《天大地大》中就有一个典型的事件，乔燕发现乡村有一个挺能干的退伍军人，很有树为扶贫典型的潜质，于是动用关系找上级来支持，乔燕想的是如果成功将是三方的政绩，不仅是"双赢"而且是"三赢"的大事件，但她本单位的局长却否定了她：

乔燕说："别的军人一退伍，早就出去打工了，而且哪儿钱多便往哪儿去！可他复员后却选择了留在家里。留到家里还不算，在得不到任何人理解和支持的情况下，把家里环境搞得这样好，你说现在有几个年轻人能做到这点？"

局长听了没吭声，似乎在思考什么。乔燕又道："再说，前几年，我们局不是还开展过美丽乡村建设吗？"局长道："前几年开展美丽乡村建设，你还在大学读书，知道什么？"乔燕道："前几年的事我是不懂，可眼下发生的事，我多少知道一些……"局长有点不耐烦了，打断了她的话，道："哟，口气还不小！你知道多少？"乔燕也不客气，立即道："我知道扶贫的目的是建设小康村，而建成小康村就包括村容村貌和精神文明！贺波做的几件事，代表了今后农村发展的方向，我觉得我们应该支持他！"局长看了乔燕一眼，明显地是在压心头升起的火气，半天才说："我们只是业务部门，复员退伍军人又不归我们管，我们能有什么办法支持他？又怎么去证实他在部队犯没犯错误？"

借乡村的卫生建设实现对退伍军人的扶持，对于社会的管理体系来说，这种对军人的照顾是一种重大的安抚政策，因为军队是维护国家机器的最有效的机构，所以安抚退伍军人对社会的稳定有极大意义，但却因为某个"政绩时间"过去就没有了。本来随时应该有或者应该一直存在的政策，在这儿却说没有就没有了，此处的"没有"其实不是不能有，而是对各级权力精英们来说，"政绩"价值没有了，即使做了也于个人利益无益，精英官僚们就不做了。这实际是"乌合之众"重新走上台前，无利不起早的小市民心态占了上风（后来虽然解决了，却是另一个政府机构武装部需要直接的退伍军人"典型"）。所以，靠精英的一腔热情和"乌合之众"的自觉，很多理想化的行动都不可能实现。这也不能责怪农民没知识，不觉悟，社会给他们的资源让他们只能维持那样的存在状态。一切试图改变他们的都是精英的，都不属于他们，有时候是精英们在自编自导自演一出"启蒙"的闹剧，最终他们却一无所获，甚至会深受其害，连贫穷而安定的生存都要失去了。

贺享雍延续了赵树理的路线，真正了解乡村，这样的"精英"——知名作家应该可以算知识精英——关注乡村的方式才是真正的走近底层大众的方式。"从群众中来，到群众中去"很容易变成形式主义，或者是努力想融入另一个群体却一直在外围，此时"物质决定意识"就要失效了。在精神工作领域很多时候是精神决定论，黑格尔式的主奴辩证法就发挥了主导作用，自以为是处于"主人"状态的精英们实际找不到方法与处于"奴隶"意识之中的底层大众沟通，两套话语之间缺乏共同的解码规则，阶级话语和阶层话语在绝大多数情况下是不可逾越的。

如果从文学角度来寻找一个较理想的范例，那么鲁迅和赵树理这样的作家的结合则是较完美的前景，且具有较强的可操作性。因为他们的黄金结合中，鲁迅的一方面意味着始终如一的自我批判和怀疑精神，赵树理代表的另一方面又从根本上消除了精英思维与底层的隔膜，从而形成一种真正的思想解放，在作家那里产生真正的农民文学/底层文学。就是说，我们需要的，是底层视角与反思精神的结合，这样才会有真正的中国特色的底层解放之路和真正的底层文学。

实际上，面对乡村的最终发展可能并无多少光明可言。从悲观的角度来看，人类文明的精英化决定了乡村在文明体系中的永恒之"低"。乡村只能化为风景，为精英提供休闲之地。从时空来看，城市与乡村实际是无差别的空间存在，都是一个"地点"，在人类的利益化文明体系中却被设定成时间线上的一点，有了"进步"和"落后"之分。精英式的乡村教育总是预设了城市时间之先，乡村时间总是"后"于精英的时间。时间之先意味着"先进"。人类文明把空间时间化正是利益所驱，它在文明体系内部可能是成立的，但在宇宙的大存在体系下毫无意义。但也只能如此，人类社会必然分层，某类人会永远优越，永远意义重大。且有意义者自然有意义，无意义者永远无意义。更混沌的是，有意义可能就是无意义，无意义也就是有意义，无论从话语角度还是宇宙存在角度它都能成立。事实是——或者更大的悲剧是，人类内部的话语对人类的生活和存在影响极大，甚至完全控制人类，但却于人类之外的宇宙毫无意义。此悖论既是大幸也是不幸，或者可作为"空"——此论亦为无意义。因为对于人类，善争者仍然争，偏恶者仍然恶，而择善者仍然不得善其身。此亦可谓另一层次的"无为"。

余 论

贺享雍在当代乡土小说中的价值

贺享雍的小说类似纪录片,他以"自然主义"或者"写实主义"的手法书写20世纪末和21世纪初的中国乡村,与中国20世纪80年代末期的"新写实"小说有很多相似之处。其特征是照片式的写实,事无巨细地完全记录,笔法无比精细地反映了当前的中国农村的现实,特别是对基层权力在乡村的运作模式的完整描述,对于不了解乡村的当代知识分子和读者们确实是另一种来自乡村的"反向启蒙"。

当然对于表现什么和表达什么,作者肯定做了大量的取舍,结构上也尽可能流畅完整。从各个角度展现中国农村的方方面面,应该是贺享雍在当代文坛的一大亮点。从对中国当代乡村的描摹来看,和莫言几乎同龄的贺享雍是对莫言的关键补充。莫言的记述过于后现代,以玄幻的技巧组合,展示了一个炫丽的文学世界,但也像聊斋故事一样,在某种程度上消解了现实,把现实碎片化,使得现实对于不了解、不熟悉的读者来说难以拼接,对于熟悉的读者又过于沉重,且不愿继续言说。有了贺享雍这样一个与赵树理有类似立场的"现实主义"作家,评论者和读者对乡村的了解会更加详细且更有真实感,更重要的是阅读感觉更有亲和力,没有当前小说那些人为设置的各种接受障碍。

从主题结构上看,贺享雍的小说比80年代的"新写实"保留了现实主义时代的理想和立场,主体意识没有退后,不像"新写实"似乎放弃了一切精神性的追求,只把琐碎和阴暗当成人类社会精神和物质的全部。

贺享雍的小说曾被称为某种程度的"不合时宜的创作"。"不合时宜"应该是一般评论者觉得贺享雍的叙事手法太老旧了，还是18世纪以来的批判现实主义手法，在巴尔扎克、司汤达、哈代等人的笔下已经辉煌过，在今天看来已经是过去式，后现代多元时代产生了众多全新的革命性的叙事手法，在贺享雍那儿似乎都没有痕迹。"对于我来说，读到贺享雍的作品振奋了我对当下写作的信心；对于贺享雍来说，他在一个不合时宜的时刻提供了一种非常合时的作品，当然他需要更多的机缘才能确证其历史意义；而对于写作来说，一切只能留待时间那严峻的法官去检视。"[1]这位评论家的判断充满了肯定性，贺享雍的价值确实有待评论家和读者的深入挖掘。

再者，"不合时宜"的判断还有更深层次的内涵，这涉及贺享雍的精英身份问题。精英之下还有"亚精英"，即不完全属于精英，在物质、精神或地位上与精英有所背离。一般来说，作家在被命名为"作家"之后，就进入了精英阶层，因为作家一旦成为作家，其视点和思考就高于了大众群体，向权力层靠拢。对于作家本人，却未必完全是精英化的。背离程度越高，"亚精英"的特色就越明显。从"不合时宜"的特色来说，贺享雍属于亚精英。他虽然靠近权力层，也做过科级干部，但他在精神上并不完全属于权力层，当然他也不可能属于底层，他是带有些许精英色彩的中国乡村的冷静的描摹者。他的立场更近于底层而不是精英，面对底层的生存，他坚持表现的是底层的苦难与忍耐，而不是精英化的改造和启蒙。

所以，从亚精英的立场出发，贺享雍的小说采取了乡村内部视点，很少有采用启蒙式的外部视点。这是因为启蒙式叙事把乡村默认为"他者"，相对于"愚昧落后"的乡村，启蒙式叙事人或隐含作者是一个先知式的存在，代表解放和先进的思想，给中国乡村带来划时代的革命，其背后却是对乡土中国的无限度的抹黑和贬低。启蒙的前提是放弃以前所有的道德规范和文明的规则，完全接受另一套文明系统，即西方式的文明。贺享雍放弃了启蒙式"他者"视点，就避开了对中国乡村的歧视和压制，也就最大程度避免了叙事话语对中国

---

[1] 杨庆祥：《重建农村题材小说的总体性视野——从贺享雍的〈乡村志〉谈起》，《文艺报》，2018年3月23日。

乡村的扭曲。

前文详细讨论的"风景"正是精英运作的特殊产物：风景是精英专属的，是精英的创造。在精英的"启蒙"之下，很多"乌合之众"和"马铃薯"也意识到了风景的存在，也在有意无意中去发现风景，从而获得"主体性"。大部分乡村风景的产生可以说是被动的，是在精英的启发下有意识地把周围的景物往风景方向理解，就像今天以好莱坞系列格式化电影为代表的文化快餐，把大众的存在价值导向单一欲望的简单满足，造成当代消费主义化、私利化和高度原子化，人类的生存环境也就此被高度简化。这种简化和人类其他命名行为一样，都是人类文明对外部世界的简化，以方便"控制"其他人和大自然——哪怕多数是意淫式的控制。幸运的是，中国作为古老的东方国家，有着"反现代"的强大的文明资源，如中国古典的"类风景"只存在于诗歌和散文之中，那儿才可能发现一些"个体"和"自我"的蛛丝马迹，古典小说之中基本无西方意义的风景描写。这是因为中国在"启蒙"之前没有现代精英的存在，即使有类似精英的靠近各种权力的群体，其思想中也无现代的个体价值的概念，绝大部分都是儒家式的家国为上和内圣外王式的集体观念。贺享雍作为很有现代意识的当代文化精英，他的小说中却基本不存在启蒙意义的风景，正是因为从乡土中国的文化传统来看，现代风景对于农民是无意义的，农民眼中始终是生存——当农民普遍意识到"风景"的时候就是乡村摧毁之日的到来。贺享雍明显地意识到了乡村与风景的背离和格格不入，所以在他的作品中风景只存在于精英化叙述人的偶尔一瞥。当回到农民的视点，风景就不再出现。这个立场与赵树理非常相似，在立足于农民和传统伦理方面赵树理是极致，他把精英身份与农民身份混合，以精英的身份为农民写作，至今无人能及。贺享雍作为赵树理的当代继承人，则有着非常细腻的笔触，详细地记录农民和乡村的方方面面，他的存在是对赵树理作品很好的补充——同属于精英身份下的乡村内部叙事。

面对乡土中国，今天更应该发扬光大的正是赵树理的思路，它关系到如何把启蒙、现代、后现代与中国乡土文明结合的问题。日本人如竹内好等也一直在思考现代发展之下的民族自我问题。之所以强调他是日本人，是因为20世纪50年代的日本面临着与20世纪末21世纪初的中国相同的文化传统问题，所以竹内好在1953年就推崇赵树理,把他当成传统与现代结合的典范,赞扬赵树理的作品为传统与现代结合的"完美"之作,而当时和当前中国大部分知识分子还陷于"启蒙"的泥淖无法自拔,对赵树理的价值基本无视,对莫言的文化传统意义更是不知所以。

当然,任何时代都有一些精英具有真正的"为人类"的理想,而且"为弱者"的理想似乎比"为人类"的程度更"高"。因为精英作为精英,能为一个不属于自己的群体思考是很不容易的,特别是为一个远"低"于自己的群体思考。精英为农村的思考,必然会产生教育意识和教育行为。贺享雍的两部小说《人心不古》和《天大地大》都是直接思考精英对乡村的教育如何实施的问题。从上而下的启蒙是注定无效的。在共产主义思想影响下,巴西的"人民教育家"保罗·弗莱雷[①]从自己的底层教育实践中总结经验,并借鉴了中国的共产主义者毛泽东的"群众路线",设想出了一条"底层教育"理论体系,并进行了一系列实践活动。他的方法是,对底层进行平等教育,不灌输压迫思想,他的教育内容不是要让底层去推翻什么建立什么,而是以平等为主要内容。人生来是平等的,压迫是没有道理的,大家以平等心去渐渐瓦解压迫的力量。实际上,和赵树理的"物质启蒙"和乡村本位思路相比,弗莱雷仍然是乡村之外的精英化思路,即使能够获得一些成功,其后果也难预料。

从贺享雍的教育意识来看,很明显的是《天大地大》中乔燕从来没有过"底层教育"意识,她的目的不是"表述"和"被表述"的问题,也不是反抗"压迫"的问题,她是体制支持下的扶贫思路,有了权力和政策的支持,她大可放开手脚对农民进行各种"教育"。但这样也会有问题,即她的行动虽然不失真诚,但她更多的是在完成任务。虽然她对农民在卫生及生存方面有一些城市化的教育,但只是"副产品",她尚不如贺世普有"教育意识"。贺世普也有更强的面对乡村的居高临下的"底层意识"。"底层"在贺世普眼中不是同情,而是启蒙元话语下的先进对落后的优越感。话又说回来,真的太有教育意识对乡村未必是好事,像贺世普这样的就会力图强行"改造"乡村,此种外部

---

① 保罗·弗莱雷(Paulo Freire,1921—1997),巴西人,世界著名教育家、哲学家,最有名的著作是《被压迫者教育学》。

的强行输入要么对乡村毫无效果，要么对乡村造成巨大的破坏。这一点莫言做得最为超然。作为世界一流的作家，莫言的思想的复杂性之一是在乡村"教育"上拒绝"有为"，而有意保持"无为"——莫言的"无为"是隐藏于"超文本"的语言狂欢之下的。不管是对于城市还是乡村，莫言都几乎不通过某个主体"教育"另一个"非主体"的人类个体。莫言的隐含作者控制的主叙述人更不会跳出来直接对接受者进行某种说教。对于莫言，乡村似乎就是一个自为的存在，自在于混沌之中，没有人有资格来指手画脚，而进入现代社会之后乡村的悲剧恰恰来自一群自命为精英的人非要改变乡村——还说要给乡村"未来"。

贺享雍对这些外来的"教育者"似乎也并不那么赞同，总是会把他们与"格格不入"联系在一起，这种拒绝化的修辞或许正来自乡村"教育"的困难。大部分乡村教育者都是外来者，他们的教育理念在精神上从文明的角度看高于乡村，但又都脱离乡村。乡村是物质的，这决定于人类社会的结构，乡村注定在社会的底层，对乡村的教育离开物质就很难有真正的效果。所以贺享雍小说中的很多主人翁针对乡村的"教育"都是失败的。如《人心不古》中的贺世普试图以现代思想来改变乡村，但终归失败。贺世普的启蒙式定位与柳青面对乡村的立场有很多相似之处。政绩化的基层已经没有赵树理时代的理想，连真诚者都未必是真诚的。时代的变化正是资本全面统治人类的结果，而传统的力量必然受到冲击。马克思曾在《资本论》中说："商业对各种已有的，以不同形式主要生产使用价值的生产组织都或多或少地起着解体的作用，但是它对旧生产方式究竟有多大程度上起着解体作用，这首先取决于这些生产方式的坚固性和内部结构。"[1]中国乡村价值同样面临这种"资本的解构"。面对资本似乎可以这么说，资本的力量是无比强大的，使乡民们不顾脸面只管眼前的一点利益。但其宗族式的血缘系统仍然存在，人们对家族式的管理仍然有着很强的依赖。虽然渐趋原子化，原来的结构仍然能被唤醒，就看权力如何运作，对乡村的干涉或保护能到什么程度，当前的资本世界能给传统的乡村一个什么位

---

[1] ［德］马克思著：《资本论》，《马克思恩格斯全集》（第25卷），人民出版社，1974年，第371页。

置。贺享雍看到了这个问题,所以这种教育无法"成功"。很简单,力比多下的个人利益凌驾于所有的行为之上,或者成为一种全球化的"集体无意识"。现实主义式的真诚理想基本没有了存在的空间。从人类文明来说这当然是一个悲剧,贺享雍以现实主义的形式却承载不了现实主义的真理化理想也是因为此。

或许当代世界仍有较有效的底层教育试验。如印度共产党治理下的喀拉拉邦非常重视毛泽东思想的学习,他们把与农民的关系看成党的生命,再就是群众组织非常发达[1],这正是毛泽东提倡的"从群众中来,到群众中去"的群众路线的较好实现。也正是对政党这一组织形式的回避,使他们能最大限度地实践群众路线。某种程度上可以说,毛泽东思想和弗莱雷的群众教育实验在此得到了较为成功的推行和实践,但这不意味着能推广到全世界。现实的情况到底如何,谁又能说喀拉拉邦的这种教育模式没有问题?

问题的关键还是那个老问题,"底层教育"和"乡村教育"的共同之处在于,实施者都有一个启蒙的企图——此处的"启蒙"应该包括"现代启蒙""后现代启蒙""量子启蒙"等,总要像神一样给另一个群体指引"光明"之路。这样的教育不是说完全不需要,而是需要一个真正融入的态度,彻底地改造另一个群体是不现实的,且会是灾难性的。渐进才是正确的教育方针。毛泽东式的"从群众中来,到群众中去"不失为一个好方法,但也要看人,如果一个人执着于从上而下的"启蒙",什么样的方针都会走入歧途。无论哪个时代,为底层言说的知识者很少有人具有真正的平等之心,所以总是失败的。贺享雍不用到群众中去,他本身就是群众,也一直未脱离群众,和赵树理一样,始终没有放下群众的身份,作为精英中的一员,却一直对启蒙持有高度的警惕之心。在贺享雍小说中,那种教育意识似乎很少直接出现,与赵树理要实行潜移默化地从物质教育到精神教育的全面的"乡村进化"教育不同,贺享雍重在展示乡村,而非教育和改变乡村。面对乡村,无论是精英式的改造还是群众式的教育都难以奏效。赵树理的使用方法最为有效,即把面对精英的精神启蒙变成面对乡村的"物质启蒙",此种启蒙方式最合乡村的生存法则。在

---

[1] 赵康英:《印度共产党治下的喀拉拉邦》,《世界博览》,2007年第4期。

不能保障生存的前提下，对农民进行什么群众教育都没有效果，只有在保证了基本的物质需求，生命无虞的情况之下，农民才会愿意坐下来接受"教育"。赵树理的时代正好各方面都较完美地实现了这一点，远比弗莱雷的教育有效，因为弗莱雷是小范围的试验，而中国革命有军队和解放区政权的强大支持。当前的中国仍然有这样的机会。虽然是精英群体在启蒙权威话语的笼罩之下，沉醉于资本的力量和大工业发展，使乡村的各种资源都处于不断被抽空的状态，但是当城市化到了一定的程度，发展的目光应该会重新回到乡村，建构中国文化传统下的新式乡村。贺享雍的无奈感可能正是因为这是个"未醒"而非"未启蒙"的时代，乡村还只能处于"寓言"阶段，我们只能在"低烧"的焦灼中等待着另一个时代的到来。

在后资本时代和消费主义影响下的中国乡村，重重的问题也经历着后现代式的价值多元式的解决，城镇化乡村、精英化乡村、农场化乡村和租赁化乡村等，此种现实化的解决缺少政策和经济的支持，只能是设想。还有诸多的想象性的寓言化乡村，如现代国家寓言下的乡村，设想虽好却总会落入启蒙的陷阱。人类对抗的一直是自己，在任何管理体系之下，人类个体总会想方设法突破体系获得额外的利益。所以，人类社会不可能完美，只能不断与各种自身产生的问题斗争，斗争的结果是永远的不完美。因为权力带来的阴暗之广之深不可估量，简直就是一个浩瀚到永远没有尽头的莫比乌斯带。所以，问题之下的解决方案最终可能是后资本时代或量子时代的乡村寓言，也可能是马克思主义设想的理想社会的到来，物质极大丰富，人们的精神素质大大提高，人类生存得有尊严又浩然正气。量子时代的乡村寓言的产生背后是政治理想的投射，是人文理想的凝聚，可谓人类文明中追求更"文明"的文明的不懈努力。

最后说一点不足。贺享雍的"现实主义"叙事缺点也比较明显。这种类似纪录片的写作方式的缺陷，即容易陷入细节之中，贺享雍就没有摆脱这个缺陷，很多事件的解决过程都挺引人入胜，但只是细节，缺少提升。大量的细节在很多时候都淹没了作品价值的升华。如很多部小说最后的结局都非常平淡，感觉讲了那么多有意思的故事，但也仅仅是故事，却难以从中析出更深的主题，就是一地鸡毛给你看，与刘震云式的"新写实"相比缺乏一定的提炼。再就是很多冲突设置得还算不错，虽然平民化了些，不是大波澜，但还吸引得了阅读兴趣，但矛盾总是解决得太容易，如《天大地大》中的泼妇吴芙蓉丢鸭子事件，她认为是贺勤偷的，两家是"宿敌"，矛盾一度无法调和，这是个本来很能见下乡干部的调解能力设定，但几个孩子意外发现了鸭子，矛盾突然解决，感觉像大树上飘下一片黄叶一样平淡。再如《盛世小民》中贺世跃超生孩子，计生人员从县到乡到村都围追堵截，后来居然也同样平淡地解决了，罚款都没怎么交。似乎贺享雍的笔法把小说写成了纪实文学，经常随意就消解了冲突。

有评论家很曲折地表达了这一意思，"贺享雍用一种近乎显微镜的方式来微观地呈现着农村和农民的生活、环境和气息"，"我们可能会在艺术的层面上来肯定《乡村志》系列的扎实和出色，但却会在历史化的层面上对其问题症候和政治美学保持犹豫。这一两难的处境还会持续很长一段时间"①。即作品容易满足于文字的铺张和膨胀，做不到能放能收，不少叙述都铺得太开，却收不回来，很多细致的场景描写并不必要，不利于主题的加深。这在很大程度上把文学价值变成了资料价值，如果两者兼顾，那会是一流大师的水准。

把另一个评论家对贺享雍的期待放在最后，希望他有更大的成就："如果说十卷本《乡村志》仍有提升开拓空间的话，妨碍他的，恰恰是他在与中国乡村及乡民生活走得太近之后无法走得更远，让他笔下的贺家湾在更加广阔深远的历史文化视野里获得更加厚重的意义与价值"，我们完全有理由期待，他"将会为读者展现中国乡村更加深邃更加广阔的历史景观与现实景观，会以贺享雍自己最为独特的方式为中国文学史奉献出一部气势恢宏的当代中国乡村史诗，并刷新四川乡土文学的传统与版图"。②

2020年8月29日于上海

---

① 杨庆祥：《重建农村题材小说的总体性视野——从贺享雍的〈乡村志〉谈起》，《文艺报》，2018年3月23日。
② 曾平：《坚守农民身份与本土传统的乡村微观史写作——评贺享雍的系列长篇小说〈乡村志〉》，《当代文坛》，2015年第2期。

贺享雍年谱

1952年

3月23日（农历二月二十八），贺享雍出生在四川省渠县屏西乡元通村贺家湾，父亲贺代金，母亲贾文寿，祖父贺万章，祖母周氏。出生时外祖父外祖母已亡故。

1959—1961年

遭遇三年大饥荒，经历了刻骨铭心的饥饿记忆。

1961年

9月　进入元通大队初级小学读书。时年9岁半，报名时老师将出生年月改为1954年4月。

1963年

9月　由小学一年级跳级到小学三年级。

1964年

7月　考入屏西公社高级小学校。

1966年

7月　屏西公社高级小学毕业，回乡劳动。

1971年

5月　经姨表嫂介绍，与同公社二大队女青年余万杰认识。

9月　与余万杰结婚。

1968—1978年

在大队"毛泽东文艺宣传队"参加《智取威虎山》《红灯记》《沙家浜》等革命样板戏演出，并编写反映本地好人好事及宣传时事政治的演唱节目，如金钱板、快板词、相声、诗朗诵和小话剧，等等，这些写作训练为以后从事文学创作奠定了一定基础。

1979年

9月　短篇小说《黄桷树下的故事》经编辑改写后在《渠江文艺》第3期发表，这是作者的文字首次变成铅字。

11月　4日，短篇小说《逗硬书记》在《通川日报》发表。

1980年

3月　曲艺演唱快板书唱词《一条心》在渠县文化馆内部小册子《渠江文艺》第1期发表。

调屏西公社文化站任不脱产文化干事，月工资30元，其中上级财政每月补贴15元，不足部分在文化站经营收入中解决。

10月　短篇小说《好心人和惹不起的故事》在《巴山文艺》创刊号发表。

11月　出席达县地区首次青年自学经验交流会，被共青团达县地区委员会表彰为"青年自学成才标兵"。

12月　金钱板唱词《王大发砸车》在渠县文化馆内部小册子《渠江文艺》第3、4期合刊发表。

1981年

3月　曲艺唱词《大义灭亲》在《渠江文艺》第1期发表。

5月　17日，短篇小说《孙老幺看戏》在《通川日报》发表。

8月　参加达县地区青年文学创作改编会，小说组共有学者20人，在长达30天的会议时间里，创作了短篇小说《黄花嫂》。

9月　6日，短篇小说《孙老幺买牛》在《通川日报》发表。

10月　短篇小说《黄花嫂》在《巴山文艺》第5期发表。

1982年

3月　短篇小说《心灵上隐痛》在《渠江文艺》第1期发表。

6月　短篇小说《孙老幺赶集》在《巴山文艺》第3期发表。

7月　加入中国共产党。

8月　再次参加达县地区青年文学创作座谈会，修改了短篇小说《山村明月夜》，创作短篇小说《老贫协主任之任》和《不能遗忘的母亲》。

12月　对口快板词《找雷锋》在《渠江文艺》第6期发表。

短篇小说《山村明月夜》在《巴山文艺》第6期发表。

1983年

2月　27日，散文《金秋时节家乡行》在《通川日报》发表。

3月　17日，散文《农家拾零》（二则）在《渠江文艺》发表。

唱词《秀娟的心愿》在《渠江文艺》第1期发表。

8月　短篇小说《冒尖以后》在《四川文学》第8期发表。

出席四川省青年文学创作会议。

10月　参加达县地区青年文学创作座谈会。

1984年

3月　小戏曲《头把火》在《渠江文艺》第1期发表。

8月　短篇小说《五月人倍忙》在《巴山文艺》第4期发表。

9月　短篇小说《十五月儿明》在《四川青年》发表。

1985年

4月　短篇小说《蜜月，并不都是甜的》在浙江《文学青年》第4期发表。

8月　参加达县地区青年作者小说创作座谈会。这次会议，实质上就是后来被称为"四条汉子"的谭力、田雁宁、李贵、王从学的作品研讨会，会上首次提出了"巴山作家群"的口号。

11月　6日，小小说《罗二》在《万县日报》发表。

经渠县县委党校廖成勇先生介绍为四川广播电视大学渠县站学生批改作文，成为四川广播电视大学中文专业自学视听生。

1986年

7月　短篇小说《花花轿儿出山来》在《现代作家》第7期发表。

12月　短篇小说《小场小故事》在《巴山文艺》第6期发表。

1987年

5月　短篇小说《河街》《彩画》在《天津文学》第5期发表。

7月　短篇小说《最后一次社祭》在《现代作家》第7期发表。

12月　短篇小说《郭家湾的子孙》在《现代作家》第12期发表。

1988年

3月　加入中国作家协会四川分会，后更名为四川省作家协会。

7月　4日，被渠县劳动人事局招聘为屏西乡文化站干部，聘期内月工资为56.50元，其经费由财政每月补助35元，不足部分在乡文化站经营收入中解决。

11月　3日，小小说《背景》在《万县日报》发表。

12月　5日，按广播电视大学教学计划，修满学分，达到八八届三年大学专科毕业标准，取得四川广播电视大学文科类汉语言文学专业毕业证书。

24日，散文《蛙恨》在《四川政协报》发表。

1989年

1月　短篇小说《村长三记》在《现代作家》第1期发表。

5月　21日，散文《沧桑的山》在《四川农村报》发表。

12月　短篇小说《幽静之地》在《青年作家》第12期发表。

1990年

5月　4日，被共青团达县地委授予"达县地区优秀青年"称号。

1991年

7月　7日，散文《乡结》在《通川日报》发表。

1992年

1月　被渠县人事局由聘用干部录用为国家正式干部，并由农业人口转为非农业人口。

6月　短篇小说《客至》在《青年作家》第6期发表。

10月　9日，调中共渠县县委组织部党员电化教育办公室工作，同时免去中共渠县屏西委员会副书记职务。

1993年

7月　晋升为渠县县委组织部副主任干事。

8月　被四川省作家协会巴金文学院聘为创作员。

1994年

11月　中篇小说《末等官》在大型文学期刊《峨眉》发表。

1995年

1月　25日，任中共渠县县委组织部党员电化教育办公室副主任。

3月　中篇小说《末等官》被《中篇小说选刊》第3期选载。

4月　被四川省作家协会巴金文学院续聘为创作员。

中短篇小说集《末等官》由成都出版社出版。

8月　潇湘电影制片厂取得《末等官》电影改编权。

与长春电影制片厂签订长篇小说《苍凉后土》电视剧改编协议。

11月　散文随笔集《绿的小札》由四川民族出版社出版。

12月　完成20集电视连续剧《苍凉后土》剧本初稿。

1996年

1月　17日，《农民日报》、湖南省委宣传部、潇湘电影制片厂、北京市密云县县委、县政府在密云县举办根据贺享雍中篇小说《末等官》改编的电影《这方水土》首映式座谈会。

3月　31日，中央电视台介绍了潇湘电影制片厂根据中篇小说《末等官》改编的电影《这方水土》。该片被国家列为1995年第二批重点影片，经广电部电影局精选，确定为全国19部优秀农村影片之一。

长篇小说《豪门少妇》由四川文艺出版社出版。

同月，渠县人大、政协"两会"开幕，渠县电影放映公司向大会代表放映了根据中篇小说《末等官》改编的电影《这方水土》，随后，渠县电影放映公司在全县各乡镇开展了巡回放映。

4月　赴吉林长春电影制片厂修改20集电视连续剧《苍凉后土》剧本。

5月　20集电视连续剧《苍凉后土》在吉林省永吉县开机。

6月　调渠县文教局工作，任中共渠县文教局委员会副书记。

长篇小说《苍凉后土》由重庆出版社出版。

12月　4日，"长篇小说《苍凉后土》作品研讨会"在四川省渠县举行。会议由四川省作家协会、重庆出版社、重庆市作家协会、达州市委宣传部、中共渠县县委、渠县人民政府联合主办。

20集电视连续剧《苍凉后土》完成拍摄和后期制作。

1997年

10月　长篇小说《豪门婢女》由青海人民出版社出版。

19集电视连续剧《苍凉后土》陆续在吉林卫视、山东卫视、浙江卫视等十多家电视台播映。

1998年

3月　重庆出版社文艺编室主任杨希之在《文艺理论与批评》第2期发表《佘中明和他的儿女们—试谈贺享雍〈苍凉后土〉中的人物形象》的评论文章。

电视文学剧本《苍凉后土》由伊犁人民出版社出版。

4月　长篇小说《苍凉后土》获巴金文学院第二届"王森杯"文学奖优秀作品奖。

6月　加入中国作家协会。

10月　中短篇小说集《投影》由大众文艺出版社出版。

11月　长篇小说《苍凉后土》获第十一届全国城市出版社优秀图书一等奖。

12月　长篇小说《苍凉后土》获"第二届重庆图书奖最佳图书奖"。

1999年

9月　19日，长篇小说《苍凉后土》获"巴渠文艺优秀作品奖"。

10月　12日，被教育部电化教育办公室、中央广播电视大学表彰为"全国广播大学优秀毕业生"。

12月　长篇小说《苍凉后土》获"第三届（1988—1998）四川省文学奖"。

2000年

8月　长篇小说《严家有女》由四川文艺出版社出版。

18日，"《21世纪人才培养与教师素质》《严家有女》出版新闻发布会"在渠县政协会议室召开。

11月　长篇小说《苍凉后土》由重庆出版社再版，更名为《佘中明老汉的儿女们》。

2001年

8月　长篇小说《怪圈》由重庆出版社出版。

中短篇小说集《贺享雍小说选》由四川文艺出版社出版。

9月 20日，"长篇小说《怪圈》作品研讨会"在成都花园宾馆会议室举行。会议由四川省作家协会、达州市作家协会、渠县人民政府主办。

2002年

5月 长篇小说《遭遇尴尬》由四川文艺出版社出版。

8月 5日，因机构改革，"渠县文教局"变更为"渠县教育局"，贺享雍被渠县人民政府任命为渠县教育局副局长。

21日，"长篇小说《遭遇尴尬》研讨会"在四川省作家协会召开。会议由四川省作家协会、四川文艺出版社、达州市作家协会主办。

长篇小说《狼相报告》由新疆人民出版社出版。

12月 中短篇小说集《贺享雍小说选》获巴金文学院第六届"王森杯"文学奖。

2003年

7月 长篇小说《官睢关睢》由重庆出版社出版。

9月 26日，长篇小说《遭遇尴尬》获"第四届（1999—2002）四川省文学奖"。

10月 29日—11月12日，参加四川省作家代表团赴法国、德国、比利时、荷兰、意大利等国参观考察。先后写出《凯旋门前吊英雄》《见证历史的广场》《帝国的女人》《凡尔赛宫与帝王的奢靡》《美弟奇是什么人》等文化随笔。

2004年

5月 《贺享雍早期文存》由四川文艺出版社出版。

6月 23日—30日，参加四川省作家代表团赴俄罗斯参观考察。

长篇小说《怪圈》由重庆出版社再版。

9月 长篇小说《狼相报告》由延边人民出版社再版，更名为《绿皮日记》。

2005年

4月　旅欧文化散文集《感悟行游》由成都时代出版社出版。

6月　长篇小说《土地神》《猴戏》由重庆出版社出版。

10月　《豪门》系列文集《豪门少妇》《豪门婢女》《豪门小姐》（原《严家有女》）由新疆人民出版社出版。

12月　23日，"贺享雍小说序列（之三）—简约乡村叙事研讨会"在四川省作家协会召开。会议由四川省作家协会主办。

2005年

2月　长篇小说《官雎关雎》由重庆出版社再版。

2006年

8月　2日，受四川省作家协会聘请，担任"第五届四川文学奖"评委会委员。

9月　16日，在《文艺报》发表《把心交给农民》的长篇创作感言。

17日，"贺享雍农村题材小说创作研讨会"在中国现代文学馆召开。会议由中国作家协会创研部、四川省作家协会、渠县人民政府主办。

10月　10日至14日，出席中国作家协会第七次全国代表大会。

12月　"贺享雍农村题材长篇小说系列丛书"《后土》《天眼》《良心》由重庆出版社出版发行。全书共收入了的《苍凉后土》《怪圈》《遭遇尴尬》《土地神》《猴戏》5部长篇小说。

四川省作家协会创作研究室编辑的《本色乡村——贺享雍研究（第二辑）》由天地出版社出版。

2007年

1月　1日，被四川省作家协会巴金文学院聘为该年度签约作家。

3月　24日，"贺享雍农村题材长篇小说系列丛书《后土》《天眼》《良心》出版座谈会"在中国现代文学馆召开，会议由中国作家协会创研部、文艺报社、重庆出版集团主办。

5月　被中共达州市委宣传部授予"德艺双馨"艺术家称号。

8月　反映中国留守儿童生活的长篇小说《留守》（原名《村庄谣》），被中国作家协会纳入重点扶持作品。

9月　长篇小说《土地神》姊妹篇《村官牛二》由中国工人出版社出版。

11月　22日，由中国工人出版社主办的"时代三部曲"出版座谈会在北京召开，会议集中研讨了贺享雍、周雅男、舒平三位作家的新作《村官牛二》《纸戒》和《沉重的钟楼》。

2008年

1月　11日，长篇小说《村官牛二》在《成都晚报》连载结束。

被四川省作家协会巴金文学院续聘为该年度签约作家。

3月　湖北省武汉市《芳草》杂志网络版《小说月刊》开始连载高居新浪热门图书排行榜的长篇小说《村官牛二》。

5月　中国作家协会2007年重点扶持作品、反映中国留守儿童生活的长篇小说《留守》，由四川文艺出版社出版发行。

该书荣获首届达州市文艺创作政府奖。

8月　11日，《达州晚报》开始连载长篇小说《留守》第8至17章。

9月　23日，被中共四川省委宣传部、四川省人事厅、四川省文联表彰为"四川省中青年德艺双馨文艺工作者"。

2009年

1月　长篇小说《村级干部》由天地出版社出版。

3月　19日，天地出版社举行"《村级干部》新书发布会暨捐赠仪式"。

8月　《贺享雍文集》（五卷）由天地出版社出版，全书共收录作家长篇小说8部，分别是《苍凉后土》《怪圈》《遭遇尴尬》《土地神》《村官牛二》《猴戏》《留守》《村级干部》；电视文学剧本《苍凉后土》及中短篇小说17篇（部）。

10月　17日，由四川出版集团和天地出版社主办的《贺享雍文集》新书见面会举行。著名作家杨牧发表了题为《一座根深蒂固的建筑》的演讲，把作者贺享雍称作"新时代的赵树理加中国式的契诃夫"。

11月　1日晚，四川电视台公共频道《共产党人》栏目播出《纪念改革开放30周年大型人物系列专题—巴金文学院签约作家贺享雍访谈》。

开始系列长篇小说《乡村志》卷一《土地之痒》的写作。

被达州市人民政府聘为"达州市科学技术顾问团顾问"，后更名为"达州市决策咨询委员会委员"，聘期4年。

12月　1日，"《贺享雍文集》首发式暨贺享雍创作道路研究会"在达州市举行。会议由四川出版集团、四川省作家协会、中共达州市委、达州市人民政府联合主办。

21日，长篇小说《村级干部》获四川省第十一届精神文明建设"五个一工程奖"。

2011年

1月　长篇小说《拯救》由四川文艺出版社出版。

3月　系列长篇小说《乡村志》卷一《土地之痒》完稿。

4月　20日，"纪念'5·12'特大地震三周年长篇小说《拯救》创作研讨会"在四川省作家协会召开。

5—8月，完成系列长篇小说《乡村志》卷二《民意是天》初稿。

7月　1日，在中国共产党成立90周年"达州市十大杰出人物暨百名优秀儿女"评选活动中，被评选为"达州市百名优秀儿女"。

11月　21—25日，出席中国作家协会第八次全国代表大会。

2012年

2月　系列长篇小说《乡村志》卷一《土地之痒》由四川文艺出版社出版。

7月　完成系列长篇小说《乡村志》卷三《人心不古》初稿。

8月　完成系列长篇小说《乡村志》卷二《民意是天》二稿。

9月　完成系列长篇小说《乡村志》卷三《人心不古》二稿。

受四川省作家协会聘请，担任"第七届四川文学奖"专业评审组评委。

12月　甘肃卫视、深圳电视台"经济频道"到渠县拍摄贺享雍三十多年为了理想和信念坚持创作的电视纪录片。

2013年

3月 17日，甘肃卫视在黄金时段的《坚持》栏目里，首播反映贺享雍30多年来创作与生活的大型纪录片《田园守望者》，片长60分钟。

修订完成系列长篇小说《乡村志》卷二《民意是天》。

修订完成系列长篇小说《乡村志》卷三《人心不古》。

6月 完成系列长篇小说《乡村志》卷四《村医之家》初稿。

8月 完成系列长篇小说《乡村志》卷四《村医之家》二稿。

长篇小说《苍凉后土》和中短篇小说集《贺享雍小说选》由四川文艺出版社再版。《贺享雍小说选》更名为《山村明月夜》。

9月 小说集《远去的风情—贺享雍乡风民俗小说选》由天地出版社出版。

陈大捷编辑的《宕渠四子书》由中国文联出版社出版，该书包含《杨牧选集》《李学明选集》《周啸天选集》《贺享雍选集》。《贺享雍选集》选录了贺享雍自1980年至2008年所创作的部分小说作品，其中短篇小说12篇、中篇小说2篇，还收入长篇小说《苍凉后土》《遭遇尴尬》《村级干部》《土地神》（节选），共51万字。

2014年

1月 系列长篇小说《乡村志》卷五《是是非非》初稿完成。

系列长篇小说《乡村志》卷二《民意是天》、卷三《人心不古》由四川文艺出版社出版。

2月 系列长篇小说《乡村志》卷五《是是非非》定稿。

9月 系列长篇小说《乡村志》卷四《村医之家》由四川文艺出版社出版。

系列长篇小说《乡村志》卷五《是是非非》由四川文艺出版社出版。

10月 11日，"贺享雍系列长篇小说《乡村志》1—5卷作品研讨会"在四川省渠县举行。

2015年

3月　30日，中共渠县县委、渠县人民政府授予杨牧、李学明、周啸天、贺享雍"宕渠四子"荣誉称号。

2016年

3月　由四川语汇文化公司编辑的《痛并笑着的乡村叙事—贺享雍研究（第三辑）》由中国文联出版社出版。该书收录了从2006年至2015年，全国各大报刊公开发表而又未收录前两辑《贺享雍研究》的论文共41篇。

7月　系列长篇小说《乡村志》卷六《青天在上》由四川文艺出版社出版。

9月　回忆录《走过去，前面是更好的世界—从草根到作家的人生历程》由天地出版社出版。

10月　9日，由中共达州市委宣传部主办，达州市文联和天地出版社承办的"贺享雍《走过去，前面是更好的世界》新书发布会"在达州市第一中学举行。

14日，"贺享雍新书《走过去，前面是更好的世界》读者分享会"在渠县县委党校举行。

2017年

5月　受《中国作家》杂志之约，赴革命老区、秦巴山区深度连片贫困区—四川省巴中市采访老少边穷地区人民群众决战脱贫攻坚、决胜全面小康战役情况。观摩了几十个易地扶贫搬迁的聚居点和产业扶贫项目，采访了100多个奋战在脱贫攻坚第一线的第一书记、村"两委"干部、乡镇领导、包村干部、社会爱心人士、参与产业扶贫的企业家、贫困户以及县区相关领导和扶贫移民局的同志，采访录音将近200小时。

7月　系列长篇小说《乡村志》卷八《大城小城》在《中国作家》（文学版）第7期发表。

9月　系列长篇小说《乡村志》卷七《盛世小民》由四川文艺出版社出版。

10月　23日，中共达州市委宣传部、达州市文体广新局、达州市文学艺术界联合会下发文件《关于评选确认贺享雍等为"文艺大师"培养对象、邹清平等为"文艺名师"的通知》，确认贺享雍等10人为达州市"文艺大师"培养对象。

12月 19日，由《中国作家》杂志社、四川文艺出版社、达州市委宣传部、渠县县委、县人民政府联合主办的"贺享雍《乡村志》作品研讨会"在中国现代文学馆召开。

荣获由中共达州市委宣传部、达州市文体广新局、达州市文学艺术界联合会联合授予的"达州市第二届巴渠文艺奖特别贡献奖"。

长篇小说《大城小城》入选中共四川省委宣传部2017年文艺精品创作扶持项目。

2018年

1月 系列长篇小说《乡村志》卷八《男人档案》由四川文艺出版社出版。

3月 18日，达州市文艺工作座谈会召开，贺享雍做了《新时代达州市文艺工作的成绩、不足与建议》的发言。他的直言和坦诚在会上引起极大反响，会后，市委宣传部、市文联将他的发言在全市文艺界传达。

4月 长篇报告文学《大国扶贫——来自巴中市扶贫一线的报告》，在《中国作家》（纪实版）第5期刊出。

"长篇报告文学《大国扶贫》作品研讨会"在中国现代文学馆举办。会议由《中国作家》杂志社、四川省作家协会、四川人民出版社、巴中市人民政府主办。

6月 长篇报告文学《大国扶贫——来自巴中市扶贫一线的报告》由四川人民出版社出版。

非虚构作品《脱贫攻坚，我们的行动——23位第一书记访谈录》由四川人民出版社出版。

11月 长篇小说《天大地大》被四川省作家协会评为2018年度重点扶持作品。

（本年谱由贺享雍先生提供）

贺享雍研究目录

（以作者姓氏拼音为序）

《敢为天下言，乃真文士；能耐大寂寞，是好作家——长篇抗震救灾题材小说〈拯救〉创作研讨会发言纪要》，《作家文汇》，2011年第5期。

《贺享雍系列丛书〈后土〉〈天眼〉〈良心〉出版座谈会发言集萃》，《作家文汇》，2007年第4期。

白烨：《贵在本色——从〈苍凉后土〉看贺享雍的小说创作》，《文艺报》，2006年10月19日。

白烨：《贵在本色——从〈苍凉后土〉看贺享雍的小说创作》，《作家文汇》，2006年10—11月合刊。

曹万生：《乡村动物式政治学批判——读贺享雍〈土地神〉与〈猴戏〉》，《作家文汇》，2006年1—2月合刊。

陈福民：《〈后土〉：终结或开始》，《文艺报》，2007年3月31日。

陈建功：《贺享雍的四点启发》，《文艺报》，2006年9月21日。

陈建功：《贺享雍的四点启发》，《作家文汇》，2006年10—11月合刊。

陈建功：《一个身子和血脉都扎在乡村土壤里的作家》，《文艺报》，2007年3月31日。

陈思广：《欲望书写与情感支点——论贺享雍长篇小说〈土地神〉的情感选择》，《四川文理学院学报》，2011年第1期。

陈思广：《欲望书写与体验传递——贺享雍长篇新作〈土地神〉小议》，

《作家文汇》，2006年1—2月合刊。

程丽蓉、姜玉超：《论贺享雍的长篇乡土小说》，《内蒙古农业大学学报（社会科学版）》，2011年第1期。

崔道怡：《一方土地一方神》，《文艺报》，2006年9月21日。

崔道怡：《一方土地一方神——读贺享雍〈土地神〉》，《作家文汇》，2006年10—11月合刊。

邓经武：《寻找乡绅：贺享雍小说〈人心不古〉的社会学阅读》，《阿坝师范高等专科学校学报》，2014年第4期。

范咏戈：《痛并笑着的乡村叙事》，《文艺报》，2007年3月31日。

范藻：《沉默的呐喊——贺享雍小说研究》，四川文艺出版社，2003年。

范藻：《城镇化时代的"田园牧歌"——探析贺享雍系列小说〈乡村志〉的美学意蕴》，《当代文坛》，2015年第5期。

范藻：《返本归真，新农村文学的"农民书写"——以著名作家贺享雍的创作为例》，《阿坝师范高等专科学校学报》，2012年第4期。

范藻：《坚守巴蜀大地 创作时代文学——论著名作家贺享雍文学世界的审美构成》，《达县师范高等专科学校学报》，2003年第4期。

范藻：《浅谈地域文学时空结构的"二律背反"——兼评贺享雍长篇小说〈怪圈〉》，《达县师范高等专科学校学报》，2002年第3期。

范藻：《在"简约乡村叙事"的背后——探析贺享雍新近小说的人类学意蕴》，《当代文坛》，2006年第5期。

冯宪光：《批评的在场和意识——〈乡村耕耘者：贺享雍研究〉读后》，《达县师范高等专科学校学报》，2004年第4期。

傅其林：《从爱欲与权力的复杂关系看当代农村文化的危机——解读贺享雍小说〈土地神〉》，《作家文汇》，2006年1—2月合刊。

何开四：《〈拯救〉的思想蕴含和艺术特色》，《作家文汇》，2011年第5期。

何西来：《奇崛诡异的川东村民形象》，《文艺报》，2006年10月19日。

何镇邦：《贺享雍乡村叙事的正调与变调——试论贺享雍的农村题材长篇小说创作》，《当代文坛》，2007年第6期。

何镇邦：《正调和变调》，《文艺报》，2007年3月31日。

贺绍俊：《大国的胸襟，大国的气魄》，《文艺报》，2018年7月6日。

贺绍俊：《远离现代性的乡村叙事——贺享雍的评论》，《作家文汇》，2006年10—11月合刊。

贺仲明：《让乡土文学回归乡村——以贺享雍〈乡村志〉为中心》，《扬子江评论》，2019年第1期。

贺仲明、田丰：《转型中的乡村图景：贺享雍〈乡村志〉研究》，四川文艺出版社，2019年。

贺享雍：《把心交给农民》，《文艺报》，2006年9月21日。

贺享雍：《坚守这片苍凉丰饶的土地》，《文艺报》，2006年10月19日。

贺享雍：《我的简历与创作观》，《作家文汇》，2006年10—11月合刊。

胡平：《〈土地神〉：诞生于大地的神祇——读贺享雍长篇小说〈土地神〉》，《光明日报》，2007年7月18日。

胡平：《巴中扶贫的文学书写》，《人民日报》，2018年5月9日。

胡平：《农民的贺享雍》，《文艺报》，2018年1月10日。

胡平：《农民的贺享雍——读长篇小说〈土地神〉》，《作家文汇》，2006年10—11月合刊。

蒋巍：《拒绝转换的守望》，《文艺报》，2006年10月19日。

孔许友：《贺享雍小说中的乡村政治伦理》，《中华读书报》，2014年12月22日。

孔许友：《论贺享雍长篇小说〈是是非非〉中的乡村政治叙事伦理》，《四川文理学院学报》，2015年第1期。

孔许友：《乡村启蒙的困境和悖论——贺享雍长篇小说〈人心不古〉主题解读》，《四川文理学院学报》，2016年第3期。

雷达：《贺享雍〈乡村志〉系列：土地上生长的作家》，《文艺报》，2018年1月28日。

雷达：《土地上生长的作家——贺享雍小说的魅力与历史感》，《文艺报》，2018年2月28日。

雷达：《笑与泪的关怀》，《人民日报》，2006年11月30日。

李炳银：《大国扶贫的巴中见证》，《文艺报》，2018年7月6日。

李淑云：《艰难的民主之路》，《作家文汇》，2014年第8期。

李淑云：《理想是理想主义者的通行证》，《作家文汇》，2014年第8期。

李怡：《失落的乡村实力世界》，《作家文汇》，2006年1—2月合刊。

梁鸿鹰：《从贺享雍的小说看农民形象的塑造》，《文艺报》，2006年9月21日。

梁鸿鹰：《贺享雍小说的追求》，《文艺报》，2007年3月31日。

林平：《简约乡村叙事——贺享雍小说价值取向初探》，《兰州学刊》，2011年7月。

刘旭：《"去风景化"与乡村的生存化叙事——贺享雍乡土小说研究》，《长江丛刊》，2020年1月/上旬。

刘旭：《东方循环时间观与东方化叙事建构的可能——贺享雍〈乡村志〉系列小说研究》，《当代文坛》，2019年第3期。

刘艳：《"精准扶贫的"时代史诗》，《文艺报》，2018年7月6日。

刘艳：《抵达乡村现实的路径和新的可能性——以贺享雍〈人心不古〉和〈村医之家〉为例》，《当代文坛》，2018年第3期。

刘艳：《如何乡村，怎样现实》，《文艺报》，2018年1月10日。

柳建伟：《乡村文学创作的重要收获——简评贺享雍长篇小说〈土地神〉》，《作家文汇》，2006年1—2月合刊。

卢衍鹏：《乡村的抽象与还原——评贺享雍和长篇小说〈土地神〉》，《作家文汇》，2006年1—2月合刊。

罗学闰：《贺享雍和他的〈大城小城〉》，《中华读书报》，2018年8月29日。

马睿：《置于叙述方式之中的现实思考——贺享雍新作〈遭遇尴尬〉的艺术探索》，《达县师范高等专科学校学报》，2005年第4期。

马睿：《"中国式生存"的文学表达——从贺享雍新著〈土地神〉〈猴戏〉谈农村题材创作的突破》，《作家文汇》，2006年1—2月合刊。

马睿：《在希望的田野上——评贺享雍新作〈村级干部〉》，《当代文坛》，2009年第3期。

彭程：《塑造基层扶贫工作者的动人群像》，《文艺报》，2018年7月6日。

彭学明：《大背景、小人物、天地心》，《文艺报》，2007年3月31日。

舒晋瑜：《贺享雍：我想构筑清明上河图式的农村图景》，《中华读书报》，2014年11月19日。

舒晋瑜：《贺享雍的土地之痒》，《文艺报》，2018年3月30日。

四川省作家协会创作研究室：《乡村耕耘者——贺享雍研究》，四川文艺出版社，2002年。

四川省作家协会创作研究室：《本色乡村——贺享雍研究（第二辑）》，天地出版社，2006年。

四川语汇文化公司编：《痛并笑着的乡村叙事——贺享雍研究（第三辑）》，中国文联出版社，2016年3月。

苏宁：《贺享雍小说的民间信仰表达》，《作家文汇》，2006年1—2月合刊。

苏宁：《贺享雍小说的民间信仰表达》，《当代文坛》，2007年第2期。

苏宁：《大传统与小传统——长篇小说〈村级干部〉内在文化结构辨析》，《当代文坛》，2009年第3期。

苏宁：《社会变迁与文学场域——评贺享雍〈乡村志〉系列小说》，《中华文化论坛》，2014年第11期。

苏宁：《"现代性"的蜕变与"古代性"的挽歌——评贺享雍〈乡村志〉系列小说》，《中华读书报》，2014年12月10日。

孙婧：《民间立场下的乡村之歌——评贺享雍〈乡村志〉系列小说》，《作家文汇》，2014年第10期。

孙婧：《民间，贺享雍乡土小说的核心》，《四川文理学院学报》，2016年第3期。

童剑、张小兰：《消费时代的一种新乡土文学实践——以贺享雍〈村医之家〉为例》，《创作与评论》11月号。

王丽霞：《精准扶贫的史诗性实录——对贺享雍长篇报告文学〈大国扶贫〉的一种解读》，《中国当代文学研究》，2020年第5期。

王琳：《〈乡村志〉的社会文化解读》，《中华读书报》，2014年12月22日。

王琳：《回顾与反思：〈乡村志〉的社会文化解读》，《四川文理学院学报》，2015年第1期。

王菱：《〈猴戏〉：回归乡土中国的生存困境》，《作家文汇》，2006年1—2月合刊。

王菱：《内陆乡村的前世今生》，《中华读书报》，2014年12月22日。

王其进：《为故乡筑路》，《作家文汇》，2014年第8期。

王其进：《有病的故乡》，《作家文汇》，2014年第8期。

吴野：《历史乡土、文化乡土——贺享雍小说论纲》，《作家文汇》，2006年1—2月合刊。

向宝云、卢衍鹏：《乡村的抽象与还原——评贺享雍的长篇小说〈土地神〉》，《阿坝师范高等专科学校学报》，2006年第2期。

向荣、贺享雍：《〈乡村志〉创作对谈》，《文学自由谈》，2014年10月。

向荣、曾平：《传统文化在建构现代乡村文明中一种艺术想象——评贺享雍长篇新作〈村级干部〉》，《当代文坛》，2009年第3期。

向荣、贺享雍：《方志意识在小说创作中的自觉追求与艺术表达——关于系列长篇小说〈乡村志〉创作的对话》，《作家文汇》，2014年第8期。

向荣：《〈土地神〉：乡村的政治经济学与隐蔽的权力经验》，《当代文坛》，2005年第5期。

向荣：《〈土地神〉：乡村的政治经济学与隐蔽的权力经验》，《作家文汇》，2006年1—2月合刊。

向荣：《〈拯救〉的启示：文学灾难叙事得失谈》，《作家文汇》，2011年第5期。

向荣：《〈乡村志〉：新乡土小说创作的恢宏之作》，《作家文汇》，2014年第10期。

向荣：《〈乡村志〉：乡村历史的"清明上河图"》，《文学报》，2014年11月6日。

向荣：《还原乡村的自在状态》，《光明日报》，2014年12月8日。

鄢然：《〈乡村志〉：一部中国农村的当代史》，《作家文汇》，2014年第10期。

杨牧：《贺享雍的三部曲》，《作家文汇》，2006年1—2月合刊。

杨牧：《抗灾文学的文学化升级——读贺享雍〈拯救〉所想到的》，《作家文汇》，2011年第5期。

杨庆祥：《重建农村题材小说的总体性视野——从贺享雍的〈乡村志〉谈起》，《文艺报》，2018年3月23日。

杨希之：《佘中明和他的儿女们——试谈贺享雍〈苍凉后土〉中的人物形象》，《文艺理论与批评》，1998年第2期。

游翠萍：《〈土地神〉：故事的胜利与人秀的尴尬》，《作家文汇》，2006年1—2月合刊。

袁基亮：《分类的困惑——关于〈苍凉后土〉》和〈怪圈〉的文本分析》，《红岩》，2002年5月。

张春晓：《抒写中国农村的"清明上河图"——贺享雍〈乡村志卷一·土地之痒〉编辑手记》，《作家文汇》，2014年第8期。

张松：《贺享雍长篇小说〈严家有女〉的创作特色》，《达县师范高等专科学校学报》，2001年5月。

张松：《农村基层干部生活的真实写照——评贺享雍的中篇小说〈末等官〉》，《川东学刊》，1998年第4期。

张小兰：《消费时代的乡村经验》，《中华读书报》，2014年12月22日。

张燕玲：《根性的乡土叙事》，《文艺报》，2006年10月19日。

张燕玲：《贺享雍根性的乡土叙事》，《作家文汇》，2006年10—11月合刊。

赵雷：《家族史·地方志·乡土情》，《中华读书报》，2014年12月22日。

赵雷：《家族史·地方志·乡土情》，《作家文汇》，2014年第10期。

赵雷：《乡土生活与精神重建——贺享雍〈拯救〉读后》，《作家文汇》，2011年第5期。

曾平：《坚守农民身份与本土传统的乡村微观写作——评贺享雍的系列长篇小说〈乡村志〉》，《当代文坛》，2015年第2期。

曾平：《以川东乡民的方式营造乡村史诗的多重意义空间》，《中华读书报》，2014年12月17日。

参考文献

（以作者姓氏拼音为序）

国内文献

白烨：《贵在本色——从〈苍凉后土〉看贺享雍的小说创作》，《文艺报》，2006年10月19日。

蔡翔、刘旭：《底层问题与知识分子的使命》，《天涯》，2004年第3期。

蔡翔：《革命/叙述——中国社会主义文学—文化想象》，北京：北京大学出版社，2010年。

蔡翔：《何谓文学本身》，《当代作家评论》，2002年第6期。

蔡翔：《神圣回忆》，上海：东方出版中心，1998年4月第1版，1998年7月第2次印刷。

曹锦清、张乐天、陈中亚：《当代浙北乡村的社会文化变迁》，上海：上海远东出版社，2001年。

曹锦清：《黄河边的中国》，上海：上海文艺出版社，2000年9月第1版，2001年6月第4次印刷。

陈福民：《〈后土〉：终结或开始》，《文艺报》，2007年3月31日。

陈建功：《贺享雍的四点启发》，《文艺报》，2006年9月21日。

陈建功：《一个身子和血脉都扎在乡村土壤里的作家》，《文艺报》，2007年3月31日。

陈平原、夏晓虹编：《二十世纪中国小说理论资料》（1），北京：北京大学出版社，1997年。

陈寿立：《中国现代文学运动史料摘编》（上、下），北京：北京出版社，1985年。

陈思和：《中国当代文学史教程》，上海：复旦大学出版社，1999年。

陈晓明：《"人民性"与美学的脱身术》，《文学评论》，2005年第2期。

程光炜：《当代文学在80年代的"转型"》，《中山大学学报》，2008年第6期。

丁尔苏：《语言的符号性》，北京：外语教学与研究出版社，2000年。

丁玲：《作为一种倾向来看——给萧也牧同志的一封信》，《文艺报》，4卷8期（1951）。

丁智才：《当前文学底层书写的误区刍议》，《当代文坛》，2005年第1期。

董大钟编：《赵树理全集》（1—5），北京：大众文艺出版社，2006年。

董健、丁帆、王彬彬：《中国当代文学史新稿》，北京：人民文学出版社，2005年。

范伯群：《高晓声论》，《文艺报》，1982年第10期。

范藻：《沉默的呐喊——贺享雍小说研究》，成都：四川文艺出版社，2003年。

费孝通：《乡土中国》，北京：中华书局，2013年。

甘阳：《中国自由左派的由来》，《明报》，2000年10月1日、2日。

高瑞泉、［日］山口久和：《城市知识分子的二重世界——中国现代性的历史视域》，上海：上海古籍出版社，2005年。

高瑞泉、［日］山口久和：《中国的现代性与城市知识分子》，上海：上海古籍出版社，2004年。

郜元宝：《将外骛的精神拉回自身》，《中国现代当代文学研究》，2003第7期。

郭志刚：《中国当代文学史初稿》，北京：人民文学出版社，1980年。

韩少功：《文学的根》，济南：山东文艺出版社，2001年。

何清涟：《现代化的陷阱：当代中国的经济社会问题》，北京：今日中国出版社，1998年。

何西来：《奇崛诡异的川东村民形象》，《文艺报》，2006年10月19日。

何镇邦：《贺享雍乡村叙事的正调与变调——试论贺享雍的农村题材长篇小说创作》，《当代文坛》，2007年第6期。

贺桂梅：《挪用与重构——80年代文学与五四传统》，《上海文学》，2004年第5期。

贺绍俊：《农民的胡平》，《文艺报》，2006年9月21日。

贺绍俊：《大国的胸襟，大国的气魄》，《文艺报》，2018年7月6日。

贺享雍：《把心交给农民——对当前农村题材创作的困惑与思考》，《作家文汇》，2006年10—11月合刊。

贺享雍：《坚守这片苍凉丰饶的土地》，《文艺报》，2006年10月19日。

贺仲明、田丰：《转型中的乡村图景：贺享雍〈乡村志〉研究》，成都：四川文艺出版社，2019年。

贺仲明：《让乡土文学回归乡村——以贺享雍〈乡村志〉为中心》，《扬子江评论》，2019年第1期。

洪子诚：《二十世纪中国小说理论资料》（5），北京：北京大学出版社，1997年。

洪子诚：《关于五十年代至七十年代的中国文学》，《文学评论》，1996年第2期。

洪子诚：《中国当代文学史》，北京：北京大学出版社，1999年。

胡风：《胡风评论集》，成都：四川人民出版社，1996年。

胡适：《胡适文存》二集，合肥：黄山书社：1996年。

黄树民：《林村的故事——1949年之后的中国农村变革》，素兰、纳日碧力戈译，上海：三联书店，2002年。

黄子平：《"灰阑"中的叙述》，上海：上海文艺出版社，2001年。

江流、陆学艺、单天伦：《1992—1993年中国社会形势分析与预测》，北京：中国社会科学出版社，1993年。

江流等：《1994—1995年中国社会形势分析与预测》，北京：中国社会科学出版社，1995年。

蒋晖：《中国农民革命文学研究与左翼思想遗产的创造性转化》，《文艺理论与批评》，2004年第3期。

蒋述卓：《现实关怀、底层意识与新人文精神——关于"打工文学现象"》，《文艺争鸣》，2005年3期。

孔范今：《20世纪中国文学史》，济南：山东文艺出版社，1997年。

旷新年：《赵树理的文学史意义》，《文艺理论与批评》，2004年第3期。

雷达：《高晓声小说的艺术特色》，《光明日报》，1980年6月11日。

雷达：《笑与泪的关怀》，《人民日报》，2006年11月30日。

雷达：《贺享雍〈乡村志〉系列：土地上生长的作家》，《文艺报》，2018年1月28日。

雷达：《土地上生长的作家——贺享雍小说的魅力与历史感》，《文艺报》，2018年2月28日。

雷洁琼：《改革以来中国农村婚姻家庭的新变化》，北京：北京大学出版社，1994年。

李陀：《漫说纯文学》，《上海文学》，2001年第3期。

李云雷：《翻身之后再"翻心"——底层文化的出路》，《绿叶》，2010年21期。

李泽厚：《中国现代思想史论》，合肥：安徽文艺出版社，1994年。

梁漱溟：《梁漱溟全集》（一），济南：山东人民出版社，1989年。

梁漱溟：《梁漱溟全集》（二），济南：山东人民出版社，1990年。

刘禾：《跨语际书写——现代思想史写作批判纲要》，上海：上海三联书店，1999年。

刘健芝、许兆麟：《庶民研究》，北京：中央编译出版社，2005年。

刘小枫：《现代性社会理论绪论》，上海：上海三联出版社，1998年。

刘旭：*L'imago orientale des films de Zhang Yimou*，*Degrès*（A&HCI）（法国），2009年9月。

刘旭：《在可爱与可恨之间》，收入《在新意识形态的笼罩下》，南京：江苏文艺出版社，2000年。

刘旭：《叙述行为与文学性——形式分析与文学性问题的思考之一》，《文艺理论研究》，2013年第3期。

刘旭：《底层能否摆脱被表述的命运》，《天涯》，2004年第2期。

刘旭：《底层婚姻：在"现代"和"封建"之间》，《华东师范大学学报》，2004年第6期

刘旭：《底层叙述——现代性话语的裂隙》，上海：上海古籍出版社，2006年。

刘旭：《赵树理的农民观：现代的限度》，《华东师范大学学报》，2008年第3期。

刘旭：《文学史中的赵树理》，《浙江社会科学》，2008年第9期。

刘旭：《高晓声的小说及其国民性话语——兼谈当代文学史的写作》，《文学评论》，2008年第3期。

刘旭：《从当代文学看底层的"富"想象》，收入《乡土中国与文化研究》，上海：上海书店出版社，2008年。

刘旭：《当代三农文学与知识者的自我病态化》，《华东师范大学学报》，2009年第3期。

刘旭：《后殖民审丑观：张艺谋电影的东方意象的背后》，《华东师范大学学报》，2010年第6期。

刘旭：《在生存中写作：从"底层文学"到"打工文学"》，《文艺争鸣》，2010年第23期（12月上半月刊）。

刘旭：《世纪母题与诺贝尔文学奖的叙事契约——曹乃谦小说的叙事特色分析》，《华东师范大学学报》，2012年第6期。

刘旭：《解读莫言〈透明的红萝卜〉之谜》，《枣庄师范学院学报》，2012年第6期。

刘旭：《底层叙事：从代言到自我表述》，上海：上海人民出版社，2013年。

刘旭:《隐含作者与虚构：赵树理文学的深层结构分析》,《文学评论》,2013年第3期。

刘旭:《赵树理文学中"国民性"问题的新思考》,《杭州师范大学学报》,2013年第3期。

刘旭:《东方循环时间观与东方化叙事建构的可能——贺享雍〈乡村志〉系列小说研究》,《当代文坛》,2019年第3期。

刘旭:《"去风景化"与乡村的生存化叙事——贺享雍乡土小说研究》,《长江丛刊》,2020年1月/上旬。

刘艳:《抵达乡村现实的路径和新的可能性——以贺享雍〈人心不古〉和〈村医之家〉为例》,《当代文坛》,2018年第3期。

刘增杰编:《中国解放区文学史》,开封：河南大学出版社,1988年。

柳冬妩:《从乡村到城市的精神胎记——中国打工诗歌研究》,广州：花城出版社,2006年。

柳冬妩:《打工：一个沧桑的词》,《天涯》,2006年第2期。

鲁迅:《鲁迅全集》,北京：人民文学出版社,2005年。

陆学艺:《当代中国社会阶层研究报告》,北京：社会科学文献出版社,2002年。

陆学艺:《当代中国社会流动》,北京：社会科学文献出版社,2004年。

罗岗:《"文学式结构"与"伦理性法律"——重读〈"锻炼锻炼"〉兼及"赵树理难题"》,《文学评论》,2014年第1期。

罗岗:《"主奴结构"与"底层"发声——从保罗·弗莱雷到鲁迅》,《当代作家评论》,2004年第5期。

罗学闰:《贺享雍和他的〈大城小城〉》,《中华读书报》,2018年8月29日。

吕微:《母题：他者的言说方式——〈神话何为〉的自我批评》,《民间文化论坛》,2007年第1期。

马睿:《在希望的田野上——评贺享雍新作〈村级干部〉》,《当代文坛》,2009年第3期。

毛泽东:《毛泽东选集》,北京：人民出版社,1991年。

孟繁华、程光炜:《中国当代文学发展史》,北京:人民文学出版社,2004年。

孟繁华:《中国的"文学第三世界"》,《文艺争鸣》,2005年第3期。

孟悦:《人·历史·家园》,北京:人民文学出版社,2006年。

南帆:《空洞的理念》,《上海文学》,2001年第6期。

南帆:《曲折的突围——关于底层经验的表述》,《文学评论》,2006年第4期。

南帆等:《底层经验的文学表述如何可能》,《上海文学》,2005年第11期。

彭华生、钱光培:《新时期作家谈创作》,北京:人民文学出版社,1983年。

钱理群:《1948:天地玄黄》,济南:山东教育出版社,1998年。

钱理群:《二十世纪中国小说理论资料》(4),北京:北京大学出版社,1997年。

钱理群等:《中国现代文学三十年》(修订本),北京:北京大学出版社,1998年。

汝信、陆学艺、单天伦:《2000年中国社会形势分析与预测》,北京:社会科学文献出版社,2000年。

舒晋瑜:《贺享雍:我想构筑清明上河图式的农村图景》,《中华读书报》,2014年11月19日。

舒晋瑜:《贺享雍的土地之痒》,《文艺报》,2018年3月30日。

苏宁:《大传统与小传统——长篇小说〈村级干部〉内在文化结构辨析》,《当代文坛》,2009年第3期。

孙立平:《断裂》,北京:社会科学文献出版社,2003年。

汪东林:《梁漱溟答问录》,长沙:湖南人民出版社,1988年。

汪晖、陈燕谷:《文化与公共性》,北京:三联书店,1998年。

汪晖:《当代中国的思想状况与现代性问题》,《天涯》,1997年第5期。

汪晖:《死火重温》,北京:人民文学出版社,2000年。

王晓明:《二十世纪中国文学史论》(1—3),上海:东方出版中心,

1997年。

王晓明：《批评空间的开创》，上海：东方出版中心，1998年。

温铁军：《解读温铁军与三农问题脉络》，《南方人物周刊》，2008年第3期。

温铁军：《三农问题与世纪反思》，北京：三联书店，2005年。

乌廷玉、陈玉峰、张占斌：《现代中国农村经济的演变》，长春：吉林人民出版社，1993年。

吴福辉：《二十世纪中国小说理论资料》（3），北京：北京大学出版社，1997年。

吴亮：《高晓声一年来小说概评》，《作家》，1985年第1期。

向荣：《〈乡村志〉：乡村历史的"清明上河图"》，《文学报》，2014年11月6日。

严家炎：《二十世纪中国小说理论资料》（2），北京：北京大学出版社，1997年。

杨联芬：《晚清与五四文学的国民性焦虑（三）·鲁迅国民性话语的矛盾与超越》，《鲁迅研究月刊》，2003年第12期。

杨牧：《抗灾文学的文学化升级——读贺享雍〈拯救〉所想到的》，《作家文汇》，2011年第5期。

杨庆祥：《重建农村题材小说的总体性视野——从贺享雍的〈乡村志〉谈起》，《文艺报》，2018年3月23日。

叶公觉：《高晓声小说风格两面观》，《小说评论》，1986年第6期。

叶兆言：《郴江幸自绕郴山》，《作家》，2003年第2期。

余英时：《文史传统与文化重建》，北京：三联书店，2004年。

张炯：《中华文学通史》（当代卷），北京：华艺出版社，1997年。

张清华：《"底层生存写作"与我们时代的写作伦理》，《文艺争鸣》，2005年第3期。

张韧：《从新写实走近底层文学》，《文艺报》，2003年2月25日。

张硕果：《还是知识分子，还是困境——评〈那儿〉》，《当代作家评论》，2005年第6期。

张未民：《关于"在生存中写作"——编读札记》，《文艺争鸣》，2005年第3期。

张未民：《生存性转化为精神性——关于打工诗歌的思考》，《文艺报》，2005年6月2日。

张未民：《想起一些与"生活"有关的短语和诗句》，《文艺争鸣》，2010年第5期。

张颐武：《在"中国梦"的面前回应挑战——"底层文学"与"打工文学"的再思考》，《中关村》，2006年第8期。

张志忠：《世纪末回眸：文化激进主义与文化保守主义的思考》，《文艺评论》，1998年第1期。

张钟、洪子诚：《当代文学概观》，北京：北京大学出版社，1986年。

赵雷：《家族史·地方志·乡土情》，《中华读书报》，2014年12月22日。

中华人民共和国财政部编著：《中国农民负担史》（第一卷），北京：中国财政经济出版社，1991年。

中华人民共和国财政部编著：《中国农民负担史》（第三卷），北京：中国财政经济出版社，1990年。

中华人民共和国财政部编著：《中国农民负担史》（第四卷），北京：中国财政经济出版社，1994年。

庄汉新：《鲁迅+赵树理=当代农民文学的方向》，《理论与创作》，1990年第6期。

国外论著

［埃及］萨米尔·阿明著，高铦译：《不平等的发展》，北京：商务印书馆，1990年。

［巴西］保罗·弗莱雷著，顾建新等译：《被压迫者教育学》，上海：华东师范大学出版社，2001年。

［丹麦］克尔凯郭尔著，汤晨溪译：《论反讽概念》，北京：中国社会科

学出版社，2005年。

［德］《马克思恩格斯全集》，《家庭藏书集锦》之马列著作卷，北京：红旗出版社，1998年。

［德］安东尼娅·格鲁内贝格著，陈春文译：《阿伦特与海德格尔：爱和思的故事》，北京：商务印书馆，2010年。

［德］本雅明著，张旭东、魏文生译：《发达资本主义时代的抒情诗人》，北京：三联书店，1989年。

［德］恩格斯、马克思著，中共中央马克思恩格斯列宁斯大林著作编译局编译：《马克思恩格斯选集》（1—4卷），北京：人民出版社，1972年。

［德］贡德·弗兰克著，高铦、高戈译：《依附性积累与不发达》，南京：译林出版社，1999年。

［德］哈贝马斯著，郭官义译：《重建历史唯物主义》，北京：社会科学文献出版社，2000年。

［德］黑格尔著，贺麟等译：《精神现象学》（上），北京：商务印书馆，2017年。

［德］伽达默尔著，洪汉鼎译：《真理与方法》，上海：上海译文出版社，1999年。

［德］卡尔·曼海姆著，黎明、李书崇译：《意识形态与乌托邦》，北京：商务印书馆，2000年。

［德］罗伯特·米歇尔斯著，任军锋等译：《寡头统治铁律——现代民主制度中的政党》，天津：天津人民出版社，2001年。

［德］马尔库塞著，刘继译：《单向度的人》，上海：上海译文出版社，2006年。

［俄］巴赫金著，李兆林、夏忠宪等译：《巴赫金全集》（6），石家庄：河北教育出版社，1998年。

［俄］巴赫金著，佟景韩译：《巴赫金文论选》，北京：中国社会科学出版社，1996年。

［俄］普罗普著，贾放译：《故事形态学》，北京：中华书局，2006年。

［法］阿尔都塞著，李迅译：《意识形态和意识形态国家机器》，见杨远

婴：《外国电影理论文选》，上海：上海文艺出版社，1995年。

［法］阿兰·巴丢著，赵文译：《共产主义设想》，《生产》第6辑，桂林：广西师范大学出版社，2006年。

［法］福柯著，莫伟民译：《词与物》，上海：三联书店，2001年。

［法］福柯著，刘北成、杨远婴译：《疯癫与文明》，北京：三联书店，1999年。

［法］福柯著，刘北成、杨远婴译：《规训与惩罚》，北京：三联书店，1999年。

［法］福柯著，王德威译：《知识的考掘》，台北：麦田出版有限公司，1993年。

［法］福柯著，余碧平译：《性经验史》，上海：上海人民出版社，2000年。

［法］格雷马斯著，吴泓缈等译：《论意义》，天津：百花文艺出版社，2005年。

［法］古斯塔夫·勒庞著，冯克利译：《乌合之众——大众心理研究》，北京：中央编译出版社，2000年。

［法］克劳德·西蒙著，林秀清译：《弗兰德公路》，漓江出版社，1987年。

［法］罗兰·巴特著，王东亮译：《符号学原理》，北京：三联书店，1996年。

［法］皮埃尔·布迪厄、［美］华康德著，李康、李猛译：《实践与反思——反思社会学导引》，北京：中央编译出版社，1998年。

［法］让-弗郎索瓦·利奥塔著，车槿山译：《后现代状态——关于知识的报告》，北京：三联书店，1997年。

［法］热奈特著，王文融译：《叙事话语 新叙事话语》，北京：中国社会科学出版社，1990年。

［法］热奈特等著，张寅德等译：《叙述学研究》，北京：中国社会科学出版社，1989年。

［法］托多罗夫著，侯应花译：《散文诗学——叙事研究论文选》，天

津：百花文艺出版社，2011年。

［美］L. J. 宾克莱著，马元德等译：《理想的冲突——西方社会中变化着的价值观念》，北京：商务印书馆，1994年。

［美］R. 麦克法夸尔、费正清著：《剑桥中国史》（1949—1965），北京：中国社会科学出版社，1990年8月第1版，1995年4月第4次印刷。

［美］W. 考夫曼编著，陈鼓应等译：《存在主义》，北京：商务印书馆，1987年。

［美］阿尔文·古尔德纳著，杜维真、罗永生、黄惠瑜译：《新阶级与知识分子的未来》，北京：人民文学出版社，2001年。

［美］阿里夫·德里克著，王宁等译：《后革命氛围》，北京：中国社会科学出版社，1999年。

［美］阿丽斯贝塔·爱丁格著，戴晴译：《阿伦特与海德格尔》，沈阳：春风文艺出版社，2000年。

［美］艾恺：《世界范围内的反现代化思潮》，贵阳：贵州人民出版社，1991年。

［美］爱德华·W. 萨义德著，王宇根译：《东方学》，北京：三联书店，1999年。

［美］本尼迪克特·安德森著，吴叡人译：《想象的共同体——民族主义的起源与散布》，上海：上海人民出版社，2003年。

［美］边燕杰：《市场转型与社会分层》，北京：三联书店，2002年。

［美］波林·罗斯诺著，张国清译：《后现代主义与社会科学》，上海：上海译文出版社，1998年。

［美］布斯著，华明、胡晓苏、周宪译：《小说修辞学》，北京：北京大学出版社，1987年。

［美］查尔斯·赖特·米尔斯著，王良、许荣译：《权力精英》，南京：南京大学出版社，2004年。

［美］道格拉斯·凯尔纳、斯蒂文·贝斯特著，张志斌译：《后现代理论——批判性的质疑》，北京：中央编译出版社，1999年。

［美］迪帕·纳拉扬等著，付岩梅等译：《谁倾听我们的声音》，北京：

中国人民大学出版社，2001年。

［美］弗雷德里克·杰姆逊著，张京媛译：《处于跨国资本主义时代中的第三世界文学》，《当代电影》，1989年第6期。

［美］哈罗德·拉斯韦尔著，杨昌裕译：《政治学：谁得到什么？何时和如何得到？》，北京：商务印书馆，1992年第1版，2008第7次印刷。

［美］华莱士·马丁著，伍晓明译：《当代叙事学》，北京：北京大学出版社，2005年。

［美］黄宗智：《华北的小农经济与社会变迁》，北京：中华书局，1986年。

［美］吉尔伯特著，彭华民、齐善鸿等译：《美国阶级结构》，北京：中国社会科学出版社，1992年。

［美］杰克·贝尔登著，邱应党、杨海平等译：《中国震撼世界》，北京：北京出版社，1980年。

［美］杰姆逊著，张旭东编：《晚期资本主义的文化逻辑》，北京：三联书店，1997年。

［美］杰姆逊著，钱佼汝、李白修译：《语言的牢笼》，南昌：百花洲文艺出版社，1995年。

［美］杰姆逊著，唐小兵译：《后现代主义与文化理论》，北京：北京大学出版社，2005年。

［美］杰姆逊著，王逢振等译：《快感：文化与政治》，北京：中国社会科学出版社，1998年。

［美］李普塞特著，张绍宗译：《政治人》，上海：上海人民出版社，1997年。

［美］罗伯特·达尔著，李柏光译：《论民主》，北京：商务印书馆，1999年。

［美］迈克·哈特、安东尼奥·内格里著，韦本、李尚远译：《帝国》，台北：商周出版，2002年。

［美］米尔斯著，王崑、许荣译：《权力精英》，南京：南京大学出版社，2004年。

［美］浦安迪：《中国叙事学》，北京：北京大学出版社，1997年。

［美］普林斯著，乔国强等译：《叙述学词典》，上海：上海译文出版社，2011年。

［美］萨义德著，王宇根译：《东方学》，北京：三联书店，1999年。

［美］赛义德著，谢少波、韩刚等译：《赛义德自选集》，北京：中国社会科学出版社，1999年。

［美］汤普森著，郑海等译：《世界民间故事分类学》，上海文艺出版社，1991年。

［美］托马斯·戴伊、哈蒙·齐格勒著，孙占平等译：《民主的嘲讽》，北京：世界知识出版社，1991年。

［美］威廉·巴雷特著，杨照明、艾平译：《非理性的人——存在主义哲学研究》，北京：商务印书馆，1995年。

［美］威廉·朱利叶斯·威尔逊著，成伯清、鲍磊、张戌凡译：《真正的穷人——内城区、底层阶级和公共政策》，上海：上海人民出版社，2007年。

［美］伊哈布·哈桑著，刘象愚译：《后现代的转向》，上海：上海人民出版社，2015年。

［美］詹姆斯·C.斯科特著，何江穗、张敏、郑广怀译：《弱者的武器：农民反抗的日常形式》，南京：译林出版社，2006年。

［美］詹姆斯·C.斯科特著，王晓毅译：《国家的视角：那些试图改善人类状况的项目是如何失败的》，北京：社会科学文献出版社，2004年。

［日］柄谷行人著，赵京华译：《日本现代文学的起源》，北京：三联书店，2006年。

［日］池田智惠：《探索新的"文学"的可能——我读赵树理》，《文艺理论与批评》，2008年第4期。

［日］沟口雄三著，孙歌等译：《中国的思维世界》，南京：江苏人民出版社，2006年。

［日］酒井直树：《现代性与其批判：普遍主义和特殊主义的问题》，收入张京媛编，《后殖民理论与文化批评》，北京：北京大学出版社，1999年。

［日］竹内好著，李冬木、孙歌等译：《近代的超克》，北京：三联书

店，2005年。

［瑞典］马悦然：《一个真正的乡巴佬》，曹乃谦：《到黑夜我想你没办法·序言》，武汉：长江文艺出版社，2007年。

［瑞士］费尔迪南·德·索绪尔著，高名凯译：《普通语言学教程》，北京：商务印书馆，1980年11月第1版，1996年4月第4次印刷。

［苏联］《列宁全集》1—30卷，北京：人民出版社，1987年。

［苏联］《列宁选集》1—4卷，北京：人民出版社，1972年。

［古希腊］柏拉图著，郭斌、张竹明译：《理想国》，北京：商务印书馆，1986年。

［意］安东尼奥·葛兰西著，曹雷雨、姜丽、张跣译：《狱中札记》，北京：中国社会科学出版社，2000年。

［意］加塔诺·莫斯卡著，贾鹤鹏译：《统治阶级》（《政治科学原理》），南京：译林出版社，2002年。

［意］维尔弗雷多·帕累托著，刘北成译：《精英的兴衰》，上海：上海人民出版社，2003年。

［英］E. P. 汤普森著，钱乘旦等译：《英国工人阶级的形成》，南京：译林出版社，2001年。

［英］安东尼·吉登斯著，赵旭东、方文译：《现代性与自我认同》，北京：三联书店，1998年。

［英］雷蒙·威廉斯著，刘建基译：《关键词》，北京：三联书店，2005年。

［英］马·布雷德伯里、詹·麦克法兰著，中国社会科学院外国文学研究所外国文学研究资料丛刊编辑委员会编译：《现代主义》，上海：上海外语教育出版社，1992年。

［英］特里·伊格尔顿著，马海良译：《历史中的政治、哲学、爱欲》，北京：中国社会科学出版社，1999年。

［英］特里·伊格尔顿著，伍晓明译：《二十世纪西方文学理论》，北京：北京大学出版社，2007年。

［英］约翰·伯耶著，宋安启译校：《〈三里湾〉与〈花好月圆〉之较》，《批评家》，1986年1期。